Katelyn Faith
Fesselnde Liebe
Band I

Katelyn Faith

Fesselnde Liebe

Band I

Deutsche Erstausgabe
Juli 2013
Copyright 2013 by Katelyn Faith

www.katelynfaith.de
Postfach 10 04 55
45404 Mülheim a.d. Ruhr

katelyn@alphafrau.de
Besuchen Sie mich auf Facebook:
www.facebook.com/autorinkatelynfaith

© Cover by Andrea Gunschera, 2013
unter Verwendung eines Motivs von www.shutterstock.com
Gestaltung & Satz: Hanspeter Ludwig, Wetzlar
www.imaginary-world.de
Lektorat: Franziska Köhler

Alle Rechte vorbehalten! Nachdruck, auch auszugsweise,
nur mit schriftlicher Genehmigung der Autorin.

Personen und Handlung sind frei erfunden, etwaige Ähnlichkeiten mit
real existierenden Menschen sind rein zufällig und nicht beabsichtigt.

Fesselnde Liebe

*Leben bedeutet, unterwegs zu sein,
nicht möglichst schnell anzukommen.*

1

Ich bin so nervös wie vor meiner letzten mündlichen Prüfung. Am liebsten würde ich mich übergeben, wenn ich nicht sogar dafür zu aufgeregt wäre. An meiner Unterlippe zupfend beobachte ich die schmallippige Frau mit dem blondierten Pagenkopf, die mitten im Menschengewusel mit hochgezogenen Brauen meine Mappe betrachtet. *Sag was! Irgendwas!*

»Die Buchmesse ist sicher nicht der richtige Ort, um als Anfängerin einen Job zu finden, Miss ...«

»Hamlin. Gwendolyn Hamlin. Ich dachte, es wäre eine gute Idee, mich gerade hier zu bewerben. Ich ...«

»Außerdem haben Sie offenbar keinerlei Berufserfahrung.« Ihre Lippen verwandeln sich in dünne Striche, als sie mir die Mappe zurückgibt.

»Na ja, ich arbeite bei der Unizeitung.« Jemand schubst mich im Vorbeigehen und ich taumle nach vorn, fange mich aber gleich wieder. Dem Übeltäter werfe ich einen finsteren Blick zu, aber der Typ, der mich um fast zwei Köpfe überragt, ignoriert mich auf dem Weg zu einem Bücherregal.

»Wir sind ein renommierter Verlag, Ms. Hamlin, und haben derzeit leider keinen Bedarf an Auszubildenden.«

Auszubildende? Ich studiere doch immerhin Literaturwissenschaften, zählt das denn gar nicht?

»Wie soll ich Berufserfahrung sammeln, wenn mir niemand eine Chance gibt?«

Oh Gott, ich klinge verzweifelt und das ist das Letzte, was ich will, aber mir werden schon die Augen heiß vor Enttäuschung. Den Aufenthalt auf der London Book Fair kurz vor meinem Abschluss an der Uni habe ich mir wahrhaftig anders vorgestellt. Wie naiv war ich? Habe ich tatsächlich geglaubt, dass ich ausgerechnet hier, in all der Hektik, ein Vorstellungsgespräch führen könnte? Um uns herum herrscht ein ständiges Gewirr von Menschen, man fühlt sich wie in einem Ameisenhaufen.

»Es tut mir leid.« Ihr Ton und die Art, wie sie sich einfach umdreht und einem weiteren Gast an ihrem dämlichen Bücherstand widmet, strafen ihre Worte Lügen. Es tut ihr leid? Klar.

Ich stopfe die Mappe zu den anderen zurück, die ich in einer Umhängetasche mit mir herumschleppe, und mache mich auf den Weg durch die überfüllte Messehalle. Cat muss mich aufheitern. Das war der fünfte Versuch, bei dem ich mir das anhören musste, und die Damen und Herren aus der Verlagswelt haben mein Selbstbewusstsein mit ihren Worten echt in den Boden gerammt. Dabei bin ich heute Morgen voller Gottvertrauen aufgestanden und habe mich auf den Tag gefreut. Pustekuchen.

Der langweilige graue Hosenanzug, den ich mir für verdammte fünfzig Pfund gekauft habe, kneift unter den Achseln und in der Taille. Das Ding hätte ich mir sparen können, Eindruck habe ich damit jedenfalls nicht gemacht.

»Hey, Gwen! Und? Wie war's?«

Meine Mitbewohnerin läuft mir in Halle 2 über den Weg. Ihre Augenringe kann ich gar nicht mehr zählen, sie hatte eine sehr kurze Nacht. Fünfmal musste ich sie wecken, damit wir den frühen Zug von Newcastle nach London nicht verpassen, aber ich bin ihr dankbar, dass sie mich begleitet und ich nicht ganz alleine fahren musste. Ich hasse es, Dinge ganz allein zu tun.

»Frag nicht«, brumme ich. »Wenn ich nicht noch den einen Termin vor mir hätte, auf den ich mich seit Wochen freue, würde ich jetzt nach Hause fahren und mich heulend ins Bett legen.«

»Autsch. So schlimm?« Cat bleibt kurz stehen und schaut mich unter ihrem langen, knallrot gefärbten Pony hinweg an. Für eine angehende Psychologin sieht sie eindeutig nicht seriös genug aus. Vor allem das Cupcake-Tattoo auf ihrem Unterarm irritiert, wenn sie es wie heute zur Schau trägt.

»Schlimmer. Ich fürchte, ich werde im Theater um eine Daueranstellung bitten müssen.«

»Egal. Du hast allerdings nicht jahrelang studiert, um in einem privaten Theater die Karten abzureißen und in der Pause billigen Wein auszuschenken! Du wirst schon einen Job finden, ganz sicher. Mach dir nicht immer so viele Gedanken. Noch ist ja Zeit, du bist doch sowieso noch nicht fertig mit dem Studium.«

Manchmal wünschte ich, ich könnte so unbekümmert sein wie Cat. Leider wussten meine Mutter und das Leben das zu verhindern.

»Komm, gleich ist die Signierstunde von Kenneth McDuncan, und wenn ich die verpasse, ist das Wochenende endgültig für mich gelaufen«, sage ich und marschiere zielstrebig voran, durch die unzähligen Messestände voller Bücher und Menschen, die nach vielen einsamen Stunden in Bibliotheken riechen.

»Da ist er!« Ich stoße Cat so heftig mit dem Ellbogen in die Seite, dass sie entsetzt aufjault.

»Sei doch vorsichtig! Ich bin voller blauer Flecke!«

Blaue Flecke? Gütiger Himmel, was hat sie gestern nur angestellt mit ihrer neusten Flamme? Das klingt ja wie ... nein. Nein, nein, nein. Dieser Film ist zu Ende, bevor er angefangen hat, darüber will ich jetzt gerade nicht nachdenken. Ich schalte den Vorspann meines Kopfkinos ab und konzentriere mich auf das Objekt meiner Begierde: Kenneth McDuncan, einer der größten Literaten unserer Zeit. Und er kommt aus Edinburgh, wie ich!

»Den alten Sack findest du scharf?« Cats Kinn fällt beinahe auf ihre großen Brüste und sie bleibt schockiert stehen. »Ernsthaft, Gwen, ich hab befürchtet, dass sich hinter deinem Mauerblümchendasein irgendeine Perversion versteckt, aber *das*...?«

»Es geht nicht um ihn als *Mann*, sondern um Kenneth McDuncan, den Autor! Er schreibt unfassbar geniale Bücher. Bei seinem letzten Roman musste ich...«, ich klopfe demonstrativ auf das Buch, das ich fest an mein Herz gedrückt halte, » ... lachen, heulen und schreien. Alles hintereinander! Es ist so voller Wahrheiten, so ... unglaublich klug.«

Cat grinst. »Du bist echt ne Marke. Alle Welt starrt den Kerlen auf den Arsch, und du stehst auf einen alten, schottischen Typen, weil er *klug* ist? Meine Güte, Gwen, leb endlich mal!«

»Es ist doch ganz egal, wie er aussieht! So oberflächlich bin ich nicht.«

Ich schmolle nicht. Ich bin auch kein Groupie, Gott bewahre – ich habe einfach einen Fetisch für Bücher. Und intelligente Männer. Selbst wenn sie so alt sind wie mein Großvater. Kenneth McDuncan sitzt in einem beigefarbenen Cordanzug an einem kleinen Tisch und lächelt unter seinem hellen, grau melierten Bart in die Runde. Die ziemlich klein ist.

Meine Befürchtung, wegen Überfüllung keine Chance mehr auf eine Signatur meines Lieblingsbuches zu haben, bewahrheitet sich nicht. Außer mir versammeln sich nur zwei ältere Frauen mit Bundfaltenhosen und braunen Kostümjacken und ein älterer Herr mit Nickelbrille und roter Nase, der vermutlich mal Literaturprofessor an der Uni war. Warum ist hier niemand außer uns?

»Sehr beliebt, dein Typ«, meint Cat und stopft sich einen Kaugummi in den Mund, um ihre Fahne zu verbergen.

»Dann mal los, schmeiß dich ran. So wie's aussieht, hast du gute Karten! Ich warte da hinten im Café.« Sie winkt mir zu, bevor sie sich auf wackligen Beinen in die kleine Cafeteria absetzt. Nun, immerhin wird es wider Erwarten schnell gehen.

Seufzend drücke ich das Buch noch fester an mich und gehe mit zittrigen Händen auf den Tisch zu.

»Mr McDuncan ...«

Er sieht zu mir hoch. Er sieht mich an! Er ist ganz nah vor mir und ich könnte ihn anfassen! Den Mann, der solche Sätze geschrieben hat wie *Die Zukunft hängt nicht von dem ab, was du tust, sondern von dem, was du unterlässt* oder *Nur dumme Menschen haben auf jede Frage eine Antwort*. Diese und weitere Sätze aus seinen Romanen hängen als Post-its an meiner Zimmerwand und inspirieren mich. Täglich.

Mein Herz klopft plötzlich schneller und ich muss schlucken, bevor ich ein Wort herausbringe.

»Mein Name ist Gwendolyn Hamlin. Ich bin ein großer Fan von Ihnen und komme auch aus Edinburgh! Ihr neues Buch habe ich schon viermal gelesen und ich liebe es einfach! Es ist so voller Wahrheiten, so klug und so berührend. Ich habe am Ende stundenlang geweint und konnte gar nicht damit aufhören!«

Er schielt über den Rand seiner Brille nach oben zu mir, dann wendet er sich ab und der Dame im braunen Kostüm zu. »Können Sie sich vorstellen, dass ein junges Mädchen überhaupt in der Lage ist, mein Buch zu verstehen? Ich möchte fast vermuten, sie hat sich am Tisch geirrt.«

Wie bitte? Ich klappe das Buch auf, damit er sieht, dass es wirklich seins ist, und halte es ihm hin.

»Mr McDuncan ... würden Sie mir das Buch signieren? Bitte? Ich habe mich sehr darauf gefreut, Sie endlich kennenzulernen, und ...«

»Ja, sicher, wenn Sie meinen«, sagt er kurz angebunden, nimmt mir den Roman aus der klammen Hand, ohne ihn auch nur anzusehen (Es ist eine Sonderausgabe, ich habe sie für viel Geld in der kleinen alten Buchhandlung in der Delaware Street erstanden) und kritzelt mit dem Kugelschreiber hinein. Dabei unterhält er sich wieder mit einer der beiden älteren Damen über Kedgeree. Ein Kochrezept! Ernsthaft?

Ich bin zu schockiert, um etwas sagen oder mich bewegen zu können. Wie in Trance nehme ich das Buch entgegen, wobei er mich erneut keines Blickes würdigt, und würge ein klägliches *Danke* hervor. Dann drehe ich mich hastig um, stopfe das plötzlich wertlos gewordene Buch in meine Handtasche und schiebe mich durch das Gewusel von Menschen im Gang, um Cat zu suchen.

Großer Gott, ich habe mir in den letzten Tagen ständig ausgemalt, wie mein Treffen mit Kenneth McDuncan verlaufen wird. Ich habe mir vorgestellt, wie wir miteinander plaudern – natürlich nur kurz, die wartende Schlange hinter mir war lang – und gemeinsam lachen. Wie ich etwas Kluges zu ihm sage, das ihn beeindruckt und das er in ein zukünftiges Buch aufnehmen wird, dessen Widmung *Für Gwen, deren Klugheit mich zu diesem Roman inspirierte,* lautet. Stattdessen hat er mich ignoriert und gedemütigt. Viel schlimmer hätte unser Treffen echt nicht verlaufen können. Ich meine, ehrlich – Kedgeree? Ich mag das Zeug gerne, aber wie kann Schellfisch mit Eiern und Reis wichtiger sein als eine begeisterte Leserin? Das hat mir heute noch gefehlt zu meinem Glück. Dieser Tag ist verflucht und gehört aus dem Kalender gestrichen! Für immer.

Erleichtert atme ich auf und verlangsame meine Schritte, als ich Cats Rotschopf an einem Tisch entdecke. Sie nippt an einem Eimer Kaffee und hat ihre Sonnenbrille aufgesetzt. Kopfschüttelnd gehe ich zu ihr und klatsche das Buch auf den Tisch, sodass sie heftig zusammenzuckt.

»Hast du mich erschreckt, Gwen! Ich war gerade in Gedanken bei Jonathan und gestern Nacht ...« Ich nehme ihr den Kaffeebecher aus der Hand. Bevor sie protestieren kann, habe ich einen riesigen, viel zu heißen Schluck getrunken und huste erbärmlich, bis mir die Tränen kommen. Himmel, warum kann sie nicht wenigstens einen Schuss Milch reinmachen, noch besser Sahne? Schwarzer Kaffee ist wirklich ekelhaft.

»Der Typ ist ein Blödmann«, sage ich und setze mich auf den Stuhl ihr gegenüber. »Total arrogant. Er hat behauptet, ich wäre zu jung, um seinen Roman verstehen zu können! Und was er mir ins Buch geschrieben hat, kann ich kaum entziffern! Eine Sauklaue wie ein Arzt. Ich bin enttäuscht!«

Ich ziehe einen Schmollmund und verschränke die Arme vor der Brust.

»Du klingst, als hätte dich gerade deine große Liebe mit einer anderen betrogen«, konstatiert Cat und stiehlt ihren Kaffee zurück. Den kann sie gerne haben; mir wäre jetzt nach einem ordentlichen Schluck Whisky, doch bei meinem Pech gibt's auf so einer elitären, blöden Buchmesse gar keinen Alkohol. Die Möchtegernintellektuellen trinken bestimmt schwarzen Tee ohne Zucker und essen Shortbread dazu.

»Er hat mit einer Frau über Kedgeree geredet und mich gar nicht beachtet, obwohl ich mit ihm über sein Buch sprechen wollte.«

»Egal. Jedenfalls siehst du jetzt, was du davon hast, wenn du nur so anspruchsvolles Zeug liest. Kein Mensch außer dir interessiert sich für so einen schottischen Opa!«

Ich stöhne und schlage das Buch noch einmal auf, um zu versuchen, die Kritzelei zu identifizieren. »Da steht *Für Martha*«, sage ich anklagend und tippe mit dem Finger auf die Notiz. Verwirrt schaue ich von dem Buch auf.

Cat lacht so laut, dass sie einen Schluckauf bekommt. Einige Männer mit Brillen und Mittelscheitel drehen sich entgeistert zu uns um und schütteln die Köpfe. Buchhändler, ganz eindeutig. Diese Gattung Mann braucht keine Visitenkarten, man sieht es ihnen aus drei Kilometer Entfernung an. Sie *riechen* nach Büchern, und ich liebe es. Vielleicht ist das der einzige Fetisch, den ich in meinem Leben je haben werde.

»Na, *Martha* ... wie wär's, wenn du mal ein richtiges Buch liest? Dann könntest du dir ein echtes Autogramm holen. Der alte Schotte ist bestimmt sauer, weil sich die jungen, hübschen Frauen alle da hinten tummeln.«

Ich drehe mich um und folge ihrem Blick. Tatsächlich ist einige Meter weiter der Stand eines großen Verlages, und hinter den geschätzt zweihundert aufgeregt schnatternden Frauen jeder Altersgruppe, die sich dort versammeln, sitzt oder saß offenbar jemand, der deutlich begehrter ist als Kenneth McDuncan. Kein Wunder, denke ich sauer. Das geschieht ihm recht.

»Wer ist das?«

»Keine Ahnung.« Cat zuckt mit den Achseln. »Ich bevorzuge Rocksänger, ehrlich gesagt, und kann gar nicht verstehen, warum einige Autoren sogar Groupies haben. Ich meine, wie unsexy ist denn bitte ein Schriftsteller? Der hockt den ganzen Tag am Schreibtisch, kriegt einen platten Hintern, schlechte Augen und einen faltigen Bauch und lebt sich in komischen Büchern aus statt in der Realität. Wer will so einen Mann, ernsthaft?«

Ich!, will ich rufen, verkneife es mir jedoch. Für mich gibt es keine schönere Vorstellung als einen Mann, der meine Leidenschaft zu Büchern teilt und mich abends in Ruhe lesen lässt, während wir uns aneinanderkuscheln. Einen Mann, der sich nicht für Fußball interessiert und nicht in Pubs geht. Einen Mann, der versteht, wann ich meine Ruhe brauche und nicht eifersüchtig auf meine Bücher ist. Und was könnte mir da besseres passieren als ein Schriftsteller? Wir könnten vielleicht sogar gemeinsam schreiben; ich träume seit zehn Jahren davon, selbst einmal einen Roman zu verfassen. Ich könnte ihm helfen und recherchieren, während er nachdenklich am Schreibtisch sitzt, ab und zu mit seiner Pfeife graue Kringel in die Luft pustet und aus dem Fenster starrt, auf der Suche nach *dem* Wort, *dem* Satz, der die Welt verändern wird.

Gütiger Himmel, Cat hat recht. Ich bin nicht normal! Ich werde ein bisschen rot und drehe mich zu ihr um.

»Du stehst doch sonst auf jeden, der irgendwie prominent ist. Warum gehst du nicht mal nachsehen, wer da drüben hockt? Offenbar wird er gefeiert wie ein Rockstar.«

»*Er* ist es, Gwen«, sagt Cat und sitzt auf einmal aufrecht da. Ich könnte schwören, dass ich ihr Herz unter den großen Brüsten schlagen sehe. Ihr Dekolleté passt deutlich besser auf eine Aftershow-Party als auf die Buchmesse.

»Wer?«, frage ich neugierig.

»Adrian Moore«, flüstert sie, ihre Stimme ist nur noch ein Hauch.

»Der Typ, der diesen Schundroman *Fesselnde Liebe* geschrieben hat, von dem du so begeistert warst? Diesen … Bestseller?«

Cat nickt stumm und mit offenem Mund. Himmel, dass ausgerechnet meine beste und einzige Freundin auf so einen Schwachsinn reingefallen ist! Das Buch beherrscht seit Monaten die Bestsellerlisten und wurde zu meinem Entsetzen schon in mehrere Sprachen übersetzt.

»Das ist der größte Mist, den die Welt je gelesen hat, Cat! Ein Pornogroschenheft in hochwertiger Aufmachung, mehr nicht! Ich bin stinkwütend, dass so viele Leute – Frauen! – diesen Unsinn lesen und auch noch *gut* finden! Ein sexistischer, chauvinistischer

Quatsch, voller altbackener Klischees und ohne jegliches Sprachgefühl! Eine Beleidigung für jede intelligente Leserin! Henry Miller würde sich freiwillig einer Geschlechtsumwandlung unterziehen vor Scham, wenn er noch lebte.«

Ich rede mich in Wut, weil ich das immer mache, wenn wir über dieses fürchterliche Machwerk sprechen. Ich hab es gar nicht gelesen, bis auf die ersten zehn Seiten, weil Cat keine Ruhe gegeben hat, und die haben mir völlig gereicht.

»Gwen!« Cat starrt mich an und greift nach meiner Hand, um mich zu kneifen. Da sie eine Sonnenbrille trägt, kann ich ihre Augen nicht sehen, aber sie scheint wirklich aufgeregt zu sein wegen dieses Schmierfinks.

»Der Idiot sollte besser Diätratgeber verfassen oder irgendwas, wovon er Ahnung hat. Schon diese Erzählperspektive – ich bitte dich, Ich-Form? Und dann aus *seiner* Sicht? Es ist doch klar, dass er nur seine schmutzigen Fantasien aufgeschrieben hat. Ich bezweifle nicht, dass er beim Schreiben viel Spaß hatte, aber warum sollte ich die Fantasien eines dahergelaufenen Perversen lesen? Es gibt so viele gute Bücher, die meine Zeit wert sind. Und die werden nicht gelesen, weil die Leute zu blöd dafür sind und lieber ihr Leben mit Pornos vergeuden! Mit frauenfeindlichen Pornos übrigens, bei denen sich jeder emanzipierten Frau der Magen umdrehen müsste. Auch dir, selbst wenn du neuerdings auf so einen Unfug wie SM stehst.«

»Interessant.« Eine dunkle, ziemlich männliche Stimme hinter mir lässt mich kurzzeitig verstummen. Langsam drehe ich mich um und starre gegen eine schwarze Wand, während Cat mir gegenüber so laut nach Luft schnappt, dass sie vermutlich gleich hyperventiliert.

»Es tut mir leid, dass Ihnen mein Roman nicht gefallen hat. Offenbar kann man als Schriftsteller tatsächlich nicht jeden Geschmack treffen.«

Ich hebe vorsichtig den Kopf, um nach oben zu schauen, und sehe in ein sehr markantes, sehr männliches Gesicht mit wirklich blauen Augen. Wäre ich Dichterin, müsste ich mich jetzt an schnulzigen Klischees vergreifen und irgendeinen kitschigen Vergleich mit Kornblumen anbringen. Wobei ich gar nicht genau weiß, wie die aussehen, aber ich stelle sie mir so vor. Doch mir fällt nur auf, wie nackt ich mich unter seinem durchdringenden Blick fühle. Wie unter einem Röntgenschirm.

»Entschuldigung?«, bringe ich hervor, weil ich nicht glaube, dass das gerade wirklich passiert. Cat offenbar auch nicht; dem Poltern nach zu urteilen ist ihr soeben die riesige Handtasche vom Tisch gefallen. Oder war es mein Buch?

»Adrian Moore«, sagt er und reicht mir eine Hand mit langen, schlanken Fingern, die für mich keinen Zweifel lassen, dass ich es hier mit einem echten Autor zu tun habe. Wer so lange, schmale Finger hat, kann den ganzen Tag tippen. Oder Klavier spielen. Oder Chirurg sein.

Mein Kopf fühlt sich an wie eine frisch gefüllte Wärmflasche, und wahrscheinlich sehe ich jetzt gerade genauso aus.

»Äh«, stammle ich besonders geistreich und schaffe es einfach nicht, seinem Blick auszuweichen, während ich wie von selbst die Hand ausstrecke. Verdammt, will der Typ mich hypnotisieren, oder warum starrt der so? Fasziniert beobachte ich seine Augen, bevor er lächelt und ich feststellen muss, dass er ein tiefes Grübchen in der Wange hat. Diese schwarzen Wimpern können unmöglich echt sein. Ein Fake. Ganz sicher ist Adrian Moore ein schlechter Fake, sonst wäre die Welt einfach ungerecht.

Die ganze Zeit hält er meine Hand fest und lächelt, mit einem hochgezogenen Mundwinkel. Er trägt einen sehr gut gestutzten dunklen Bart, der ihn vermutlich älter wirken lässt als er eigentlich ist. Großer Gott, er sieht wirklich unfassbar gut aus. Plötzlich verstehe ich das rege Interesse am Stand, auch wenn es meine Meinung über sein Buch nicht ändert.

»Ich habe Ihr Buch gar nicht gelesen, ehrlich gesagt«, bringe ich als Entschuldigung hervor, bevor mir auffällt, dass das noch viel beleidigender sein muss als meine vorigen Äußerungen. Er schmunzelt und zieht seine Hand betont langsam zurück. »Das ist schade. Vielleicht sollten Sie das tun, bevor Sie es so harsch verurteilen?«

»*Ich* habe Ihr Buch gelesen, und ich liebe es!« Huch, Cat ist offenbar aus ihrem Schockzustand erwacht. Ich drehe mich Hilfe suchend zu ihr um und bete, dass ihre gewohnte Schlagfertigkeit sie im Gegensatz zu meiner nicht im Stich lässt. Hektisch presse ich beide Hände gegen meine Wangen und forme meine Lippen zu einem *Hilfe*, doch sie sieht mich gar nicht an. Sogar die Sonnenbrille hat sie abgenommen, und nun schaut sie unter den aufgeklebten Wimpern zu ihm auf. So unterwürfig, dass mir das Porridge von heute Morgen glatt wieder hochkommen will. Entsetzt verdrehe ich die Augen und schüttle den Kopf, aber meine beste Freundin nimmt mich gar nicht mehr wahr.

»Ich habe es in einer Nacht gelesen. Sogar zweimal! Ich war so tief drin, und ich muss gestehen, dass es mich ...« Sie kichert wie ein kleines Mädchen.

» ... erregt hat?«, ergänzt er mit sonorer Stimme Cats Satz, und die hat nichts Besseres zu tun, als mit hochroten Wangen zu nicken und ihren Blick zu senken. Himmel, langsam ist sie mir peinlicher als ich mir selbst. Gut, er ist unglaublich attraktiv und wahrscheinlich durch seinen sagenhaften Erfolg inzwischen auch noch wohlhabend. Ist das ein Grund, in seiner Gegenwart zu einem ... albernen Teenager zu mutieren?

Verzweifelt versuche ich, ihre Aufmerksamkeit wieder auf mich zu lenken und stehe langsam von meinem Stuhl auf.

»Wir sollten jetzt wirklich weiter«, sage ich, bevor meine beste Freundin vor aller Augen auf der *Buchmesse* über einen Schundromanautor herfällt.

»Möchten Sie eine signierte Ausgabe?«

Ich sehe ihn verwirrt an bevor mir klar wird, dass er natürlich nicht mich meint, sondern Cat, die noch immer dasitzt und ihn anhimmelt. Wie war das gleich mit den unsexy Autoren? Ich muss grinsen, und plötzlich schäme ich mich nicht mal mehr für das, was ich gesagt habe. Weil ich *recht* habe!

»Ich habe das Buch nicht bei mir«, flüstert Cat hinter mir. Ich stopfe die Hände in die Taschen meiner Jeans und sehe mich betont gelangweilt in der Halle um. Dann bemerke ich die Traube. Eine ziemlich große Traube. Sie steht hinter ihm und ist im Kollektiv weiblich. Groupies. Während Kenneth McDuncan – so arrogant er auch ist – fast allein an seinem Tisch sitzt, läuft diesem Marketinggenie eine Horde verrückter Frauen in die Cafeteria nach, wahrscheinlich allesamt mit feuchten Höschen.

Ich verdrehe die Augen und starre absichtlich in eine andere Richtung, während ich so tue als bekäme ich nicht mit, wie er hinter meinem Rücken ein Buch aus der Umhängetasche zieht (Umhängetasche, ernsthaft! Was ist denn von Männern mit Umhängetaschen zu halten?) und es meiner verstrahlten Freundin signiert. Oh Gott, jetzt hat sie zwei Ausgaben von dieser Papierverschwendung, mit denen sie mich tagelang nerven wird. Womöglich wird sie mich zwingen, den Mist zu *lesen*!

»Es hat mich gefreut«, raunt er, sehr dicht hinter mir, und ich fahre zusammen. Bevor ich reagieren oder antworten kann, ist er schon in der Traube verschwunden. Aus dem Augenwinkel sehe ich, dass er mir zuzwinkert, während er einer Frau in blauer Bluse und Jeans ein Buch aus der Hand nimmt. Blödmann!

Wahrscheinlich hat meine Kritik ihn getroffen, denn das Feuilleton behandelt ihn gnadenlos gut für den banalen Unsinn, den er abgesondert hat. Die Übermacht eines großen Verlages, der gleich mal sämtliche Zeitungen und Zeitschriften mit riesigen Werbeanzeigen für das Heftchen überschüttet hat, ist wohl nicht zu unterschätzen. Da wurde den Literaturkritikern bestimmt verboten, sich kritisch zu äußern; wer beißt schon die Hand, die einen füttert? Vielleicht sollte ich im Internet eine negative Rezension veröffentlichen. Die Leseprobe, die ich mir zu Gemüte geführt habe, reicht jedenfalls völlig dafür aus.

»Was für ein Idiot«, sage ich, während Cat gleichzeitig »Was für ein Mann« von sich gibt. Wir sehen uns kurz verdutzt an, dann explodieren wir vor Lachen.

»Zumindest kommen wir uns nicht in die Quere, wenn es um Männer geht«, meint Cat und knufft mich mit dem Ellbogen in die Seite. »Ist doch gut. Glaubst du, der könnte auf mich stehen?«

»Cat, bitte«, stöhne ich und ziehe sie mit mir, weg von der Cafeteria, dem kleinen Eichentisch und der weiblichen Traube, die mir Angst einjagt. Weg von der Buchmesse, die mich so enttäuscht hat.

»Der lebt bestimmt alles aus, worüber er schreibt.«

Ich hebe verzweifelt beide Arme. »Ich weiß nicht mal genau, worüber er schreibt. Und es ist mir ehrlich gesagt herzlich gleichgültig.«

Cat leckt sich über die Unterlippe – was immer ein gefährliches Zeichen ist –, macht jedoch zum Glück keine Anstalten, zurückzugehen. Zielstrebig marschiere ich auf den Ausgang zu, schiebe mich durch lesende oder suchend um sich schauende Bücherwürmer und Journalisten und drehe mich nicht mehr um.

»Du solltest das Buch lesen, es ist echt genial! Ich war so darin versunken, als wäre es mir selber passiert. Ich konnte gar nicht aufhören zu lesen! Und ich musste ständig meine Unterwäsche wechseln.« Sie kichert.

»Cat, im Ernst...« Nein, das will ich nicht hören. Es reicht wohl nicht, dass meine beste Freundin Desperate Housewives guckt – sie muss auch noch Softpornos lesen!

»Willst du wissen, was er mir ins Buch geschrieben hat?«, fragt sie gespannt.

»Nein.«

»Wer sich nicht bewegt, spürt seine Fesseln nicht.« Sie sieht mich verzückt an und bleibt so abrupt stehen, dass ich in sie hineinlaufe.

»Und?«

»Das ist ein großartiger Spruch! Viel besser als das Zeug bei dir an der Wand. Findest du nicht? Und er passt so gut zu mir.«

»Rosa Luxemburg.«

»Hä?« Cat reißt ihre braunen Augen auf und sieht mich an, als hätte ich sie gerade zu einer Lesung von Prinz Charles' Biografie eingeladen.

»Das ist ein Zitat von Rosa Luxemburg«, erkläre ich und tippe mir an die Stirn. »Ganz schön frech, so was zu signieren, ohne die Quelle dafür zu nennen.«

Nicht nur ein schlechter Schreiberling und arrogant, auch noch anmaßend. Wobei ich mir sicher bin, dass Cat den Satz absolut falsch versteht. Ich könnte mich glatt in meine Wut reinsteigern, will aber eigentlich viel lieber, dass der Typ mir egal ist. Ich sollte mich deutlich mehr über Kenneth McDuncan ärgern als über Adrian Moore, doch seltsamerweise habe ich das blöde Erlebnis mit einem meiner Lieblingsautoren fast schon vergessen.

»Egal. Der Spruch ist super, und ich werde ihn mir ins Zimmer hängen.«

»Du willst dir ein Zitat von Rosa Luxemburg an die Wand hängen? Zwischen die ganzen Aktfotos von Alexander Skarsgård?«

»Ach, du. Sei nicht immer so eine Spaßbremse.«

Wir gehen weiter und verlassen die vor Stimmen brummende Halle. Draußen zieht Cat eine Packung Silk Cut aus der Tasche und steckt sich eine Zigarette an. »Sorry, die brauch ich jetzt.«

Ich bleibe schweigend stehen und knöpfe meine Jacke zu. Es ist noch ziemlich kühl, obwohl es schon Anfang April ist, aber der plötzliche Wechsel von der überhitzten, stickigen Halle zur frischen Luft lässt mich befreit aufatmen.

»Er hat sogar nach meinem Namen gefragt«, schnattert Cat. Im Gegensatz zu mir war sie der Meinung, keine Jacke zu brauchen, weil die ihr Outfit ruiniert hätte. Jetzt bibbert sie neben mir.

»Wer?«

»Na, Adrian Moore natürlich.« Sie verzieht kurz das Gesicht, während sie sich auf den Kantstein setzt, und ich kann nicht umhin, sie vor einer Blasenentzündung zu warnen.

»Du hörst dich an wie meine Mum«, sagt sie lachend und pustet den Qualm in meine Richtung, um mich zu ärgern.

»Musst du selber wissen. Dann ist es fürs Erste vorbei mit ... *ihm*.«

»Glaubst du, er würde mit mir...?« Ihre Augen leuchten.

»Ich meinte nicht *ihn*, sondern *ihn*! Von gestern Nacht!«, sage ich und rolle mit den Augen. Ich komme mir vor wie Hermine Granger, die über den spricht, dessen Name nicht genannt werden soll. Wie alt sind wir? Vierzehn? »Jonathan meine ich.«

»Ah, Jonathan! Er war so großartig letzte Nacht! Der beste Dom der Stadt! Mir tut immer noch alles weh. Ich glaube, das könnte wirklich was werden mit uns.« Ausnahmsweise unterdrücke ich den Drang, ihr meine Meinung zu der Sache zu sagen. Seitdem sie glaubt, auf SM zu stehen, sind solche Gespräche für mich unerträglich. Offenbar haben Bücher wie das von Adrian Moore mit dieser Entwicklung zu tun. Das macht mir ein bisschen Angst.

Cat tritt mit einem ihrer Absätze die Zigarette aus, dann steht sie auf und hakt sich bei mir unter. »Ich glaube, Adrian wohnt in London. Ich werde ihn nachher mal googeln.«

»Ach? Ich dachte, Autoren sind unsexy? Das wahre Leben und so?«, frage ich spöttisch und versuche die Tatsache zu ignorieren, dass sie mich mit ihren Schuhen um einen ganzen Kopf überragt. Wenn ich nicht so bequem wäre, würde ich mir auch mal ein Paar Schuhe mit solchen Absätzen zulegen, ich kann bloß in so was absolut nicht laufen. Ich sähe damit vermutlich aus wie eine bekiffte Elfe auf Abwegen. Um Himmels willen!

»Du hast ihn selbst gesehen, Gwen. Unsexy? Oh Gott. Wenn ich geahnt hätte, was für ein heißer Typ das ist, hätte ich schon viel früher nach ihm Ausschau gehalten. Wenn der so vögelt, wie er schreibt, dann ...« Sie beißt sich auf die Wange und schluckt deutlich hörbar, obwohl wir gerade die Rolltreppe zur U-Bahn-Station runterfahren und es um uns herum nicht unbedingt leise ist.

Gütiger Himmel, ich verliere meine beste Freundin an einen Schundromanautor! Kann es noch schlimmer kommen?

2

»*Oh Gott*«, *keucht sie, als ich in sie eindringe und mit wenigen, kräftigen Stößen zum Schweigen bringe.*

»*Du ... bist ... mein.*« *Gestöhnte Worte gleiten in ihr Ohr, jedes einzelne lässt ihre Erregung weiter sprudeln. Sie ist nass. Ich tauche tief ein in das dunkle Gewässer ihrer Lust, nehme mir, was mir zusteht, ohne Rücksicht. Ihre Nippel sind hart und stechen dunkel hervor, ich lege meine Lippen um sie und sauge. Sie stöhnt, als meine Zähne sich in der festen Knospe verhaken. Schmerz. Lustschmerz. Ich weiß, dass ich sie mit mir ziehen kann, hinab in den Sumpf meiner dunklen Begierde. Dass ich ihr zeigen kann, welche Wonne der Schmerz erzeugt. Ihre Leidenschaft wird wachsen, je schlechter ich sie behandle. Ich weiß es, und dieses Wissen gibt mir Macht über sie, die mich berauscht.*

»*Fick mich*«, *bricht es aus ihr hervor. Eine zarte Röte überzieht ihren ganzen Körper, ihre Wangen leuchten und steigern meine Erregung.*

Ich lasse mich nicht zweimal bitten, stoße schneller, bis mein Atem flach wird und ich über ihr keuche. Ich bin hart in ihr, groß. So groß, dass ich bis an die Grenze ihres Deltas vorstoße. Mein Schwanz zuckt, das Pulsieren vermischt sich mit ihren krampfenden Kontraktionen, die mich massieren. Kurz bevor sie kommt ziehe ich mich aus ihr zurück und wichse mich zum Ende. Kaskadenartig schießt es aus mir heraus, ich komme laut stöhnend und markiere ihren nackten Körper mit meinem Saft.

»*Du gehörst mir*«, *raune ich anschließend in ihr Ohr und fühle den wummernden Herzschlag in ihrer Brust, höre ihren keuchenden Atem. Ich löse ihre Fesseln nicht, setze mich mit dem Rücken zu ihr auf das Bett und rauche eine Zigarette.*

»*Bitte*«, *wimmert sie hinter mir, der Laut löst erneute Lustwellen in mir aus. Ja, das will ich hören. Genau das treibt mich an. Sie soll leiden. Unter mir, durch mich. Sich nach mir verzehren und mich anbetteln, bis ich ihr erlaube, zu kommen. Seit Stunden quäle ich sie, treibe sie immer wieder an die Schwelle, an den Abgrund, ohne sie springen zu lassen. Ihr Gesicht ist verzerrt. Ich betrachte sie, während ich weiter rauche, ohne sie anzufassen. Sie ist zu schwach, um sich in den Fesseln zu rühren, und ich weiß, dass ihr sonst weißer Hintern mit roten Striemen überzogen ist. Meine Striemen. Mein Schwanz zuckt erneut, als ich die Kippe ausdrücke und mich über sie beuge, um ihr tief in die Augen zu sehen.*

»*Willst du kommen, Süße? Bist du bereit?*«

»*Himmel, ich ... ja, ich flehe dich an!*« *Ihre Stimme ist nur ein Hauch, ihr Atem so flach, als sei sie einer Ohnmacht nahe, was vermutlich auch so ist. Gedankenverloren lasse ich meine Finger durch ihr Delta streifen, erspüre die Nässe in ihr, massiere mit dem Daumen die harte Knospe, die so riesig geworden ist, dass ich sie in den Mund nehmen könnte. Wenn ich wollte.*

Sie hebt das Becken und bäumt sich auf, ein bockendes Pferd, das ich mit einem gezielten Schlag auf den Oberschenkel zur Raison bringe.

»*Wenn du nicht still bist, werde ich dich ein paar Stunden hier liegen lassen und eine kleine Pause einlegen*«, *drohe ich, woraufhin sie sich umgehend ergibt und ihren zitternden Körper auf die Kissen zurückfallen lässt.*

»*Du bist schön, wenn du kommst*«, *flüstere ich, ohne die Hand von ihrem Schoß zu nehmen. Ihre Pussy krampft sich um meine Finger, sobald ich in sie eindringe. Ich kann ihre körperliche Gier spüren, sehe, wie sehr sie leidet. Mit sardonischem Grinsen greife ich hinter mich und hole den großen schwarzen Vibrator hervor, den sie so sehr liebt.*

> *»Und ich will sehen, wie oft du heute für mich kommen kannst, meine Süße.«*
>
> *Entsetzen öffnet ihr die Augen, denn sie kennt ihn. Und sie kennt mich und weiß, dass ich ihr keine Gnade gönnen werde. Nicht heute, nicht jetzt. Als das satte Brummen des kräftigen Massagestabs ertönt, schließt sie ergeben seufzend die Augen und wartet. Ich werde ihr Leiden verlängern, ihren Höhepunkt noch weiter hinauszögern. Vorsichtig setze ich den Stab oberhalb ihres Kitzlers an und lasse ihn dort arbeiten, mit festem Druck. Ich weiß, dass sie so nicht kommen wird. Ihre Beine fangen an zu zucken, als würde ich sie mit Stromschlägen quälen.*
>
> *»Oh Gott!«, schreit sie, Tränen laufen über ihre Wangen. »Oh mein Gott!«*

»Oh Gott«, gebe auch ich von mir, allerdings aus anderen Gründen als die Dame im Roman, und klappe das Buch zu. Mehr kann ich davon heute nicht ertragen. Den Rotstift, mit dem ich mir das Lesen versüßt habe, lege ich zur Seite und drehe mich auf den Rücken. Mein Herz klopft völlig grundlos schneller, und wenn ich ehrlich bin, könnte ich jetzt tatsächlich ein neues Höschen gebrauchen. Nicht, dass ich das Cat gegenüber jemals zugeben würde!

Ich bin Literaturwissenschaftlerin – na ja, jedenfalls bald, je nachdem, wann ich endlich mit meiner Abschlussarbeit fertig werde – und lasse mich ganz sicher nicht von so gruseligen Ergüssen erwärmen. Man liest dem Text sofort an, dass ihn ein Mann geschrieben hat. Ein Mann, der sich beim Schreiben wahrscheinlich einen runtergeholt hat und dann …

Meine Wangen brennen, als ich mich vom Bett rolle und ausstrecke. Shit, ich hab zwei Stunden ununterbrochen gelesen. Meine Kehle ist völlig ausgedörrt. Ich lausche in den Flur und stelle fest, dass jemand in unserer Küche mit Geschirr klappert. Kilian?

»Hey!« Mein dunkelhaariger, blasser Mitbewohner steht am Herd und brutzelt etwas in der Pfanne, das nach Eiern riecht.

»Hi Süße. Wollte dich nicht stören, tut mir leid.«

»Hast du nicht.« Ich reibe mir die vom Lesen müde gewordenen Augen und kneife die Beine zusammen. Ob er mir ansehen kann, was ich gerade …?

Ich beobachte ihn argwöhnisch, doch Kilian ist so ziemlich der asexuellste Mann, der mir je über den Weg gelaufen ist. Anfangs haben Cat und ich gegrübelt, ob er schwul sein könnte und das selbst noch nicht weiß, aber inzwischen bin ich mir sicher, dass er einfach gar keinen Sexualtrieb hat. Er hätte Priester werden können, wenn er an irgendwas glauben würde. Cat hat das Experiment gewagt und sich in leicht angetrunkenem Zustand nackt auf seinen Schoß gesetzt, um ihn zu verführen. Es hat sich nach ihrer Aussage nichts, absolut gar nichts bei ihm geregt. Das war für sie Beweis genug, dass Kilian ein Chromosom oder ein Stück DNA fehlt, während ich überzeugt davon bin, dass er ein perfekter Mann ist. Wer will schon dauernd Sex haben? Das Thema ist total überbewertet!

Jetzt erst merke ich, dass mein Magen knurrt. Ich hole eine Packung Milch aus dem Kühlschrank und setze sie an. Kilian beobachtet mich mit hochgezogenen Brauen.

»Was kochst du denn?«, frage ich etwas atemlos, nachdem ich den halben Kanister geleert habe, und stelle die Milch in die Kälte zurück. Er seufzt vernehmlich.

»Du weißt, dass ich morgen früh mein Müsli ohne Milch essen muss, ja?«, fragt er und ich grinse ertappt.

»Sorry, ich hatte so einen Durst … ich hol dir neue.«

»Es gibt Käseomelette mit Schinken.«

»Omelette? Um neun Uhr abends? Ernsthaft?« Gehört das nicht eher zu einem guten Frühstück?

»Ich bin gerade erst von der Spätschicht nach Hause gekommen. Da ist mein Biorhythmus immer aus dem Takt und mir ist tatsächlich nach Eiern.«

Dafür habe ich natürlich Verständnis. Er hat von uns Dreien den härtesten Job, weil er neben dem Medizinstudium als Krankenpfleger arbeitet.

»Wenn du eins übrig hast, gerne.« Ich decke den Tisch für uns zwei, weil von Cat weit und breit nichts zu sehen ist. Vermutlich ist sie bei ihrem Jonathan und lässt sich mal wieder den Hintern versohlen. Oder sonst was.

»Du siehst müde aus.«

»Hmm«, brummt Kilian und platziert zwei perfekte, duftende Omelettes auf den Tellern. Gott, man muss ihn dafür einfach lieben, er ist hier mit Abstand der beste Koch.

Wir essen schweigend und ich betrachte ihn dabei sorgenvoll. Wäre ich seine Mutter, würde ich ihn in den sofortigen Urlaub schicken. Er ist furchtbar blass und wird offenbar immer dünner. Können Männer magersüchtig werden? Ich habe noch nie davon gehört, aber wer weiß, ob die Emanzipation nicht auch längst in dieser Hinsicht zugeschlagen hat?

Er isst nur wenige Happen, dann schiebt er den Teller von sich und sieht mich an. Ich schaue verwundert zurück, den Mund noch voll Ei und Schinken.

»Waf if?«, frage ich, als ich den traurigen Ausdruck in seinen Augen bemerke.

»Ich gebe das Studium auf.«

»Waaaf?« Ich schlucke hastig die Reste und huste mit tränenden Augen. »Wieso das denn? Du bist fast fertig, wie lange brauchst du noch? Ein Jahr, zwei Jahre? Du kannst doch nicht so kurz davor aufhören!«

Er hebt die Schultern und stützt das Kinn auf eine Hand. »Meiner Mum geht's nicht gut und sie braucht mich. Jetzt, wo Dad tot und sie krank geworden ist, geht es nicht mehr ohne mich. Ich hab schon alles organisiert, ich kann sofort als Pfleger im Krankenhaus in Aberdeen anfangen. Dad war nicht besonders gut abgesichert, und die schmale Rente reicht kaum zum Leben.«

»Oh Gott, Kilian.« Ich schlucke hart und strecke automatisch die Hand aus, um seine zu streicheln. »Das tut mir so unendlich leid! Vielleicht kannst du es später nachholen, wenn es deiner Mum besser geht? Du bist noch jung, du könntest …«

Er schüttelt den Kopf und entzieht mir die Hand. Müde reibt er sich über das Gesicht. »Ich denke nicht. Sie hat Bauchspeicheldrüsenkrebs, keiner weiß, ob sie durchkommt. Sie braucht mich jetzt einfach und ich werde nächste Woche schon ausziehen. Ich wollte es dir zuerst sagen, weil Cat garantiert ausflippt.«

»Nein, wird sie nicht«, sage ich überzeugt. »Wir werden einen anderen Mieter für dich finden, und bis dahin ... frage ich den alten Donnell, ob wir die Miete aufschieben können. Einen Monat oder so. Das geht bestimmt. Cat war mal wieder ausgiebig shoppen und ist ziemlich pleite, aber wir schaffen das schon.«

Catherine Bernstein, ich werde dir die neuen Stiefel mitsamt dem neuen Lackkleid über den Arsch ziehen, wenn du sie nicht zurückbringst und in Geld umtauschst, um deine Miete zahlen zu können. Na warte.

»Mach dir um uns keine Gedanken, Kilian. Wichtig ist, dass deine Mum bald gesund wird.«

Er nickt dankbar. »Ich wusste, dass du Verständnis für mich haben würdest. Trotz allem, was mit deiner Mutter war.«

Oh Gott. Außer Cat ist Kilian der einzige Mensch, der von meiner Mutter weiß. Und damit einer von zwei Menschen auf der Welt, die verstehen, warum ich so bin wie ich bin. Ein zynischer Besserwisser, gefangen im Körper einer zu kleinen dünnen Frau. Die Folge jahrelanger Mangelernährung und Unterdrückung.

Wie aus weiter Ferne höre ich die Wohnungstür zuklappen, dann ertönen Cats Trippelschritte auf dem Linoleum im Flur.

»Ich *wusste* es!«, ruft sie triumphierend und schwenkt *das* Buch über dem Kopf, als sie grinsend die Küche betritt. Ich spüre, dass ich gerade rot werde und mich ertappt fühle. Als ob sie wissen könnte, was mir vorhin beim Lesen dieses Machwerks durch den Kopf gegangen ist – Unsinn.

»Kilian zieht aus«, nutze ich die Nachricht des Tages, um von dem Schundroman und meiner möglichen Reaktion abzulenken.

»Waaas?«

Meine Strategie ist aufgegangen. Cat wirft das Buch auf den Tisch und lässt sich mit einem lauten Plumps auf einen Stuhl fallen. »Sag, dass das nicht wahr ist?«

»Meine Mum ist krank und ich muss sofort zurück nach Aberdeen, um sie zu unterstützen.«

»Wie sollen wir zwei alleine diese Wohnung bezahlen?«

Und den Kühlschrankinhalt, denke ich, weil das meiste davon von Kilian kommt. Da er ganz gut verdient im Krankenhaus, hat er immer für einen vollen Kühlschrank gesorgt und nie was gesagt, wenn wir uns an seinen Sachen bedient haben. Ich tätschele meinen Bauch und teile ihm stumm mit, dass er das Omelette möglichst langsam verdauen soll, weil es demnächst ganz schön eng wird hier.

»Das regeln wir dann«, sage ich und versuche, Cat zu mehr Taktgefühl zu bewegen. Schließlich geht es um Kilian und seine Mutter, da sind unsere Problemchen zweitrangig.

»Wir werden schon jemanden finden. Es tut mir wirklich leid für euch. Und wenn du Hilfe brauchst, sind wir natürlich für dich da! Okay? Sei nicht wieder zu feige, uns zu fragen!«

Cat streicht dem blassen Mann neben sich über die Wange und er lächelt tatsächlich.

»Was den Mann hier angeht ...« Sie tippt mit dem Finger auf das Buch, das wie ein Mahnmal zwischen uns und den Tellern liegt, und grinst. »Ich hatte recht! Das ist nicht alles Fiktion, der Typ ist echt schlimm.«

»Du kennst Adrian Moore?« Kilian nimmt das Buch und schlägt es auf. Er runzelt die Stirn, als er die Signatur liest, sagt aber nichts dazu.

»Hast du das etwa auch gelesen?«, frage ich mit hochgezogenen Brauen und mustere ihn scharf. *Bitte, sag, dass du es scheiße findest. Du studierst Medizin und bist einer der intelligentesten Männer, die ich kenne. Zerstör dieses Bild nicht!*

»Sicher. Das hat doch jeder gelesen.« Kilian lacht und entblößt dabei seine makellosen Zähne. Er könnte glatt als Zahnpastamodel durchgehen, und dabei sind die nicht mal gebleicht. Ich kenne niemanden sonst, der sich nach jedem Essen die Zähne putzt *und* Zahnseide benutzt. Nicht mal ich mache das, obwohl meine Mutter jeden Abend meinen Mund aufgerissen und meine Zähne begutachtet hat, um anschließend kräftig nachzuputzen. Die Erinnerung an diesen demütigenden Eingriff schaudert mich noch heute. Hastig versuche ich, die aufsteigenden Bilder

der Vergangenheit zu verscheuchen, wobei mir Kilians nächster Satz hilft.

»Achtzig Millionen verkaufte Exemplare weltweit.«

Ich schnappe nach Luft. Ich wusste, dass es ein Bestseller war, doch diese Zahl lässt mich schwindeln. Gott, der Typ muss tatsächlich reich sein, wenn er so viele Bücher verkauft hat.

»Und ich hatte recht.« Cat klingt langsam wie eine kaputte Schallplatte.

»Womit?«, frage ich genervt und hoffe, dass sie damit nicht meine seltsame Reaktion auf das Machwerk meint. Obwohl ich sicher bin, dass sie nichts davon ahnen kann, habe ich ein schlechtes Gewissen deswegen.

»Er ist eine bekannte Größe in der Londoner Szene, hat Jonathan gesagt.« Wie immer stößt sie den Namen ihres derzeitigen Lovers mit einem atemlosen Seufzer aus. Wenn sie ihn überhaupt ausspricht. »Er kennt die wichtigsten Leute, sogar Lord Nelson.«

»Ja genau.« Ich rolle mit den Augen und fasse mir an die Stirn. Wie dämlich kann man sein? »Lord Nelson, entschuldige mal, ist seit 1805 tot!«

»Den meine ich nicht, du Schlaumeier! Der Lord ist *der* Dom in London. Ihm gehören einige Clubs und er ist der bösartigste, genialste und erotischste Dom, den die Welt je gesehen hat.«

Warum sie bei diesen Worten strahlt wie ein Kind an Weihnachten, ist mir ein Rätsel, denn mein Kopfkino zaubert gerade Bilder von einem hinkenden, alten Typen in lächerlicher Piratenuniform herbei, der mit seinem Gehstock auf unschuldige Frauen in viktorianischen Klamotten einprügelt. »Ich kann es nicht fassen, dass *er* ihn kennt.«

»Wer, Jonathan?«, frage ich verwirrt.

»Quatsch. Adrian Moore! Jonathan hat von Lord Nelson gehört, aber natürlich hat er ihn nie persönlich gesehen. Er ist schwieriger zu fassen als der Papst.«

Und wahrscheinlich ähnlich gestört. Ich meine, nichts gegen den Papst, allerdings haben beide Männer irgendwie eine ungesunde Sexualität, oder nicht?

Kilian seufzt und räumt die Teller ab. An seinen hochgezogenen Mundwinkeln erkenne ich, wie sehr er diese Ablenkung von seinen Sorgen gerade genießt. Ach, er wird mir fehlen, und wir ihm hoffentlich auch.

»Davon hast du nichts, weil du Adrian nicht kennst«, sage ich boshaft und grinse vor mich hin.

»Und das ist auch gut so«, wirft Kilian von der Spüle aus ein, ohne uns dabei anzusehen.

»Immerhin hat er sich meinen Namen gemerkt und das Buch für mich signiert.« Cat wirft beleidigt ihre Haare nach hinten und drückt den Busen raus, als wollte sie mich damit in die Schranken weisen. Wahrscheinlich hätte sie sogar Chancen bei dem perversen Schmierfink, jedenfalls deutet sein komischer Roman darauf hin, dass er ein Faible für große Brüste hat.

»Ich begreife nicht, was du an solchen Männern findest.«

Kilian brummt zustimmend und holt eine Flasche Pimm's aus dem Kühlschrank. Cat sieht ihn erwartungsvoll mit schiefgelegtem Kopf an, und er lacht.

»Na gut«, sagt er, bevor er zwei weitere Gläser aus dem Schrank nimmt und auf den Tisch stellt. Whisky ist mir eigentlich lieber als das süße Zeug, aber ich will noch ein bisschen lesen und wenn ich zu viel Alkohol getrunken habe, klappt das nicht mehr. Obwohl ich diesen Schund betrunken besser ertragen könnte. Vielleicht wäre es dann sogar irgendwie witzig?

»Das hat nichts mit Emanzipation zu tun, Gwen. Du siehst das alles zu eng. Es ist ein Spiel! Ich bin nicht unemanzipiert, nur weil ich Bock drauf habe, mich im Bett von einem Mann verwöhnen zu lassen.«

»Verwöhnen?« Ich ziehe rügend eine Augenbraue hoch und lasse keinen Zweifel daran, was ich von ihrer euphemistischen Ausdrucksweise halte. »Dominieren. Beherrschen. Züchtigen. Das sind wohl die passenderen Worte dafür. Und bei allem Respekt, Cat: Das sind Worte aus Romanen des 18. Jahrhunderts.«

»Was?« Kilian sieht aufgeschreckt von seinem Pimm's-Glas auf, in das er wie in Trance geschaut hat.

»Na, nicht aus erotischen Romanen natürlich. Aus Literatur über Sklavenhaltung. Rassismus. Sexismus. Patriarchalismus.« Ich rede mich in Rage und sollte damit aufhören, weil Cat gleich über mich herfallen wird wie eine Löwenmutter über den Angreifer ihrer Brut. Ich kann aber nicht.

»Ich verstehe einfach nicht, warum du so ein Problem damit hast! Gut, du bist verklemmt, und ...«

»Bin ich nicht!« Ich sehe meine Speicheltröpfchen über den Tisch fliegen, doch es ist mir egal. Wahrscheinlich bekomme ich gleich Schaum vor den Mund. Kilian lehnt sich in seinem Stuhl zurück und sieht zum ersten Mal heute entspannt aus, mit seinem Senfglas in der Hand. Ich weiß, dass er unsere Wortgefechte mag, obwohl er meistens nur als stiller Teilnehmer dabeisitzt.

»Gib zu, dass du nicht mal den Vibrator benutzt hast, den ich dir geschenkt habe!« Cat sprüht inzwischen Funken.

»Das geht dich gar nichts an!«, fahre ich sie an und schlage wütend mit der Hand auf das Buch, das zwischen uns liegt. Wie kann dieser Idiot es schaffen, uns in Abwesenheit so gegeneinander aufzuwiegeln? Warum kann ich sie nicht einfach lesen lassen, was sie will, und meinen Mund halten?

»Ich finde es nicht in Ordnung, dass du dich von Männern verprügeln lässt. Andere Frauen gehen deswegen in Frauenhäuser, und mit deiner Einwilligung machst du diese Menschen lächerlich. Du versuchst damit ein Trauma aus deiner Kindheit zu verdrängen, und das kann nicht funktionieren! Das weißt du als angehende Psychologin aber selbst am besten.«

Sie schüttelt den Kopf und beißt sich auf die Wange.

»Ich mache das, weil es mir gefällt, Gwen. Und weil ich schon immer so war.«

»Warst du nicht.« Gott, ich bin manchmal stur wie ein Esel. »Erst vor einem Jahr hast du mit dem Scheiß angefangen, und davor hast du diese komischen Pamphlete gelesen. Und früher hast du ...«

»Ja, und die Bücher haben mir geholfen! Weil ich dadurch gelernt habe, dass ich nicht pervers oder krank bin. Dass es viele

Menschen gibt, die das mögen und die darauf abfahren. Die zu Dominas gehen oder in Clubs, sich fesseln und schlagen lassen und das so geil finden wie sonst nichts auf der Welt. Warum kannst du das nicht einfach akzeptieren, Gwen?«

Erstaunt stelle ich fest, dass ihre Augen in Tränen schwimmen. Dass sie so emotional reagiert ist neu, noch beim letzten Streit über das Thema hat sie mich ausgelacht und als unwissende Jungfer verspottet. Vielleicht hat sie mehr Probleme mit der ganzen Geschichte, als sie mir gegenüber zugeben will?

Brummig gebe ich nach, ich weiß bei aller Sturheit, wann Schluss sein muss.

»Dann mach so weiter, wenn du glücklich damit wirst. Trotzdem bleibt es dabei, dass der Typ eine Sache glorifiziert, die ich höchst problematisch finde.«

Ich schiebe meinen Stuhl geräuschvoll nach hinten und stehe auf. »Ich geh schlafen. Gute Nacht.«

»Gute Nacht«, knurrt Cat und leert ihren Pimm's in einem Zug. Aus dem Augenwinkel sehe ich, dass Kilian ihr nachschenkt, und als ich meine Zimmertür hinter mir schließe, höre ich sie in der Küche leise reden.

Sauer lasse ich mich aufs Bett fallen und starre wütend auf das blöde Buch. Ich habe kein Lesezeichen benutzt, sondern ein unschönes Eselsohr in die Seite gemacht. Ich werde es definitiv nicht zu Ende lesen, das kann ich mir nicht antun. Auf meinem Stapel ungelesener Bücher warten diverse Prachtexemplare der englischen Literatur darauf, dass ich mich ihnen zuwende. Einige davon brauche ich dringend für meine Abschlussarbeit, also gibt es gar keinen Grund, diesen Schund weiterzulesen.

Meine Hand greift wie von selbst zum Nachttisch und zuckt kurz zurück, als sie auf den dort liegenden Vibrator trifft. Nein, ich werde ihn nicht … schon gar nicht, während ich dieses Buch lese. Das wäre quasi eine Kapitulation. Doch plötzlich habe ich das dicke Buch in den Fingern, und obwohl ich mich wehren will, ziehe ich es zu mir heran und schlage es auf, nachdem ich meine schwarze Lesebrille aufgesetzt habe.

Ich zupfe mir beim Lesen die Lippe fast wund. Ich muss einfach wissen, wie der Scheiß ausgeht. Ich wette, das Ding hat ein total bescheuertes Happy End ...

3

»Der graue Mantel da drüben, die Nummer 57, steht doch dran.« Die dicke Frau mit der Achtzigerjahre-Dauerwelle verdreht genervt die Augen und wirft ihrem Mann einen schmallippigen Blick zu, der so viel sagt wie: »Warum lassen die so dumme Mädchen hier arbeiten? So klein ist das Theater auch wieder nicht.«

Ich ziehe den Wollmantel von einem Haken und reiche ihn mit einem strahlenden Lächeln über den schmalen Tresen. »Entschuldigen Sie, ich hatte nicht gesehen, dass der *so* groß ist«, sage ich zuckersüß und wende mich hastig dem nächsten Kunden zu, der ungeduldig auf seine Jacke wartet und mir seinen nummerierten Chip in die Hand drückt. Hinter mir schnappt die dicke Frau nach Luft, während ihr Mann beruhigend auf sie einredet. Ist doch wahr!

»Gwen? Magst du noch was mit uns trinken?« Gregs Stimme erkenne ich sofort. Und als er plötzlich hinter mir steht und seine körperliche Anwesenheit spürbar wird, überläuft mich ein Schauer. Wie immer. Er legt die Hände auf meine Hüften, ganz freundschaftlich, und schiebt mich ein Stück zur Seite, um mir zu helfen. Während ich fahrig nach der Nummer 48 suche, nimmt Greg alle verbleibenden Kleidungsstücke von den Haken und wirft sie auf die Theke.

»Suchen Sie sich was aus«, ruft er fröhlich, und natürlich ist dem blonden Sunnyboy niemand böse. Alle lachen und stürzen sich auf den Kleiderhaufen. Wenn ich das gemacht hätte, wäre ich jetzt gelyncht worden. Grinsend reiche ich dem Mann seine Jacke und folge Greg ins Theater.

Ich liebe den Geruch. Das Theater ist winzig mit seinen fünfzig Sitzplätzen (siebzig, wenn wir alle Klappstühle aufstellen, das war allerdings schon lange nicht mehr nötig), die Bühne kann man mit fünf großen Schritten ablaufen. Trotzdem herrscht eine ganz besondere Atmosphäre in dem alten viktorianischen Gebäude, was vermutlich daran liegt, dass der Angstschweißgeruch der zahlreichen Premieren irgendwie überall hängt. Hinter der Bühne ertönen Gelächter und Gläserklirren. Ich überquere den knarrenden Holzfußboden, von dem die schwarze Farbe an einigen Stellen abblättert und das darunterliegende Eichenholz zum Vorschein bringt, und stecke den Kopf durch den Schlitz im hinteren Vorhang.

In der kleinen Garderobe sitzen, trinken und rauchen die fabelhaften Vier, die soeben mit Standing Ovations verabschiedet wurden.

»Hey! Komm zu uns!« Gabrielle, von allen liebevoll Mum genannt, klopft mit der Hand auf einen wackligen Holzstuhl neben sich und greift nach einer Weißweinflasche.

»Oder magst du lieber einen Whisky?«

»Danke, Weißwein ist super.« Ich setze mich geräuschvoll und nehme das gefüllte Glas entgegen, das eher ein Becher ist. An den Extravaganzen wird hier gespart, was niemanden stört. Ich habe sowieso nicht vor, mich mit dem billigen Wein zu betrinken, stattdessen sehe ich Greg in die braunen Augen und frage, wie die Vorstellung gelaufen ist. Als ob ich das nicht wüsste! In seiner Gegenwart verliere ich jegliche Eloquenz und mutiere zu einem schüchternen, unsicheren Hühnchen. Schrecklich!

»Du hast den Applaus gehört, Süße«, erwidert er kurz, immerhin freundlich lächelnd. Neben ihm sitzt eine junge Blondine, die ich nicht kenne und die nicht zum Theater gehört. Der obligatorische Fan, nehme ich an. Irgendeine zum Abschleppen gibt es immer, und wahrscheinlich finde ich ihn überhaupt nur deshalb so toll, weil er für mich so weit entfernt ist wie der Nordpol für einen Pinguin.

Jetzt legt er die Hand auf das Knie der kichernden Blondine, die sogar für seinen Geschmack eine Spur zu blöd sein dürfte. Ich räuspere mich und denke fieberhaft darüber nach, wie ich meine intellektuellen Vorzüge so in den Vordergrund stellen könnte, dass sie die eindeutigen körperlichen Vorteile der anderen übertrumpfen. Mir fällt natürlich nichts ein, ich bin mir aber sicher, dass mir später im Bett ganz großartige Sachen in den Sinn kommen, die ich hätte sagen können. Wie immer. Wenn ich sie brauche, verlässt mich meine Schlagfertigkeit und zieht sich in ein imaginäres Schneckenhaus zurück. Als hätte sie Angst davor, dass ich was Falsches sagen könnte.

Gaby erzählt der zierlichen Jeanny, die im Gegensatz zu mir an den Abenden, an denen sie nicht die Garderobe, Kasse und Theke macht, auch mal auf der Bühne mitspielt, vom nächsten geplanten Stück. Sie hat es selbst geschrieben und es ist – oh Wunder – frivol. Trotz ihres Alters – Gaby ist annähernd so alt wie meine Mutter – strahlt sie aus jeder Pore Sex aus, was ihr ständige Verehrer einbringt.

»Gwen, da wäre sogar eine kleine Rolle für dich dabei ... allerdings müsstest du Greg küssen.«

Alle lachen, und ich stimme fröhlich mit ein. Es ist kein boshaftes Über-mich-Lachen, sondern ein Mit-mir-Lachen. Jeder hier weiß, dass ich ein Faible für Greg habe, auch er selbst.

Er hat Theaterwissenschaften studiert und ist sieben Jahre älter als ich. Seine Ausstrahlung ist enorm, sodass bei seinem Eintritt in einen Raum alle ehrfürchtig verstummen. Ehrlich, ich wundere mich, warum manche nicht sogar vor ihm auf die Knie fallen, ganz von selbst. Wie in der Kirche oder so.

Ich bin nicht in ihn verliebt, dazu bin ich viel zu realistisch. Es ist eher eine Schwärmerei, die jetzt schon zwei Jahre dauert, und ich glaube es ist mir lieber so. Es wäre entsetzlich, wenn die Realität mit ihm nicht annähernd so schön wäre wie meine gelegentlichen Träume, und meine Erfahrung hat mich gelehrt, dass die Wirklichkeit einen immer enttäuscht, wenn man sich vorher zu viele schöne Gedanken über etwas gemacht hat. Das Leben ist schöner in der Fantasie, nicht nur, wenn es um Sex geht.

Trotzdem schieße ich mit den Augen Giftpfeile zu der Blondine rüber, die an seinen Lippen hängt wie eine Drogensüchtige am Joint.

»Ich würde schon beim Auftritt hinfallen«, sage ich, und Gaby winkt ab.

»Würdest du nicht. Du bist noch nie auf der Bühne hingefallen.«

»Ich war noch nie auf der Bühne, wenn Publikum anwesend war«, beharre ich. »Außerdem lisple ich und das hört sich schrecklich an.«

»Seit wann lispelst du denn?« Jeanny lacht ein glockenhelles Lachen. Sie ist Exhibitionistin, da bin ich mir ganz sicher. Ich habe sie sogar mal dabei erwischt, wie sie – angeblich versehentlich – in Unterwäsche über die Bühne gelaufen ist. *Vor* dem Vorhang entlang! Und die Hälfte des Publikums war schon aus der Pause zurückgekehrt. Sie hat nachher entsetzt gekreischt und so getan, als wäre ihr das furchtbar peinlich, aber ich habe das zufriedene Grinsen in ihrem Gesicht genau gesehen.

»Seitdem ich meine Zahnlücke habe«, erwidere ich und kneife meine Lippen zusammen, weil mir gerade alle, wirklich *alle*, auf den Mund starren, als hätte ich da neuerdings ein Piercing. Dabei habe ich diese blöde Zahnlücke schon ewig. Nur weil ich mit dreizehn zu faul war, die Zahnspange regelmäßig einzusetzen und lieber ohne das unbequeme Ding geschlafen habe, bis es meiner Mutter zu blöd (und zu teuer) wurde und ich ohne auskommen musste. Ich mag meine Zahnlücke, weil ich durch sie pfeifen kann, wenn ich will. Außerdem passt sie zu mir. Eine kleine, zierliche Frau mit blonden – nein, Entschuldigung – erdbeerblonden Haaren und einer Haut, die im Sommer so gesprenkelt ist wie das Testbild im Fernseher, sollte unbedingt eine Zahnlücke haben. Und eine Brille, natürlich, die ich aber nur zum Lesen aufsetze, wenn ich allein bin.

Greg und die Blondine tuscheln und sie kichert. Wahrscheinlich hat er ihr was Schmutziges ins Ohr geflüstert und sie reagiert darauf wie ein Klischee aus einem Groschenheft. Typisch.

Apropos Groschenheft. Tatsächlich habe ich letzte Woche das unsägliche Buch zu Ende gelesen. Und natürlich hatte es ein absolut dämliches Ende, ich hatte nichts anderes erwartet. Ich hasse Happy Endings in Liebesgeschichten. Ehrlich, die besten Liebesgeschichten der Literatur haben keins, sonst wären sie nicht die besten Geschichten geworden, sondern schmalziger Kitsch. Madame Bovary – vergiftet. Julia Capulet – erstochen. Anna Karenina – Selbstmord. Werther – Selbstmord. Gwendolyn Hamlin – betrogen (ich lebe zwar noch, allerdings als Single, wobei das für erfahrene Leute wahrscheinlich das einzig wahre Happy End sein müsste).

Das Geplauder der anderen zieht an mir vorbei wie ein kleiner Bach. Ich höre sie reden, bekomme aber nicht viel mit von den Gesprächen. Stattdessen befassen sich meine Gedanken mit diesem Buch.

Ja, es ist unsäglich schlecht. Ja, ich habe es mit meinem Rotstift vollgeschmiert und Notizen an den Rand gemacht – als ob die jemanden interessieren würden, mich haben sie jedoch mehr befriedigt als das Geschmiere an sich. Das Frauenbild in diesem Buch hat mich genauso auf die Palme gebracht wie die blöden Pornos, die ich mir vor zwei Jahren mit Cat zusammen angeguckt habe. Ich war so erregt über die schamlose Ausnutzung dämlich wirkender Frauen in diesen Filmen, dass sie ihren eigentlichen Zweck bei mir völlig verfehlt haben (allerdings nicht bei Cat, oh Mann).

Bevor Greg und Blondie ihren privaten Porno vor meinen Augen starten – ich habe gerade seine Zunge in ihrem Ohr gesehen, bah –, beschließe ich, nach Hause zu fahren. Alle verabschieden sich von mir, ohne ihre Gespräche zu unterbrechen. Na, wir sehen uns morgen Abend schon wieder, zu *Cyrano de Bergerac*. Nicht einmal seine künstlich verlängerte Nase wird mich daran hindern, Greg unfassbar schön zu finden.

Draußen knöpfe ich seufzend die Jacke zu. Es ist immer noch ziemlich kalt und vor allem verregnet, langsam sehne ich mich nach Sonne und Wärme. Außer mir sind nicht mehr viele Leute unterwegs, was mich nicht wundert. Wer am Samstagabend so spät nicht zuhause auf dem Sofa hockt, ist entweder in einem der dämlichen Clubs feiern oder schläft schon.

Es ist kurz nach elf, als ich die U-Bahn-Station betrete. Mist, ich habe die Bahn um ein paar Minuten verpasst, jetzt muss ich eine Viertelstunde auf die nächste warten. Ich hasse Newcastle. Edinburgh ist zwar nicht größer, aber die Stadt steht wenigstens dazu, ein Kaff zu sein. Newcastle dagegen versucht, mit den Großen zu spielen und versagt dabei kläglich.

Gelangweilt ziehe ich mein Handy hervor und checke meine Facebook-Neuigkeiten. Cat hat vor zwei Stunden gepostet, dass sie sich gerade fertig macht für eine total geile Party, und schickt ein Foto ihrer neuen Stiefel mit. Moment mal – neue Stiefel? Ich vergrößere das Bild und mustere es scharf. Nein, Glück gehabt, es sind die alten neuen Stiefel. Die kenne ich schon. Bei unserer derzeitigen finanziellen Situation sollten wir beide unser Geld zusammenhalten, ein neuer Mitbewohner findet sich bestimmt nicht so schnell.

Eine Freundschaftsanfrage lässt mich stutzen. Ich habe genau dreiundzwanzig Freunde bei Facebook, worüber Cat sich ständig lustig macht. Sie hat ungefähr fünfhundert, davon kennt sie jedoch höchstens fünfzig in echt. Ich weiß nicht worin der Sinn liegt, sich mit Menschen zu *befreunden*, die man gar nicht kennt und womöglich nie im Leben treffen wird? Warum sollte mich interessieren, welchen Film die gerade gesehen haben oder was sie in welchem Restaurant essen? Außer als Warnung natürlich, wo ich gerade nicht essen gehen sollte. Und sonst?

Cat lebt förmlich auf Facebook und postet jeden Unsinn dort. Als sie mir verzweifelt eine Nachricht schicken wollte, dass das Klopapier alle ist und ich ihr schnell welches bringen soll, weil ich weder ihre Hilferufe noch mein Handy gehört habe (ich saß am Rechner und kritzelte an einer Hausarbeit, dabei höre ich Musik mit Kopfhörern), hat sie die Meldung versehentlich auf meine Pinnwand gepostet und nicht als private Nachricht geschickt. Das gab ein Hallo! Ich glaube, die halbe Welt hat das gelesen, nur ich nicht. Als ob ich Zeit hätte, bei Facebook nach Neuigkeiten zu gucken, während ich arbeite!

Sie war nachher stinksauer auf mich, dabei war das nun echt nicht mein Problem! Mir wäre die Aktion mit dem Vibrator viel peinlicher gewesen, aber das hat sie wiederum gar nicht gestört. Sie hat ihre Suche *billigen Vibrator online bestellen* versehentlich nicht bei Google, sondern bei Facebook in ihren Status eingetippt, und all ihre über 500 Freunde konnten das lesen. Ich hätte mich sofort von Facebook abgemeldet und wäre im virtuellen Nirwana verschwunden. Cat dagegen hat es mit Humor genommen. Zumal sich aufgrund dieser Meldung mehrere männliche Kontakte ergeben haben, die sich als Vibratorersatz anboten.

Nun frage ich mich allerdings, wer sich mit *mir* anfreunden will. Mein Profil ist nicht besonders gut gepflegt, wozu auch. Schließlich weiß ich nicht, welche Informationen Facebook öffentlich in die ganze Welt jagt, und es muss ja nicht jeder alles über mich wissen. Nachher taucht mein Profilfoto auf irgendeiner Pornoseite auf und daneben steht für alle sichtbar *Gwen Hamlin gefällt das*.

Der Name, der auf meinem winzigen Handymonitor erscheint, lässt mich erstarren.

Was? Was will *der* denn von mir? Spinnt der? Wie kommt der überhaupt auf meinen Namen? Mir wird heiß, während die U-Bahn mit lautem Fauchen einfährt. Ich bin die Einzige am Bahnsteig, und der Wagen, in den ich steige, ist leer. Ganz vorn sitzt ein knutschendes Pärchen, das ich mir nicht antun will, daher sitze ich lieber allein. Mit meinem Handy und einem Facebook-Freund, den ich gar nicht haben will.

4

»Seit wann bist du mit Adrian Moore befreundet?«, frage ich mit hochgezogenen Augenbrauen.

Cat hat winzige Schlitzaugen am Sonntagmorgen, die Party war offenbar lang. Und gut. Weil sie sich den Hintern reibt nehme ich an, dass sie noch mit Jonathan unterwegs war und ... sonst was gemacht hat. Erwartungsvoll sehe ich sie an.

»Also?«, hake ich nach und tippe mit den Fingern auf den Tisch.

»Woher weißt du das denn? Du interessierst dich doch sonst nicht für Facebook! Ich hab ihn einfach hinzugefügt, als ich ihn da entdeckt habe, und er hat mich als Freundin akzeptiert. Toll, oder?«

»Der hat zigtausend Freunde bei Facebook, Cat. Dem ist das ganz sicher egal, wer so alles mit ihm befreundet ist. Aber jetzt hat *er* mich zu seiner Liste hinzugefügt, und da er meinen Namen gar nicht kennt, muss er über dich auf mein Profil gekommen sein.«

»Ehrlich?« Cat reißt die Augen auf und starrt mich an, als hätte ich ihr gerade erzählt, ein Date mit Prinz William zu haben. »Er hat *dich* bei Facebook angequatscht?«

»Was ist daran so ungewöhnlich?«, frage ich beleidigt. Gut, mein Profilfoto zeigt mich nicht unbedingt von meiner besten Seite, aber irgendein Foto musste ich dort einstellen. Schließlich will ich selbst auch wissen, mit wem ich es zu tun habe und hasse Profilfotos von Urlaubssträden oder Haustieren.

»Ich habe seine Anfrage natürlich nicht angenommen«, sage ich großspurig und bin ein bisschen stolz auf mich. Klar, es ist das erste Mal, dass ein sozusagen Prominenter mich bei Facebook wahrgenommen hat – meine ständigen Lobhudeleien auf den Facebook-Seiten meiner Lieblingsautoren lesen wahrscheinlich bloß deren Agenten, wenn überhaupt, genau wie meine sorgfältigen Rezensionen. Trotzdem sehe ich nicht ein, ihn zu meiner kleinen und ausgesuchten Freundesliste hinzuzufügen, weil ich ihn ja nicht einmal *mag*. Vielleicht steckt auch bei ihm nur eine Agentur hinter der Seite, die jedem potentiellen Fan nachjagt?

»Wieso nicht?« Cat reibt sich die Stirn und stöhnt. Wann ist sie eigentlich nach Hause gekommen? Ich hab keine Ahnung, ich jedenfalls war um halb eins im Bett und habe noch eine Viertelstunde gelesen, bevor ich selig eingeschlummert bin. Ich habe einen sehr gesunden Schlaf und bin in der Lage, an jedem Ort der Welt innerhalb von fünf Minuten einzuschlafen, wenn ich müde bin. Mein Schlaf ist legendär.

Daher bin ich kaum verwundert, als ein großer, breitschultriger und ziemlich nackter Mann mit zerzausten Haaren unsere Küche betritt. Und es ist eindeutig nicht Kilian.

»Cat?«, sage ich leise und tippe sie an. Sie hat ihre Stirn auf die Arme gelegt und presst die heiße Kaffeetasse gegen ihre Schläfe, was auch immer das bringen soll.

»Oh, guten Morgen!« Der Unbekannte, der *er* sein muss, grinst und bleibt völlig ungeniert in der Tür stehen. Gott, ich weiß gar nicht, wo ich hinsehen soll und starre aus Verzweiflung nach oben auf die Küchenlampe, die seit zwei Jahren aus einer einzelnen Glühbirne besteht, weil wir uns nicht einigen konnten, ob wir einen Spotstrahler oder eine Hängelampe über dem Esstisch haben wollen.

»Hey, guten Morgen! Hast du gut geschlafen? Kaffee?« Die gerade noch scheintote Cat springt mit strahlendem Lächeln auf und bedeutet ihm, sich hinzusetzen. Zum Glück tut er das gleich, sodass ich endlich wieder hinsehen kann. Ich weiß, dass ich blass geworden bin. So viele nackte Männer habe ich nicht gesehen in meinem Leben, und mir war das noch nie angenehm. Ich meine, das Ding, das da zwischen den Beinen rumbaumelt, ist im Ruhezustand nicht unbedingt schön. Also irgendwie keine große Leistung der Natur. Manche Männer gehen damit jedoch so unbekümmert um, als wären sie stolz darauf, und das große Exemplar in unserer Küche scheint zu denen zu gehören. Gütiger Himmel, mein Kopfkino will schon richtig loslegen, und das am Sonntagmorgen vor meinem ersten Kaffee!

»Hi, ich bin Jonathan.« Er reicht mir seine Hand und ich lasse zu, dass er meine Fingerspitzen kurz streift, bevor ich meine Hand hastig wegziehe. Ich weiß nicht – doch, gütiger Himmel, ich *weiß* es ja! – was er so alles damit angefasst hat und ob er schon im Bad war, um sich die Hände zu waschen. Wenigstens eine Unterhose hätte er anziehen können. Ich hasse Nudisten!

»Gwen. Cats Mitbewohnerin.«

»Cat?« Er zieht eine seiner buschigen Augenbrauen hoch und wirft meiner besten Freundin, die mit dem Rücken zu uns fluchend an der Kaffeemaschine steht, einen schmunzelnden Blick zu. Als sie sich umdreht, ist sie knallrot im Gesicht. Ich verstehe nicht ganz, warum. Hat sie sich Madame Pompadour genannt oder was? Zutrauen würde ich ihr das.

»Der Spitzname passt perfekt zu dir, mein kleines, schnurrendes Kätzchen.« Er zieht mit beiden Händen ihren Kopf zu sich runter, nachdem sie seine Tasse vor ihm abgestellt hat, und küsst sie. Liebe Güte, vor dem ersten Kaffee anderen beim Knutschen zuzusehen, ist echt nicht meins. Meine Freundin gibt Töne von sich, die an eine kranke Katze erinnern. Hastig stehe ich auf und überlasse die Küche den beiden Turteltäubchen.

Eigentlich sieht er ganz nett aus, ich kann mir gar nicht vorstellen, dass er wirklich ein Sadist ist. Wobei – sieht man denen das an? Mein Zahnarzt sieht ja auch ganz nett aus, mit seinem Mondgesicht und der Nickelbrille. Nein, da will ich gerade gar nicht weiter drüber nachdenken.

»Ich geh eine Runde arbeiten«, rufe ich und verschwinde eilig in meinem Zimmer. Gut, jetzt weiß ich immer noch nicht, wie Adrian Moore dazu kommt, sich mit mir anfreunden zu wollen, außer, dass es mit Cat zu tun haben muss. Anders hätte er mich gar nicht finden können auf Facebook, schließlich habe ich mich ihm nicht namentlich vorgestellt. Hat er mein Foto erkannt? Oder womöglich in Cats Freundesliste gezielt nach mir gesucht? Der Gedanke löst ein seltsames Kribbeln in mir aus, das ich mir nicht erklären kann. Es fühlt sich ein bisschen so an, als ob ich geschmeichelt wäre. Und ein bisschen ... als ob mir die Idee gefiele. Was für ein Unsinn!

Ich lese und versuche, die glucksenden Laute aus der Küche zu überhören. Mein Magen knurrt, aber ich werde die Küche nicht betreten, bevor ich nicht sicher sein kann, dass die beiden die Wohnung verlassen haben. Mein Kopfkino spult einen Film vom nackten Jonathan ab, der sich an einer über den Tisch geworfenen Cat vergnügt und ihr den Po versohlt.

Neugierig fahre ich den Rechner hoch und kann nicht umhin, auf meine Facebook-Seite zu schauen. Kann ja sein, dass jemand am Sonntagmorgen was Wichtiges geschrieben hat. Vielleicht hat Greg ein Foto vom Hintern der Blondine gepostet (nicht, dass er das je getan hätte ... trotzdem warte ich ständig darauf, um mich darüber amüsieren zu können). Oder Faith, meine ehrgeizige Studienkollegin, postet, dass sie mit der Hausarbeit nicht klarkommt und das Studium aufgibt. Gut, das fällt in den Bereich Fantasy. Eher teilt Professor Duncan der Welt mit, dass er gerade aus einem Dominastudio kommt und sein Hintern voller Striemen ist. Wobei ... na egal.

Die Freundschaftsanfrage leuchtet mit einer drohenden, roten Eins dahinter. Warum macht Facebook das? Können die mich nicht einfach damit in Ruhe lassen? Ich könnte sie ablehnen und den Typen sogar *anzeigen*, weil er mich belästigt. Dann wird er vielleicht gesperrt! Immerhin schreibt er Schundpornos, so was will Facebook bestimmt nicht haben, die sind doch angeblich so herrlich amerikanisch sauber.

Cat hat mal im betrunkenen Zustand ein Foto von ihren nackten Brüsten gepostet (auch das war für eine private Nachricht gedacht, aber mit dem Handy hat sie noch mehr Probleme als mit dem Laptop). Man sah nicht mal die Brustwarzen, trotzdem wurde das Bild gelöscht und sie war eine ganze Woche gesperrt.

Himmel, das war eine mittlere Katastrophe! Sie lief verzweifelt wie ein Junkie auf Entzug durch die Wohnung und jammerte vor sich hin, dass sie sozial ruiniert sei und niemand sich mehr an sie erinnern würde nach diesem langen Zeitraum. Dabei hätte sie nur mal zur Uni gehen müssen, um soziale Kontakte aufzufrischen, doch das gehört nicht gerade zu ihren bevorzugten Aktivitäten.

Ich habe eine neue Nachricht. Eine Nachricht, ich! Im Ordner »Sonstige«, der war bislang immer leer. Meine Neugier ist größer als alles andere und natürlich klicke ich den Text an, als ich sehe, von wem sie kommt.

Gwendolyn,

bitte nimm meine Freundschaftsanfrage an. Deine Kritik interessiert mich und ich will mehr darüber hören. Schließlich soll mein nächster Roman auch intelligenten, gebildeten Frauen wie dir gefallen. Ich wünsche dir einen zauberhaften Sonntag, hier in London ist es neblig und trüb. Mit den besten Grüßen aus der Hauptstadt

Adrian

Was zum...? Ich reibe mir übers Gesicht und springe auf, um das sofort Cat zu erzählen. Das seltsame Quietschen, das ich von nebenan höre, hält mich davon ab. Wer weiß, was die da gerade machen? Besser, ich bleibe in meinen vier Wänden.

Mein Herz klopft plötzlich schneller. Ich meine, obwohl er Schund schreibt – trotzdem ist sein Roman das meistverkaufte Buch in diesem Jahr, und er hat Millionen von Lesern. Warum will er *meine* Meinung dazu hören? Hat sein Verlag keine Lektoren? Liest er keine Zeitungen? Was soll das?

Bevor ich weiter darüber nachdenken kann, tippe ich schon eine Antwort in meinen Rechner. Manchmal bin ich einfach zu impulsiv.

Hallo Mr Moore,

ich habe Ihr Buch inzwischen gelesen (weil ich genötigt wurde), und es hat mir leider überhaupt nicht gefallen. Im Gegenteil muss ich sagen, dass es all meine schlimmen Befürchtungen nicht nur erfüllt, sondern noch übertroffen hat. Es ist eins der schrecklichsten Bücher, die ich je lesen musste (und zu denen gehört auch »Große Erwartungen« von Dickens, ein entsetzlich langweiliges Buch, meiner Meinung nach völlig überbewertet).

Da Sie eine ausführliche Rezension wünschten, teile ich gern meine Eindrücke mit Ihnen.

Der Schreibstil ist so schlicht und einfach, dass sich das Buch liest wie ein Jugendroman. Dafür ist jedoch viel zu viel Sex enthalten, sodass ich das nicht als Entschuldigung werten kann. (Es sei denn, Sie sind noch perverser als ich glaube und schreiben absichtlich einen Porno für Teenager?) Die Protagonistin ist so dämlich, dass ich ihr ständig auf den Kopf hauen wollte. Ich meine, ernsthaft, aber welche junge Frau lässt sich denn auf so einen widerlichen, machohaften Charakter wie Ihren Ich-Erzähler ein? Hallo? Das Frauenbild, das Sie mit dieser Figur gezeichnet haben, beleidigt jede halbwegs intelligente Leserin. Ich jedenfalls habe mit dieser Person absolut nichts gemeinsam, sie hat den Verstand eines Erdmännchens und den Intellekt einer Barbiepuppe. Zumindest verhält sie sich so.

Warum muss alles, was mit Erotik zu tun hat, so entsetzlich platt und plump sein? Warum müssen Frauen doof und Männer allmächtig sein? Warum gibt es keine politisch korrekten Pornos? Es gibt sie, glaube ich jedenfalls, aber sie fristen sicherlich ein düsteres Dasein in staubigen Ecken von irgendwelchen Frauensexshops. Wer will das schon sehen? Wahrscheinlich ist der Begriff emanzipierter Porno ein Oxymoron, so wie Hassliebe oder ein stummer Schrei.

Als ob Sex zwischen zwei intelligenten, gleichberechtigten Partnern nicht genauso gut sein könnte. Ich begreife es nicht. Aber das ist meine persönliche Meinung und hat mit meiner Kritik an Ihrem Roman nichts zu tun. Dieses jedoch schon:

Die Sexszenen sind viel zu zahlreich und fangen viel zu früh an. Ich war noch gar nicht warm geworden mit den Personen, da springen die schon miteinander ins Bett! Außerdem gefallen mir einige Worte nicht, die Sie in diesen Beschreibungen benutzen. Das kann man auch stilvoller und würdevoller ausdrücken, ohne in einen Gossenjargon zu verfallen. Ich meine, ich lese solche Bücher normalerweise gar nicht, doch da waren Ausdrücke dabei, du meine Güte … zudem wiederholen die sich auch noch ständig. Gut, wir alle kennen langweiligen Sex, der immer gleich abläuft, aber in einem Roman erwarte ich, dass es da spannende Abwechslungen gibt. Das bisschen Gehaue und Fesseln – also da macht meine Freundin schlimmere Sachen. Glaube ich jedenfalls. Das holt doch heute niemanden mehr hinter dem iPad hervor?

Ein guter Erotikroman sollte im Übrigen nur Sexszenen beinhalten, die mit der Geschichte zu tun haben. Es muss innerhalb der Sexszenen eine Entwicklung geben, entweder bei den Figuren oder in der Handlung. Allerdings, das fällt mir gerade dazu ein, vermisste ich bei Ihrem Roman sowieso eine Handlung. Also das, was man gemeinhin Plot nennt. Es geht immer um das Eine – junges Mädchen trifft reichen Sexprotz und steigt ständig mit ihm ins Bett. Ja und sonst? Was passiert denn eigentlich in diesem Buch? Die Personen sind am Ende dieselben wie am Anfang, niemand hat eine tiefere Einsicht bekommen oder sich verändert. Ein guter Roman bringt veränderte Figuren hervor, die durch die erzählte Geschichte leben und eben einschneidende Erlebnisse haben. All das habe ich in Ihrem Roman schmerzlich vermisst, daher steht er jetzt mit roten Notizen am Rand ganz hinten im Regal, zwischen »Große Erwartungen« und dem letzten Buch von Kenneth McDuncan, der im Übrigen ein arroganter Blödmann ist.

Mit freundlichen Grüßen

Gwen Hamlin

Ich lese mir die Antwort gar nicht mehr durch, sondern klicke mit einem Gefühl innerer Befriedigung auf *Antworten*. Ha! Der wird seine Freundschaftsanfrage in den nächsten zehn Minuten zurückziehen, darauf wette ich. Dem hab ich's gegeben! Ich brenne vor Begierde, Cat davon zu erzählen. Sie wird jaulen und heulen, aber da sie das gerade sowieso tut, traue ich mich noch nicht, mein Zimmer zu verlassen. Ich fühle mich wie eine Gefangene in der eigenen Wohnung und finde es echt blöd, dass Kilian arbeiten ist und mir keine Unterstützung bieten kann.

Zufrieden mit mir und meiner Abreibung schnappe ich mir *Außer Atem* von meinem Lieblingsautor John Karry und krieche damit ins Bett zurück. Wird Zeit für ein gutes Buch nach diesem entsetzlichen Schund, der mir leider seit einer ganzen Woche im Hirn herumspukt.

5

»Sag mal, spinnst du?« Cats Gesicht leuchtet genauso rot wie ihre Haare, als sie wutschnaubend den Kopf durch meine Zimmertür steckt. Ich blinzle träge, offenbar bin ich über dem Buch eingeschlafen. Mein Nacken ist steif und meine rechte Hand kribbelt vor Taubheit.

»Was?«

»Du kannst doch nicht Adrian Moore, dem Bestsellerautor, schreiben, dass sein Buch eins der schrecklichsten Bücher ist, die du je gelesen hast?«

Erst jetzt bemerke ich, dass sie ihr iPhone in der Hand hat und mir das Display entgegen hält. Ich fahre hoch und starre sie verwirrt an. »Woher weißt du denn...?«

»Er hat es bei Facebook gepostet. Mit deinem vollen Namen, du Hirn!« Sie schüttelt den Kopf und verdreht die Augen. »Rate mal, wie viele wütende Postings von Fans du auf deiner Pinnwand hast?«

»Waaas?« Wie kann überhaupt jemand auf meine Pinnwand posten? Einfach so? Hab ich das so gewollt, oder hat Facebook über meinen Kopf hinweg über mich bestimmt? Unglaublich!

Eilig haste ich zu meinem Rechner und rufe mein Profil auf. Oh. Mein. Gott.

»Oh. Mein. Gott.«

»Oh ja, Scheiße. Ich glaube, du bist heute die am meisten gehasste Person auf Facebook. Und ich bin mit dir befreundet!« Cat wirft beide Arme in die Luft und lässt sich auf mein Bett plumpsen. War mir klar, dass *das* ihr größtes Problem an der Sache ist.

Ich scrolle durch die Nachrichten und stöhne zwischendurch auf. *Frigide Zicke* und *möchtegernintellektueller Blaustrumpf* sind noch die nettesten Bezeichnungen, die ich über mich lese. Ich klicke das Profil von Adrian Moore an und lese ganz oben meine Nachricht – wortwörtlich. Mit Link zu meiner Facebookseite. Die dreiundzwanzig neuen Freundschaftsanfragen ignoriere ich vorerst. Offenbar bin ich nicht *ganz* alleine auf der Welt, das tröstet mich ein wenig.

»Warum kannst du nicht einfach mal akzeptieren, dass es Menschen gibt, die anders sind als du?«, fragt Cat, und in ihrer Stimme klingt so etwas wie Verzweiflung.

»Du meinst dümmer als ich?«, antworte ich ungerührt und mache mich daran, einige besonders böse Postings zu löschen. Weg, weg, und weg. Unverschämt, wildfremden Leuten einfach ungefragt die Meinung zu sagen.

»Nicht jeder, der ab und zu mal was Triviales mag, ist gleich dumm, Gwen.« Cat seufzt. »Du vergräbst dich seit Jahren hinter deinen Büchern, setzt dich auf ein hohes Ross und tust so, als wäre das ganze normale Leben lächerlich. Du bist keine Hauptfigur in einem viktorianischen Roman, sondern eine ganz normale junge Frau. Leb damit, dass die Welt sich geändert hat und nicht jeder sich mit anspruchsvoller Literatur quälen will. Man verblödet nicht gleich, wenn man mal X-Factor oder The Voice guckt.« Ich klicke wild auf meiner Pinnwand rum, aber irgendwie kommt es mir so vor, als ob für jedes gelöschte Posting gleich ein Neues erscheint. Kann ja wohl nicht wahr sein!

»Hörst du mir überhaupt zu?« Cats Stimme wird schrill, leider ein ganz schlechtes Zeichen.

»Jaha. Moment.« Mir ist echt heiß. Am liebsten würde ich den Pullover ausziehen, trage jedoch nur einen BH darunter und weiß nicht, ob der nackte Jonathan noch in der Wohnung ist. »Ich hasse Facebook.«

»Du solltest dich einfach öfter mal auf deine Finger setzen und nicht jedem ungefragt deine Meinung um die Ohren hauen.«

Hä? Habe ich das nicht vorhin selber gedacht, allerdings über die anderen? So bin ich doch gar nicht!

»Er *hat* mich gefragt!«, antworte ich empört und klicke auf den Nachrichteneingang. Im Ordner *Sonstiges* wartet einiges ungelesen auf mich, unter anderem eine Nachricht mit dem Foto, das ich mir heute Morgen so lange angesehen habe. Die blauen Augen wirken sogar auf dem Bild durchdringend, wie retuschiert. Meine Hand zittert auf einmal, als ich die Nachricht anklicke.

Gwen,

danke für deine offenen Worte. Mit einer so niederschmetternden Kritik hatte ich nicht gerechnet und habe ein paar Rückfragen.

Leider bist du gar nicht darauf eingegangen, ob das Buch dich beim Lesen angemacht hat. Ich möchte wissen, ob dein Höschen feucht geworden ist, dein Herz schneller geschlagen hat, deine Hände gezittert haben und dein Atem schneller ging? Ob du die Beine zusammengepresst hast beim Lesen, vielleicht sogar eine Hand in deinen Schoß geschoben und an dir gerieben hast?

Es wäre großartig, wenn du mir diese Fragen noch beantworten könntest. Ich freue mich auf weitere Diskussionen mit dir.

Grüße vom dunklen Abgrund der dichterischen Frustration sendet dir

Adrian

»Wehe, du beantwortest das!« Cat zischt die Worte in mein Ohr und spuckt dabei sogar ein wenig. Sie hängt über meiner Schulter und starrt mit mir auf den Monitor. »Gwen, lösch das sofort und antworte bloß nicht darauf! Du weißt, was er mit deiner Antwort machen wird!«

»Quatsch«, sage ich leise, doch vermutlich hat sie recht. Ich sollte den Typen ignorieren und ihm eine Geschlechtskrankheit an den Hals wünschen. Bei seinem mutmaßlichen Lebenswandel hat er die wahrscheinlich sowieso schon.

Mein Magen macht seltsame Geräusche, obwohl ich keinen Hunger mehr habe. Nicht mal Appetit. Jemand könnte mir ein Schokoladensoufflé vor die Nase stellen, ich würde es nicht anrühren. Diese Nachricht ärgert mich gerade so, dass ich mich heftig auf meine Finger setzen muss, um nicht zu antworten.

»Wie unverschämt ist der Typ eigentlich? Hält sich wohl für unwiderstehlich. Wahrscheinlich kriegt er im Bett gar keinen hoch und muss sich deshalb so aufspielen!«

»Das glaubst du doch selbst nicht.« Cat lacht zum ersten Mal heute ihr lautes Lachen. »So wie der aussieht, hat er jede Menge Sexsklavinnen, die sich ihm bereitwillig unterwerfen.«

Ich schnaufe empört. »Cat, du solltest als Frau nicht so über andere Frauen reden, das finde ich extrem sexistisch.«

Sie zuckt mit den Achseln. »Was ist daran verkehrt? Ich liebe es, eine Sklavin zu sein.«

Ich verdrehe genervt die Augen. Ich kann das blöde Gerede über Subs und Doms und SSC (das heißt Safe, Sane and Consensual, also sicher, gesund und einvernehmlich – haha, gesund!) nicht mehr hören. Seit Monaten spricht sie von nichts anderem, als hätte sie endlich den Sinn des Lebens gefunden.

»Du bist keine Sklavin, Cat. Du bist eine erwachsene, selbstständige Frau, die Psychologie studiert. Psychologie!« Ich sehe ihr tief in die Augen, als ob ich dadurch ihr Hirn wieder zum Leben erwecken könnte. Merkt sie denn selbst gar nicht, wie bescheuert das alles ist?

»Ja, und die bleibe ich auch, keine Sorge. Übrigens gilt eine Leidenschaft für SM nicht als psychische Krankheit. Wir leiden nicht alle unter schlimmen Traumata oder so was, das sind bescheuerte Klischees. Es ist eine Spielerei im Schlafzimmer, mehr nicht.«

Ich schnaufe noch mal, das muss reichen um ihr klarzumachen, dass mich das absolut nicht interessiert. Nur weil etwas keine Krankheit ist, ist es nicht automatisch gesund!

»Und nicht alle Autoren haben das, worüber sie schreiben, erlebt. Das ist auch bloß ein blödes Klischee! Oder glaubst du im Ernst, dass ein Krimiautor nur gute Krimis schreiben kann, wenn er schon einmal selbst jemanden umgebracht hat?«, frage ich zurück.

»Was *er* geschrieben hat – das ist so lebensnah und authentisch, das muss er einfach selbst erlebt haben. Zumindest zum Teil. Ich weiß es, weil ich es selbst kenne.«

Cat zeigt demonstrativ auf ihren Oberarm, der ziemlich blau ist. Sogar der Cupcake sieht aus wie ein Blaubeer-Cupcake. Du liebe Zeit!

»Das ist doch wohl der Hammer! Ich hoffe sehr, dass ihr euch nicht wieder auf unserem Esstisch vergnügt habt, sonst bist du schuld, wenn ich anorektisch werde.«

»Haha. Schieb mir nicht die Schuld dafür in die Schuhe, dass du zu dünn bist. Ich glaube, Kilian hatte recht mit seiner Einschätzung von dir.«

»Was hat Kilian damit zu tun?« Ich bin langsam so genervt, dass ich mir eine Sturmflut wünsche. Oder die Explosion eines alten Kohlekraftwerks. Irgendwas, das Cat und die Welt von mir ablenkt und sie nötigt, sich mit wichtigen Dingen zu befassen und nicht mit meiner Meinung über einen Schundroman. Unglaublich!

»Er hat gesagt, dass du eine Profilneurose hast, weil du so klein bist.« Cat verschränkt die Arme vor der üppigen Brust und grinst triumphierend. Ich weiß, dass Kilian das glaubt. Weil ich gerade mit Müh und Not über ein Autodach gucken kann? Sehr witzig! Wie viele Klischees wollen wir heute noch breittreten?

»Er hat selber eine, wie du weißt, also würde ich da nicht viel drauf geben.« Ich stehe auf und schließe alle Browserfenster. Für heute habe ich die Nase voll von Facebook und Co. »Ist dein … Sklavenhalter noch da?«, frage ich vorsichtig, bevor ich es wage, meine Zimmertür zu öffnen.

»Nee, der ist nach Hause. Und ich hab riesigen Kohldampf. Essen?«

»Klar. Pizza?«

Cat schlüpft in ihre hochhackigen Stiefel im Flur und winkt mir. »Na los. Ich kann gerade eine Riesenportion Käse brauchen, du ahnst nicht, wie viele Kalorien ich beim …«

»Aaaaah«, schreie ich, um sie zu unterbrechen, während ich meine Jacke von der Garderobe nehme. Noch mehr Kopfkino ertrage ich heute echt nicht, schon gar nicht auf nüchternen Magen.

Auf dem Weg zu Antonio erzählt sie von Jonathan und ich beschließe, eine geduldig zuhörende, gute Freundin zu sein. Netterweise erspart sie mir pikante Details, doch nach der Lektüre dieses Buches weiß ich sowieso, was die beiden miteinander treiben. Leider weiß ich viel mehr, als ich jemals wissen wollte.

»Er ist wirklich toll, ich kann dir versichern – nicht annähernd so hart, wie alle behaupten.«

Irgendwie ist sie süß, so frisch verliebt. Trotzdem muss ich sie warnen.

»Ich dachte, der hat keine Beziehungen und wechselt seine Gespielinnen wie normale Männer ihre Unterhosen?«

»Na ja, wer weiß? Immerhin hat er bei mir übernachtet.« Cat hüpft über eine Pfütze und kneift mir in den Oberarm. »Übernachtet! Das macht er sonst nie!«

»Du musst wissen, was du tust. Ich wäre vorsichtig«, mahne ich. Sie schiebt die schmale Glastür auf, hinter der uns eine warme Wolke aus Pizza- und Käsegeruch empfängt, und wartet, bis ich eingetreten bin. Antonios Pizzeria ist winzig und besteht aus drei Resopaltischen mit Plastikstühlen. Aber er macht die beste Pizza in ganz Newcastle, und das zu unschlagbar günstigen Preisen. Allerdings heißt er nicht Antonio, sondern Rashid, und er kommt nicht aus Italien, sondern aus Indien, was keine Rolle spielt. Zur Begrüßung stellt er zwei Dosen Guinness vor uns und fragt mit hochgezogenen Augenbrauen (die er im übrigen zupft, so wie er auch alle anderen Körperhaare sorgfältig entfernt, weil seine Frau Körperbehaarung hasst), was wir essen möchten.

»Ich würde mich für dich freuen, wenn du dich mal wieder verlieben würdest«, sagt Cat, bevor sie einen herzhaften Schluck aus der Bierdose nimmt.

»Mach dir um mich keine Sorgen. Mir geht es gut so und ich vermisse absolut nichts.«

»Die Sache mit Julius ist jetzt zwei Jahre her, Gwen. Ich habe dich damals quasi aus dem Sumpf gezogen und bei mir aufgenommen, weil du am Boden zerstört warst. Es war schlimm, was er dir angetan hat, aber das ist doch kein Grund, sich in einer Bibliothek zu verbarrikadieren und als zynischer Miesepeter durch die Welt zu gehen.«

Ich muss grinsen, obwohl sie recht hat. Allerdings klingt sie gerade so, als wäre sie Mutter Teresa und hätte ein Straßenkind gerettet.

»Ich weiß, dass du Angst hast. Aber wenn du das Risiko nicht eingehst, wirst du auch nichts erleben. Risiko und Angst gehören zum Leben dazu, und wenn wir dauernd versuchen, beides zu vermeiden, erstarren wir zu Papiertigern.«

Oh Mann, immer wenn Cat versucht, metaphorisch zu werden, geht das garantiert in die Hose. Ich unterdrücke den Drang, ihr die Bedeutung von Papiertigern zu erklären, und konzentriere mich auf meine Calzone, ohne auf ihre Litanei einzugehen.

»Warum kommst du nicht einfach mit auf eine Party? Du warst seit über einem Jahr nicht richtig aus.«

»Und das letzte Mal war eine Katastrophe.«

Cat gluckst vor Lachen und wischt sich eine knallrote Haarsträhne aus dem Gesicht. »Eigentlich war es eher lustig.«

»Für dich vielleicht«, brumme ich mit vollem Mund und kaue hingebungsvoll auf der luftigen Pizzakruste. An diese Party möchte ich nun wirklich nicht erinnert werden. Ich bin kein Typ für Smalltalk. Nicht weil ich zu unhöflich dazu wäre, mir fällt bloß einfach nie was ein, worüber ich mit fremden Leuten reden könnte. Ich sitze dann da und grüble die ganze Zeit darüber nach, welches Thema sich für mein Gegenüber eignen würde. Als könnte ich mit einer tollen Idee aufspringen, hingehen und freudestrahlend fragen: »Und was sagst du dazu, dass der Literaturnobelpreis schon wieder an einen Schweden geht?« Als ob das jemanden interessieren würde! Außer mir, natürlich. Bei aller Grübelei langweile ich den anderen dann so sehr, dass er entweder einschläft oder einfach aufsteht und weggeht.

»Ich kam mir dort vor wie ein Schlagermusiker auf einem Heavy Metal-Festival! Außer mir waren alle, ausnahmslos alle in Schwarz gekleidet. In Lack, Leder oder Gummi. Und als dieser komische Typ im Netzhemd und enger Lederhose mich zum zweiten Mal fragte, ob ich nicht wenigstens den BH unterm T-Shirt ausziehen will, bin ich halt ausgeflippt.«

Cat zeigt mit ihrer Gabel auf mich und grinst breit. »Du hast ihm einen Vortrag über Emanzipation, Sexismus und Chauvinismus gehalten, Gwen. Auf einer Studentenparty! Und dich darüber mokiert, dass junge Frauen in viel zu kurzen Röcken sich selbst zu Sexobjekten degradieren um sich anschließend darüber zu beklagen, vergewaltigt worden zu sein.«

»Ich habe doch recht«, beharre ich. »So ist es doch!«

Cat fängt an zu lachen. Ach du liebe Güte, ich weiß, woran sie sich gerade erinnert und was ich sonst noch von mir gegeben habe.

»Das Beste war, als du ihm gesagt hast, er wäre wahrscheinlich auch nur ein impotenter Frauenhasser und auf der ewigen Suche nach Muttis Gebärmutter. Dem armen Steve ist vor Schreck das Glas aus der Hand gefallen! Der war noch Tage später nicht ansprechbar.«

»Jetzt lachst du! Damals hast du mich nach draußen gezerrt und mich dazu gezwungen, den Rest des Abends mit einem Buch auf der Terrasse zu verbringen«, erinnere ich sie.

»Gwen, der arme Junge wollte mit dir flirten! Du hast ihn ganz sicher traumatisiert mit deinen Sprüchen!«

Sollte das wirklich der Fall sein, dann tut es mir leid. Aber ich bin einfach nicht partytauglich. Da bleibe ich lieber gleich zu Hause und lese. Oder schreibe seltsame Facebook-Nachrichten an Adrian Moore.

Natürlich werde ich auf seine letzte Nachricht antworten, allerdings, ohne auf seine bescheuerten Fragen einzugehen. Stattdessen werde ich ihm morgen mitteilen was ich davon halte, dass er meine private Botschaft in aller Öffentlichkeit verbreitet. Wahrscheinlich verstößt das sogar gegen das Briefgeheimnis, das muss ich morgen gleich mal recherchieren. Und dann suche ich mir einen Anwalt und verklage ihn, werde reich und lebe mit Cat glücklich und zufrieden in unserer süßen Altbauwohnung in Newcastle. Jawohl, *das* nenne ich ein gelungenes Happy End!

6

Auch in der Uni ist meine Facebook-Debatte über *Fesselnde Liebe* zum Thema geworden. Selten erfreute ich mich so großer Beliebtheit wie diese Woche, weil jeder von mir wissen will, wie ich denn bitte schön zum Kontakt mit Adrian Moore gekommen wäre. Als sogar Faith mich mit entzückend strahlenden Augen ansieht und zugibt, das Buch ebenfalls gelesen zu haben, kann ich nicht mehr. Sind denn alle verrückt geworden?

Ich verzichte auf die Mensa und schleiche mich in der Mittagspause zum Starbucks neben dem Unigelände, wo ich hoffentlich meine Ruhe haben werde.

Was für ein Schlamassel! Natürlich habe ich auf seine letzte Nachricht adäquat geantwortet, obwohl ich enttäuscht war, dass ich keine Chance auf eine Klage wegen Verletzung des Briefgeheimnisses habe (Cat hat für mich einen ihrer ehemaligen Lover gefragt, der Jura studiert). Auch eine Klage wegen sexueller Belästigung würde aufgrund der banalen Tat im Sande verlaufen, wenn man einem Jurastudenten im achtzehnten Semester glauben will. Ich hoffe sehr, dass das Thema nicht schon im ersten Jahr vorkam, sein Gedächtnis scheint nicht das Beste zu sein.

In meiner Tasche liegt ein Briefumschlag, den der Postbote heute Morgen gebracht hat. Ich habe keine Ahnung, was sich darin verbirgt, und noch bin ich nicht bereit, ihn zu öffnen. Denn der Absender hat mir einen Schrecken eingejagt. Vielleicht verklagt er mich jetzt, weil meine Antwort auf seine bescheuerten Avancen so frech war? Oder er will mich wegen übler Nachrede und Beleidigung an den Pranger stellen? Manchmal hasse ich mein großes Mundwerk!

»Woher hat der meine Adresse?«, habe ich Cat panisch gefragt, aber die war aufgeregter als ich und wollte mir den Umschlag entreißen, um ihn sofort zu öffnen.

»Da ist ein Buch drin, Gwen, ganz sicher. Mach es bitte bitte auf! Vielleicht hat er dir was ganz Besonderes geschickt, eine signierte Sonderausgabe oder so was!«

Ich habe den Umschlag in meine Tasche gestopft und gesagt, dass ich ihn ungeöffnet zurückschicken werde. Doch die Neugier nagt an mir und vermiest mir sogar den völlig überteuerten Caramel Macchiato, den ich mir gegönnt habe. Wie ein Klumpen liegt sie mir im Magen und frisst sich tiefer in meine Innereien. Gott, wenn ich nur nicht so entsetzlich neugierig wäre! Das würde mir mein Leben wirklich erleichtern.

Nachdem ich den letzten Rest Milchschaum aus dem Becher gelöffelt habe, kann ich nicht mehr an mich halten. Ich reiße den Umschlag auf und glotze wie ein Schaf auf das Buch, das mir entgegenkommt. Was bitte soll *das* denn jetzt? Eine Geschenkausgabe von *Außer Atem*?

Bevor ich das Buch aufschlagen kann, fällt ein zusammengefalteter Brief heraus. Er ist von Hand geschrieben; ich glaube, ich habe seit mindestens zehn Jahren keinen handgeschriebenen Brief mehr gekriegt. Habe ich überhaupt jemals einen gekriegt? Ach ja, von Julius damals, als er sich nicht traute mich zu fragen, ob wir jetzt zusammen wären, weil wir rumgemacht hatten. Da war ich sechzehndreiviertel.

Ich falte den Bogen auseinander und studiere die ordentliche, geschwungene Handschrift. Füller. Wer schreibt heute noch mit Füller? Irgendwie cool.

Gwen,

ich möchte unsere Diskussion unbedingt fortführen. Besuch mich am Sonntag, den 26. April, in London. Ich weiß, dass du diese Einladung ablehnen möchtest, daher habe ich einen hoffentlich unwiderstehlichen Bonus für dich.

Mein geschätzter Kollege John Karry wird bei mir sein, und du wirst die Gelegenheit haben, ihn in einem intimen Kreis kennenzulernen und mit ihm über sein Werk zu sprechen, dass dir, wie ich weiß, besser gefällt als meines. Trotzdem möchte ich anschließend gern unter vier Augen mit dir reden und von dir hören, welche Verbesserungsvorschläge du für meinen Roman hast. Du sprachst von Notizen, die du dir gemacht hast – bring diese mit und lass uns deine Anmerkungen gemeinsam durchgehen. Unter Umständen habe ich dann ein weiteres Angebot für dich, das du ganz bestimmt nicht ausschlagen wirst.

Ich erwarte dich am Sonntag in London, Flugticket anbei.

Mit neugierigen Grüßen
Adrian

Meine Knie sind weich, als ich aus dem Starbucks stürze und mit der Bahn nach Hause fahre. Hoffentlich ist Cat nicht ausgerechnet heute in der Uni, sondern wie üblich zu Hause. Das glaubt sie mir nie!

Meine beste Freundin ist sprachlos. Dass ich das noch erleben darf! Fast möchte ich Adrian Moore dafür danken, wenn ich nicht so sauer auf ihn wäre. Immerhin hat er mich vor der gesamten Facebook-Gemeinde bloßgestellt.

»Gwen, das hört sich an wie aus einem komischen Roman.«

»Sehr witzig«, knurre ich und schiebe ihr Brief und Flugticket zu. »Flieg du doch hin, wenn du das so toll findest.«

»Er hat *dich* eingeladen. Adrian Moore lädt *dich* zu sich nach Hause ein. Oh Gott, ich bin so neidisch, dass ich umfallen könnte. Mir ist richtig übel vor Neid!«

Ich glaube, sie zittert sogar. Sollte ich Angst vor ihr haben? Wer weiß, ob sie nicht über mich herfällt, mir die Haut vom Gesicht zieht und sich dann am Sonntag als Gwendolyn Hamlin ausgibt?

»Ich werde natürlich *nicht* nach London fliegen«, sage ich überzeugt und schüttle bekräftigend den Kopf, als wollte ich mich erst mal selbst davon überzeugen. Mein ganzer Körper kribbelt vor Aufregung, denn die Möglichkeit, in einem *intimen Kreis* ein paar Worte mit meinem absoluten Lieblingsschriftsteller wechseln zu können ist mehr, als ich mir jemals erträumt hätte. Schließlich gibt es kaum Informationen über John Karry, keine Interviews, nichts. Aber der Preis dafür ist verdammt hoch.

»Vielleicht ist er ein Psychopath, der es nicht verwinden kann, dass ich sein Buch schlecht gemacht habe? Und jetzt will er sich womöglich an mir rächen. Wer weiß, was er vorhat?«

»Himmel, Gwen, vielleicht findet er dich auch toll und will mit dir …«

»Spinnst du? Der ist mindestens zwanzig Jahre älter als ich!«

»Neun. Er ist erst zweiunddreißig, laut Wikipedia. Und du stehst doch auf Ältere, oder etwa nicht?« Cat sieht mir scharf in die Augen.

»Und du hast die Chance, mit deinem Liebling John Karry zu sprechen. Du könntest das in deine Seminararbeit einbauen, schreibst du die nicht über ihn?«

Der Lärm der Stille. Außer Atem. Ganz richtig. Ich könnte meine Interpretationen mit ihm besprechen und meinen Prof damit so beeindrucken, dass mein Abschluss gesichert wäre. Oh Himmel, ich kann aber nicht …

»Was, wenn er mir was antun will?«, frage ich.

»Wer? John Karry?«

»Nein, Adrian Moore natürlich!« Ich ziehe die Stirn in Falten. »Vielleicht ist das ein Trick, um mich nach London zu locken, weil er sich an mir rächen will. Woher weiß er überhaupt, dass ich John Karry mag?«

»Süße, er kennt dein Facebook-Profil. Was glaubst du, was er alles über dich weiß?«

Ach du … Ich springe schreiend auf und stürze an meinen

Rechner. Ohne länger darüber nachzudenken, will ich sofort mein Profil löschen. Jetzt gleich. Ich finde allerdings nur eine Möglichkeit, mich abzumelden.

»Wo kann man aus dem Scheißverein austreten?«, rufe ich. »Das ist ja schlimmer als eine Sekte!«

»Du kannst dich nicht so einfach abmelden, da musst du ein Formular ausfüllen und. ...«

»Oh Gott«, gebe ich stöhnend von mir und lege die Stirn auf die Tastatur. Es ist eh zu spät, wer weiß, was er schon alles über mich herausgefunden hat? Ganz legal und für jeden sichtbar. Wer denkt schon an so was, wenn er sich da anmeldet? Ich bestimmt nicht! Der einzige Trost ist der Gedanke, dass er vielleicht auch Cats Klopapierposting gelesen hat, dass ich natürlich nicht von meiner Pinnwand gelöscht habe. Haha!

»Schlaf erst mal drüber. Vielleicht ist die Idee gar nicht so schlecht?«

Cat streicht mir mütterlich über die Haare. Ich rühre mich nicht vom Fleck. Ich habe Adrian Moore, den Bestsellerautor mit angeblich düsteren Verbindungen in die Londoner Unterwelt, vor aller Welt beleidigt. Niemals werde ich mich freiwillig in seine Hände begeben! Die Einladung kann er sich irgendwohin schmieren.

7

Okay, mein Zweitname sollte Inkonsequentia lauten. Allerdings verliere ich plötzlich jeglichen Mut, als der Flieger zur Landung ansetzt. Was habe ich mir nur dabei gedacht, dieser Einladung doch zu folgen? Cats Überredungskünste waren es jedenfalls nicht, schon eher die Aussicht auf das Treffen mit John Karry. Eine vielleicht einmalige Chance, wenn mir auch die Absichten von Adrian Moore suspekt sind und ich nach wie vor nicht verstehe, was er eigentlich von mir will.

Es fühlt sich seltsam an, heute wieder in London zu sein. Erst recht mit dem Flieger statt mit dem Zug. Als wäre ich Christoph Columbus auf dem Weg nach Indien, das unentdeckte Land, ohne Plan, was ihn an seinem Ziel eigentlich erwartet.

Es ist schon dunkel, als ich den Flieger verlasse und mich mit meiner kleinen Reisetasche in der Hand auf die kilometerlangen Laufbänder begebe. Ich hoffe, jemand holt mich ab, ich habe nämlich keine Adresse und nicht einmal eine Telefonnummer, bei der ich mich melden könnte. Nur das blöde Flugticket, immerhin erster Klasse. Erster Klasse!

Der Flug war unglaublich und mindestens fünf Stunden zu kurz. Ich hätte das Gefühl, von allen Seiten umsorgt zu werden, gern länger genossen. Mir ist ein bisschen übel, die Glastür des Ausgangs öffnet sich zischend vor mir. Da ich nur mit Handgepäck reise, muss ich nicht am Gepäckband warten und bin eine der Ersten, die in der Ankunftshalle landet. Irgendwie fühle ich mich wie im Film, als ich tatsächlich einen älteren Herrn in schwarzem Anzug entdecke, der ein Schild trägt. Mit meinem Namen drauf!

Ich verkneife mir ein hämisches Grinsen, gehe jedoch hoch erhobenen Hauptes an den wartenden Familienangehörigen vorbei auf den gelangweilt in die Gegend schauenden Mann zu. Sein Profil erinnert mich an einen Raben, mit einer langen, nach unten gekrümmten Nase und einem vorspringenden Kinn.

»Ich bin Gwendolyn Hamlin«, sage ich lauter als nötig und schenke ihm ein strahlendes Lächeln. Ich bin immer noch so aufgeregt, dass mein Herz wummert wie nach einem heftigen Sprint, aber das sieht man mir hoffentlich nicht gleich an.

»Herzlich willkommen. Ich soll Sie abholen.«

Ach was? Ich dachte, er wäre hier, um mir ein Ständchen zu bringen. Ganz selbstverständlich drücke ich ihm meine Reisetasche in die Hand und hoffe, dass man das so macht, dann folge ich ihm durch die Menschenmenge nach draußen. Stumm gehen wir durch den Nieselregen an der langen Taxischlange vorbei zu einem Kurzzeitparkplatz. Wow, alles perfekt geplant. Ob der Typ für ihn arbeitet? Oder ist er einer von diesen Chauffeurdiensten, die man bestellen kann?

Er scheint nicht besonders redselig zu sein, und meine Abneigung gegen Smalltalk hindert mich daran, ein Gespräch anzufangen. Außerdem bin ich so nervös, dass mir nun wirklich gar nichts einfällt. Die Fensterscheiben sind getönt, sodass ich nur schemenhaft die Umgebung der Autobahn erkenne, über die wir jetzt mit erhöhter Geschwindigkeit fahren. Am Sonntagabend kann man anscheinend sogar in London schneller als im Schritttempo unterwegs sein.

Ich hole mein Handy aus der Handtasche und tippe eine SMS an Cat. Ich habe ihr versprochen, mich zu melden, damit sie weiß, dass alles in Ordnung ist und ich nicht in einem geheimen Folterkeller gelandet bin.

In der Reisetasche, die jetzt im Kofferraum kutschiert wird, befinden sich unter anderem sämtliche Bücher von John Karry. Ich werde sie mir signieren lassen, dann kann ich sie später meinen Enkeln vererben.

Ich kenne mich nicht besonders gut aus in London. Die Straßenlaternen am Rand der Autobahn, die aus dem Flieger wie eine rote Schlange von Glühwürmchen ausgesehen haben, zaubern Feuerbälle in den Nebel, der sich langsam über die Stadt senkt. Meine Füße zappeln ungeduldig, ich kann einfach nicht still sitzen, wenn ich nicht weiß, was mich erwartet.

Mein kleines Herz schlägt mir bis in den Hals, als der Fahrer den Mercedes eine Dreiviertelstunde später in eine mehrspurige Straße lenkt und vor vier kirchturmhohen Glastürmen mit mindestens zwölf Etagen hält, die sich wie Raumschiffe zwischen alte viktorianische Gebäude gequetscht haben.

Ich schiele aus dem Fenster nach oben und stelle fest, dass die Glaskästen alle miteinander verbunden sind. Ich habe keine Ahnung, wo wir sind, offenbar ist das Haus mitten in London in einem recht vornehmen Viertel. Zumindest entdecke ich einige teure Markenboutiquen, und wenn ich mich nicht täusche, sind wir eben an Harrods vorbeigefahren?

»Wo genau sind wir hier?«, frage ich, als der Rabenmann mir die Tür aufhält.

»Am Apartment von Mr Moore.« Ach nee? Ich dachte, wir wären im Tower von London.

Ich klettere aus dem Wagen und sehe noch einmal die hohe Fassade hinauf, bevor ich nach dem Stadtteil frage.

»Knightsbridge, Hyde Park«, erklärt er kurz angebunden und begleitet mich, meine Reisetasche in der Hand, zu einer Eingangstür, die von zwei männlichen Kleiderschränken in schwarzen Anzügen bewacht wird. Einer der beiden spricht anscheinend mit seiner Armbanduhr, bevor er dem Fahrer zunickt und die Türen sich mit leisem Zischen öffnen.

Dann stehe ich in einer Lobby, die ungefähr zehnmal so groß ist wie unsere Wohnung in Newcastle und ganz aus glänzendem Marmor und dunklem Eichenholz besteht. Offensichtlich musste ein ganzer Wald dran glauben, um das hier zu realisieren! Unfassbar. Hinter einer futuristischen, ovalen Glastheke sitzt ein junger Mann in Uniform. Er hebt kurz den Kopf, als wir uns ihm nähern, dann deutet er mit dem Kinn auf einen von fünf Aufzügen aus Glas. »Mr Moore erwartet Sie.«

Oh Gott. Ich komme mir vor wie eine Besucherin in einer königlichen Raumfahrtstation. Wahrscheinlich springt aus dem Lift gleich ein hypermoderner Pierrot, um mich nach oben zu begleiten. Doch der großzügige, vollständig verspiegelte Fahrstuhl ist leer. In meinem Magen kribbelt eine Horde von Ameisen, und meine Finger fühlen sich an, als wären sie kurz vorm Absterben.

Im Lift drückt der Fahrer auf den oberen Knopf und gibt verdeckt einen Zahlencode in eine Tastatur ein. Okay, offenbar ist spontaner Besuch hier nicht möglich. Wie unpraktisch.

Der Fahrstuhl saust lautlos hinauf. So schnell, dass ich nicht merke, dass wir uns überhaupt bewegen. Faszinierend! Sogar hier ist der Fußboden aus glänzendem Marmor, und ich bin gespannt, was für eine Pracht mich gleich in Mr Moores Apartment erwartet. Irgendwie hatte ich damit gerechnet, dass er ein freistehendes Haus besitzt, offenbar bevorzugt er jedoch den Komfort einer Wohnung mit Service.

Dass der Begriff Wohnung völlig fehl am Platz ist stelle ich fest, als die Lifttür aufgeht und uns in ein großzügiges Penthouse ausspuckt, in dem der Protz von unten konsequent weitergeführt wird. Mir rutscht ein beherztes »Oh mein Gott!« raus. Ich kriege kaum einen Fuß vor den anderen und habe beinahe Angst, den Eingangsbereich dieser Halle zu betreten, aus Sorge, auf dem glatten Marmorboden auszurutschen und mich zu blamieren. Von meinem Gastgeber ist weit und breit nichts zu sehen, doch selbst wenn er unmittelbar vor mir stünde, würde ich ihn vermutlich in der ganzen Pracht kaum wahrnehmen. Ich meine, er ist nur ein Mensch, und was hier an den Wänden hängt und steht und herumliegt, lässt das Herz eines jeden stilbewussten Kulturliebhabers höher schlagen. Trotzdem atmen die Gemälde Kunst und Luxus und wollen mich damit förmlich ersticken.

Bemüht, mir den Schock nicht anmerken zu lassen, schaue ich nach draußen auf Baumkronen, die sich in der Dunkelheit wie Gespenster wiegen. Der Hyde Park. Rundum Glas, das man nicht mehr als Fenster bezeichnen kann, weil die einzigen Mauern des Penthouse die inneren Zwischenwände sind. Der Rest scheint komplett aus Glas zu bestehen, sodass man sich fast fühlt, als würde man schweben oder fliegen. Mein Herz klopft schneller, als ich Schritte höre. Ledersohlen auf dem glatten, hellen Marmorboden, der aussieht, als ob er noch feucht wäre vom Wischen.

»Gwen! Wie schön, dass du gekommen bist.«

Die strahlend blauen Augen funkeln unter seinem dichten, braunen Haar. Zum ersten Mal fällt mir auf, dass er direkt neben dem rechten Auge eine kleine Narbe hat, die sich beim Lächeln sanft kräuselt. Geheimnisvoll, und irgendwie ... sexy.

Adrian Moore trägt ein weißes Hemd mit schwarzer Weste, mit hochgeschobenen Ärmeln und ein paar offenen Knöpfen, unter denen ich seinen Brustansatz erkenne. Erstaunt stelle ich fest, dass seine muskulösen Unterarme tätowiert sind, das habe ich auf der Messe nicht bemerkt. Die dunkle Stoffhose sieht aus wie maßgeschneidert und schmiegt sich so eng um seine Oberschenkel und seinen Hintern, dass ich schlucken muss. Gütiger Himmel! Ist es mir vorher nicht aufgefallen, oder hat er sich jetzt extra für mich in Schale geschmissen, dass er so verdammt ... sexy aussieht? Meine Wangen glühen, als ich die hingestreckte Hand ergreife und meine von ihm schütteln lasse. Hat er denn wirklich gedacht, dass ich seine Einladung ablehnen würde?

»Eine wunderschöne Wohnung, Mr Moore«, bringe ich hervor, während ich dem Jungen nachsehe, der meine Reisetasche vor der Fahrstuhltür abstellt und anschließend darin verschwindet. Ich finde die Tatsache, dass der Lift mitten im Penthouse landet, total abgefahren.

»Ich zeige dir später dein Zimmer. Darf ich dir erst mal einen Drink anbieten?«

»Ja, was zu trinken wäre super.« Meine Stimme krächzt verdächtig, meine Zunge fühlt sich an, als würde sie neuerdings Pelz tragen. *Mein* Zimmer, wie sich das anhört! Ich ziehe doch nicht mal eben so hier ein! Allein die Vorstellung macht mich ganz kribbelig. Mit meiner Einschätzung bezüglich seiner Wohnverhältnisse habe ich tüchtig daneben gelegen. So ein Penthouse am Hyde Park kostet ein Vermögen, mindestens ein paar Millionen! Kann er mit nur einem Buch so reich geworden sein? Das ist Wahnsinn. Ich sollte mein Studium schmeißen und so einen blöden Porno schreiben, wenn man damit so viel verdient. Das ist einfach irre.

Wahrscheinlich ist der Roman bloß deshalb so erfolgreich, weil sich die Leserinnen Adrian Moore selbst als Protagonisten vorstellen. Ist mir genauso passiert, muss ich zu meiner Schande gestehen. Ich glaube zu wissen, wie Adrian Moore sich beim Sex verhält, wie er nackt aussieht und wie er. ... Der Roman hat ja kaum Fragen offen gelassen. Oh Mann, mein Gesicht fühlt sich an wie eine heißgekochte Tomate, während ich hinter ihm herlaufe. Marmor, überall Marmor, sogar an den Wänden. Dunkles Holz. Bilder, die wirklich wertvoll aussehen. Und in der Mitte des riesigen Raumes stehen sich zwei weiße Ledersofas gegenüber, die so breit sind, dass zwei Personen von meiner Statur bequem darauf liegen könnten.

Tief einatmend bleibe ich mittendrin stehen und sehe ihm zu, wie er zu einer holzvertäfelten Wand geht, die sich plötzlich öffnet und eine Bar offenbart. Und was für eine Bar! Ich atme tief ein, als ich das Sammelsurium von hochprozentigen Flaschen entdecke, mit der er locker einen Szeneclub eröffnen könnte.

»Bestimmte Vorliebe? Cognac, Champagner, Pimm's. ..?«

Er dreht sich nur halb zu mir um, und ich stelle fest, dass er im Profil noch viel attraktiver ist als von vorn. Er hat ein markantes Gesicht, er könnte auch als Model für Aftershave oder teure Markenklamotten Geld verdienen. Oder als Pin-up für Catherines Wall of Fame fungieren. Ich unterdrücke ein aufsteigendes Kichern.

»Whisky?«, frage ich und räuspere mich verärgert, weil meine Stimme immer noch eingerostet klingt. Herrgott, ich bin wirklich nicht auf den Mund gefallen, aber diese Umgebung schüchtert mich ein wie eine Geisterbahn! Und das nervt mich.

Er grinst, als ob ihn meine Auswahl amüsiert, und greift zielsicher zu einer Flasche mit dunkelbraunem Scotch, deren Aufschrift ich nicht erkennen kann. Wir sind allein in dem riesigen Raum und ich frage mich, ob er Angestellte hat oder ob ein Haus wie dieses

Full Service bietet. Ich meine, ich würde hier nicht putzen wollen. Der Marmorboden ist bestimmt alles andere als pflegeleicht. Wenn ich da an das Linoleum in unserem Flur in Newcastle denke, das ungefähr so alt ist wie ich …

»Setz dich, Gwen.«

Er stellt zwei Whiskygläser – kein Eis, kein Wasser – auf den nierenförmigen Glastisch zwischen den beiden Sofas und ich überlege kurz, ob ich etwas unter meinen Hintern legen soll, damit meine Jeans nicht abfärben. Gott, das wäre mir peinlich, wenn ich blaue Rückstände hinterlassen würde, und die Jeans waren echt billig, da ist die Gefahr groß. Ich beschließe, mich stattdessen so mit dem Po auf den Rand zu setzen, dass die Hose möglichst wenig Kontakt zum Leder hat. Das ist zwar nicht gerade bequem und meine Oberschenkel werden in ein paar Minuten gnadenlos zittern vor Überanstrengung, aber sicher ist sicher. Hätte ich doch irgendwas Elegantes angezogen, ein Kostüm (nicht, dass ich eins besäße) oder den neuen, kneifenden Hosenanzug oder so. Ich fühle mich gerade wie ein Teenager in einem Nobelrestaurant, der keine Ahnung hat, wie er sich benehmen soll. Mein Herz klopft immer noch verdammt schnell, als wäre ich die vielen Stockwerke zu seiner Wohnung gelaufen und nicht mit dem Lift gefahren.

Ich greife so unbeteiligt wie möglich zum Whiskyglas und warte darauf, dass er einen Toast oder so was ausspricht. Was nicht passiert. Er hebt ganz kurz das Glas in meine Richtung, dann setzt er es an und trinkt einen kleinen Schluck. Seine Lippen sind schön. Voll, trotzdem männlich. Die Oberlippe hat einen männlichen, harten Schwung. Ausdrucksstark. Dominant. Was durch den kleinen Bart noch verstärkt wird. Ich habe selten einen Mann mit einer derart männlichen Ausstrahlung getroffen, muss ich gestehen. Und ich finde ihn nicht nur deshalb ziemlich einschüchternd.

Erst, als er sein Glas abstellt, nippe auch ich an meinem Whisky und genieße die Wärme, die meine Kehle hinabrinnt. Gott, ist der gut! Ich liebe Whisky, und dieser hier ist echt besonders. Er brennt überhaupt nicht, schmeckt nach Malz und Karamel und kitzelt meine Zunge. Ich trinke noch einen Schluck und kann nicht umhin, mir anschließend wie eine Katze die Lippen zu lecken, um keinen Tropfen zu verschwenden.

Adrian Moore hat sich auf dem Sofa gegenüber zurückgelehnt, die Arme auf der Rückenlehne ausgestreckt, und beobachtet mich amüsiert.

»Der Whisky ist großartig«, sage ich und stelle das Glas ab. Viel ist nicht mehr drin.

»Bowmore Single Malt. 90 Jahre alt.«

Ich huste erschreckt. Gütiger Himmel, das Zeug ist älter als meine Großmutter, und was so eine Flasche kostet, kann ich mir nur ausmalen. Besser nicht.

»Ich muss dir allerdings eine schlechte Nachricht übermitteln, Gwen.« Aha, daher weht der Wind. Erst mal mit sauteurem Whisky anfixen und dann mit den unangenehmen Dingen um die Ecke kommen. Ich hebe meine Augenbrauen und reiße die Augen auf, um ihn fragend anzusehen. Er sitzt ganz ruhig da, die Füße auseinander gestellt. Wenn ich den Blick senken würde, müsste ich in seinen Schritt sehen. Bei der engen Hose bleibt wahrscheinlich nicht viel meiner Fantasie überlassen, aber ich beherrsche mich. Außerdem kleben meine Augen an seinen, als würde ein unsichtbarer Magnet unsere Blicke aneinander heften.

»John Karry hat für heute abgesagt.« Ich öffne den Mund und hole Luft, um etwas zu erwidern. Er hebt eine Hand und spricht einfach weiter, ich bleibe also gehorsam stumm.

»Es tut mir leid, und glaube mir, es war kein billiger Trick, um dich hierher zu locken. Wir werden das nachholen, das ist versprochen. Wenn auch nicht heute. Ich bin froh, dass du hier bist.«

Ich versuche, mir die Enttäuschung nicht anmerken zu lassen. In meinem Hals hat sich ein riesiger Kloß gebildet. Ganz sicher war das nur ein blöder Trick, ich bin ja nicht blöd. Wahrscheinlich kennt er John Karry nicht einmal! In mir wallt wütende Hitze auf und ich beiße hastig die Zähne zusammen, um nichts Gemeines zu sagen. Trotzdem werfe ich ihm einen Blick zu, der meine Einstellung zu dieser Hinterhältigkeit klar macht.

»Glaub mir, ich wollte dich nicht reinlegen.«

»So?«, frage ich und höre, wie meine Stimme bricht. Ich räuspere mich, um endlich diesen dämlichen Kloß im Hals loszuwerden. »Ich bin ... also, ich hatte mich *sehr* darauf gefreut, John Karry hier zu treffen und fühle mich gerade arg veralbert.«

»Ich weiß. Wir werden das nachholen. Immerhin können wir nun ganz in Ruhe über mein Buch sprechen.« Seine Augen blitzen, während er das sagt, und mir wird mulmig. Er hat volle, dunkle Brauen, so dunkel wie seine Haare, an den Enden sind sie etwas dünner und der markante Schwung lässt seinen Blick herausfordernd wirken. Manche Frau wäre neidisch auf solche Augenbrauen. Ich zum Beispiel.

»Warum interessiert Sie meine Meinung so?«, frage ich und lasse meinen Blick durch den Raum schweifen. Das viele Weiß irritiert mich, ich verstehe nicht, wie man inmitten einer solchen Unfarbe leben kann. Schwarz, das ist eine elegante, stilvolle Nichtfarbe, die wohl alle Künstler lieben. Schwarz schafft Distanz und Respekt. Aber Weiß?

Er löst die Arme von der Rückenlehne und beugt sich ein wenig vor. Wir sitzen höchstens zwei Meter voneinander entfernt, aber ich fühle mich, als säßen wir an zwei Ufern, getrennt durch einen reißenden Fluss (der allerdings nur ein Glastisch ist). Nicht ein einziges Buch habe ich in seinem Wohnzimmer gefunden, die weißen Lacktüren eines riesigen Wandschranks verbergen dessen Inhalt. Wenn er ein halbwegs normaler Mensch ist, wird sich dahinter das Chaos verstecken, doch ich vermute auch dort akribische Ordnung. Ich denke an unsere überquellenden Schränke in der WG und muss grinsen.

»Es kommt selten vor, dass ich eine so dedizierte negative Meinung über mein Werk hören musste. Und da sie von einer gebildeten, intelligenten Frau geäußert wurde, interessiert mich natürlich brennend, wie ich selbst besser werden kann, um auch jemandem wie dir zu gefallen. Ich möchte gerne lesen, was du dir zu meinem Roman notiert hast.«

Er lehnt sich zurück und mustert mich. Mir ist unfassbar heiß und ich wünschte, ich hätte den dicken, ausgeleierten Pullover nicht angezogen.

Die Ernüchterung darüber, dass ich nun doch nicht meinen Lieblingsautor kennenlernen werde, nagt an mir. Ich leere das Whiskyglas mit einem Zug und halte ihm das Glas auffordernd hin. Wenn er mich schon so reingelegt hat, werde ich zumindest so viel von
diesem teuren Zeug trinken, wie ich vertragen kann. Es ist vermutlich das letzte Mal in meinem Leben, dass ich so was bekomme.

Er zieht einen Mundwinkel nach oben und legt den Kopf zur Seite, als müsse er darüber nachdenken, ob er mir mehr von dem bernsteinfarbenen Drink geben darf.

»Ich bin schon 23, kein Problem«, sage ich und lächle herausfordernd. Er steht auf und holt die Flasche aus der Bar, schenkt mir nach und stellt die bauchige, altmodisch anmutende Flasche zwischen uns auf den Tisch. Mein Bauch kribbelt, als ich einen weiteren Schluck nehme. Das Zeug ist wirklich genial, obwohl ich jetzt schon merke, dass mir schwindelig davon wird.

»Hast du Hunger? Ich habe Dinner vorbereiten lassen. Oder möchtest du erst...?«

Er macht eine bedeutungsschwangere Pause. Erst was? Knutschen? Oh Gott, wie komme ich denn auf so was? Ich habe eindeutig zu viel in seinem Buch gelesen. Oder diese Gedanken kommen gar nicht aus meinem Gehirn, sondern von viel weiter unten.

»Erst was?«, hake ich nach. So leicht will ich mich nun nicht aus der Fassung bringen lassen.

»Ich dachte, wir können uns heute Abend an deine Notizen machen, wenn es dir recht ist. Ich bin neugierig darauf, welche Anregungen du für meinen Roman hast.«

Die Handtasche ist plötzlich schwer wie ein Medizinball. Das Buch ist darin, mitsamt meiner teilweise echt bösartigen Randbemerkungen. Oh Gott. Ich kann ihm unmöglich in die Augen sehen, während er das liest. Plötzlich ist es mir peinlich, wie weit ich mich diesbezüglich aus dem Fenster gelehnt habe. Immerhin hat sein Buch Millionen von Frauen gefallen, können die sich alle irren? Oder bin ich der berühmte Geisterfahrer der sich darüber wundert, dass alle anderen in die falsche Richtung fahren?

»Es wäre mir lieber, Sie würden meine Notizen ohne mich lesen«, gebe ich zu und versuche, nicht in seine blauen Augen zu sehen. Stattdessen starre ich auf seine Unterarme, die er vor der Brust verschränkt hat, und probiere, das Tattoo zu entziffern. Ein Spruch, umgeben von kleinen Ranken. Unwillkürlich lege ich den Kopf auf die Seite, um besser lesen zu können, bis er amüsiert auflacht.

»Es gibt keine Sünde außer der Dummheit«, hilft er mir.

Oh Gott. Ich muss mir auf die Lippe beißen, um nicht zu breit zu grinsen.

»Oscar Wilde«, sage ich, und mein Herz klopft schon wieder schneller. Vielleicht habe ich ihm Unrecht getan, und er ist gar nicht so blöd, wie ich dachte? Vielleicht hat er das Buch mit dem Ziel geschrieben, damit ganz viel Geld zu verdienen, und weiß selbst, dass es schlecht ist?

»Magst du ihn?«

»Ich liebe ihn«, gestehe ich, und ehrlich gesagt wundere ich mich darüber, dass auch er offenbar ein Fan ist. Hätte er sich dann bei seinem Buch nicht von ihm inspirieren lassen können?

Ich nehme noch einen Schluck und fühle mich gleichzeitig seltsam beschwingt und träge. Meine Beine sind steif geworden und ich rutsche vorsichtig auf dem Sofa nach hinten. Es ist ihm sicherlich egal, wenn ich blaue Abdrücke auf dem Leder hinterlasse, er kann sich ja einfach eine neue Couch kaufen.

»Warum haben Sie keine Blumen?«, frage ich, weil es das Erste ist, was mir einfällt. Im selben Moment ärgere ich mich, dass mir nichts Geistreicheres eingefallen ist, doch jetzt ist es sowieso zu spät. Er schmunzelt amüsiert und fährt sich mit der Hand übers Kinn.

»Ich mag Blumen nicht. Sie sind morbide. Sie verwelken und erinnern mich dadurch an meine eigene Sterblichkeit.«

Okay, so kann man das auch sehen. Welches Licht das auf meine beste Freundin wirft, die am liebsten in frisch geschnittenen Lilien schlafen würde, wenn sie es sich leisten könnte, frage ich mich besser nicht.

Er beobachtet mich, jede noch so kleine Bewegung saugt er in sich auf, als würde er sich meine Regungen auf einem unsichtbaren Blatt notieren.

»Hast du Angst?« Sein arrogantes Grinsen jagt mir tatsächlich ständig Schauer über den Rücken, weil ich mich selten in der Gegenwart eines Menschen so klein und unbedeutend gefühlt habe. Ich wünschte, ich hätte einem Treffen in einem netten Pub zugestimmt, dann würde ich ihm jetzt anders gegenüber sitzen als in diesem Luxuspenthouse.

»Angst wäre zu viel gesagt. Ich fühle mich allerdings nicht gerade ... wohl«, gestehe ich. Ehrlichkeit war schon immer meine Stärke (und meine Schwäche), und es gibt keinen Grund, damit jetzt aufzuhören. Obwohl meine Fingerspitzen kribbeln und mein rechter Fuß eingeschlafen ist, weil ich so steif wie eine Schaufensterpuppe sitze.

»Ich wollte dich nicht einschüchtern, Gwen. Du hast mir gefallen auf der Buchmesse, und deine Nachricht bei Facebook war direkt und ehrlich. Ich wünsche mir, dass du weiterhin so offen bist und aussprichst, was du denkst.«

»In der Hoffnung, das zu überleben«, antworte ich und starre auf das leere Whiskyglas vor mir, bis er meinen Blick bemerkt und ohne Zögern nachfüllt.

»Ich bin solchen Luxus nicht gewohnt«, sage ich anschließend und fühle mich von der Hitze in meinem Magen ermutigt. »Ich mag das einfache Leben.«

»Dann solltest du deine Meinung bezüglich Oscar Wilde noch einmal überdenken«, erwidert er grinsend. Gott, wenn er so guckt, taucht das Grübchen in seiner Wange auf, und das lässt ihn so ... nett aussehen. Ich will aber nicht, dass er nett aussieht. Ich will, dass er aussieht wie der Arsch, der er ist. Arrogant, dekadent, ein sexistischer Schmierfink, der keinen Hehl aus seiner Abneigung gegenüber Frauen macht. Wahrscheinlich hat er ein Problem mit seiner Mutter, darum hat er dieses Buch geschrieben, um sich an allen Frauen der Welt zu rächen.

»Ich bin kein Schwein, Gwen«, sagt er plötzlich, und ich zucke ertappt zusammen. Gütiger Gott, kann er Gedanken lesen oder was?

»Ich weiß, dass dir mein Buch nicht gefallen hat, weil du dich davon beleidigt fühlst. In deiner Intelligenz und in deiner Rolle als Frau. Glaube mir, sexuelle Unterwerfung hat nichts mit fehlender Emanzipation zu tun.«

Ich stöhne entsetzt auf. Muss ich jetzt wirklich dieses Gespräch hier führen? Ich habe ein schlimmes Déjà-vu gerade, allerdings sitzt mir dabei Cat gegenüber.

»Ich habe keine Ahnung von ... so was«, sage ich hitzig und puste mir eine Haarsträhne aus dem Gesicht. »Aber es gefällt mir nicht.«

»Ja, das habe ich verstanden. Trotzdem gibt es viele Frauen, die sich gern einem Mann auf diese Weise hingeben möchten. Sich fallen lassen, jede Verantwortung abgeben, sich ganz und gar umsorgt und gehegt fühlen.«

Er beugt sich so weit vor, dass seine Knie die Tischkante berühren, und sieht mir fest in die Augen. Ich schlucke hart.

»Wenn es mir nicht gelungen ist, das in meinem Buch nachvollziehbar rüberzubringen, dann hast du recht. Dann ist das Buch nicht gut.«

»Ich ... also sooo schlecht ist es nun auch wieder ...«

Verdammt, was rede ich denn da? Es ist eins der schlechtesten Bücher, die ich je gelesen habe! Warum sage ich jetzt so was? Der Whisky ist schuld, ganz sicher. Mit mehr von dem Zeug im Körper könnte ich vermutlich sogar Dan Brown literarische Klasse abgewinnen.

»Hilf mir, es besser zu machen.«

»Was?«

Ich weiß gar nicht, wo ich meine Hände lassen soll. Die Trageriemen meiner Handtasche sind schon völlig abgewetzt, weil ich ständig wie ein Autist darüber reibe. Was muss er von mir denken? Ich sitze hier wie ein kleines Mädchen und spreche mit piepsiger Stimme, das bin ich doch gar nicht! Mir ist immer noch heiß, und mein Hals fühlt sich an, als hätte ich einen Sonnenbrand.

»Arbeite mit mir an meinem neuen Roman. Leb hier bei mir, lies jeden Tag in meinem Manuskript und sag mir deine ehrliche, ungeschönte Meinung dazu.«

Wie bitte? Ich träume wohl gerade?

»Sie haben doch Lektoren dafür, und einen Verlag. Ich bin nur eine Studentin ohne jegliche Erfahrung, und ich ...«

»Du bist ehrlich, kompetent, und kritisch. Genau das, was ich suche. Dank meines letzten Erfolges könnte ich bei meinem Verlag mein Notizbuch einreichen, und sie würden es drucken. Noch schlimmer, die Leute würden es sogar kaufen, weil mein Name darauf steht. Ich möchte aber ein Werk von literarischem Wert schreiben, etwas Bleibendes. Und ich wünsche mir, dass du mir dabei hilfst.«

Mein Herz klopft jetzt so heftig in meinem Hals, das mir übel wird. Ich kann gar nicht atmen. »Das ist nicht Ihr Ernst?«

Mein Mund klappt wie von selbst auf. Ich sehe vermutlich gerade so dämlich aus wie Ally McBeal und kann nichts dazu. Verstohlen kneife ich mir in den Oberschenkel und zucke aufgrund des Schmerzes zusammen. Nein, ich träume ganz und gar nicht.

»Ich verstehe, dass du noch studierst und wenig Zeit für mich hast. Daher möchte ich dir das Angebot versüßen. Ich möchte, dass du für acht Wochen hier bei mir lebst und mir hilfst. Ich werde dich angemessen dafür bezahlen, das versteht sich von selbst, damit du deine Kosten und deinen Lebensunterhalt weiterhin bestreiten kannst. Ich dachte an zweitausend Pfund pro Woche.«

Ich schnappe nach Luft. Zweitausend Pfund pro *Woche*? Das ist das Doppelte von dem, was ich im Monat zur Verfügung habe! Ich könnte unsere Wohnung die nächsten Monate ganz allein bezahlen, und wir müssten nicht sofort einen Nachmieter für Kilian finden. Ich könnte shoppen gehen, Bücher kaufen ... oh Gott, so viele Bücher! Ich könnte die Unigebühren für das letzte Semester selbst übernehmen und wäre endlich wirklich frei von meiner Mutter, mit der ich nie wieder ein Wort wechseln müsste. Ich könnte ... Himmel, was denke ich denn da? Ich bin nicht käuflich! Trotzdem wird mir gerade schwindlig und mein Herz pocht schneller.

»Warum suchen Sie sich nicht eine richtige Lektorin dafür? Ich habe absolut keine Erfahrung und kann Ihnen ganz sicher nicht helfen.«

»Ich bin mir sicher, dass du mir wunderbar helfen wirst, Gwendolyn.« Seine Stimme ist leiser geworden, beinahe intim. Die Worte lösen ein eigenartiges Kribbeln in meinem Magen aus, der sich nervös zusammenzieht. Außerdem bin ich es nicht gewöhnt, dass mich jemand mit meinem vollen Namen anspricht, den ich eigentlich nicht mag.

Ich soll wochenlang hier in diesem Luxuspenthouse leben, mit ihm, und dabei noch einen Haufen Geld verdienen? Gar nicht zu reden von der einmaligen Chance, die sich da beruflich für mich ergibt. Mit so einer Referenz muss ich mir keine Gedanken mehr darüber machen, ob ich nach dem Studium irgendwo eine Anstellung finde. Ich kann in meinen Lebenslauf schreiben, dass ich Adrian Moore bei der Erarbeitung seines Romans unterstützt habe. Hammer! Ich bin ganz zappelig und rutsche unruhig auf dem Sofa herum. Das Leder knarzt unter mir.

»Also? Was sagst du?«

Seine blauen Augen blitzen und wirken dunkler als vorhin, was ich mir vermutlich einbilde. Ich werde das Gefühl nicht los, dass er noch etwas anderes im Schilde führt, so wie er mich ansieht. Oder bilde ich mir das ein?

Ich meine, er kann sicherlich mit einem einzigen Wimpernschlag ungefähr jede Frau der Welt in sein Bett zerren, was will er also mit einer dünnen kleinen Frau wie mir, die überhaupt keine Erfahrung mit so was hat? Und wenn er was von mir will – bin ich überhaupt in der Lage, ihm zu widerstehen? Kann ich überhaupt Nein sagen, wenn er mich. ..? Mir wird schon wieder warm. Ich habe mit Einigem gerechnet, doch das übertrifft meine kühnsten Vorstellungen.

»Ich … mal sehen«, antworte ich zweifelnd, und er grinst. Als wüsste er meine Antwort längst, im Gegensatz zu mir.

»Komm mit. Ich zeige dir die Wohnung.« Er steht auf und streckt mir eine Hand entgegen, die ich zögernd ergreife. Warm und kräftig legen sich seine Finger um meine, und ich folge ihm in den Flur.

8

Mein Zimmer ist genauso weiß wie der Rest seiner Wohnung. Nur in der riesigen Bibliothek bleibt mein Herz fast stehen. Himmel, hier würde ich glatt einziehen! Deckenhohe Regale voller Bücher, von denen einige alt und ganz sicher wertvoll sind, und in der Mitte zwei uralte, grüne Ohrensessel mit einem kleinen Wurzelholztisch und einer dunkelgrünen Leselampe. Wie im Film! Der einzige Raum im Penthouse, der nicht kühl und durchgestylt, sondern gemütlich wirkt.

»Hier möchte ich wohnen«, sage ich andächtig und lasse meine Fingerspitzen über die Rücken einiger Erstausgaben streichen, von denen ich nicht einmal wusste, dass sie noch existieren.

»Du wirkst regelrecht verliebt«, sagt er und betrachtet mich schmunzelnd, lässig gegen die Wand gelehnt und die Hánden in den Hosentaschen vergraben.

»Oh ja. Ich liebe nichts auf der Welt so sehr wie Bücher«, antworte ich und sehe ihn etwas unsicher an. Offenbar haben wir hier eine Gemeinsamkeit, denn wer so wertvolle Bücher sammelt, muss eine ganze Menge dafür übrig haben.

»Du darfst dich jederzeit an meiner Bibliothek vergreifen. Allerdings hoffe ich, dass du den Großteil deiner Zeit mit mir und meinem Manuskript verbringen wirst.«

Schon wieder. Ich habe noch gar nichts zu seinem Vorschlag von vorhin gesagt und habe das auch nicht vor während des kurzen Aufenthaltes hier. Aber er tut einfach so, als wäre schon alles klar. Ziemlich selbstbewusst. Ich bin mir sicher, dass er gewohnt ist, immer seinen Willen zu bekommen. Er wirkt wie ein Mensch, der schon als Kind alles durchgesetzt hat, was er wollte und aus der kindlichen Allmachtsphase nie herausgewachsen ist.

»Das Essen wird gerade gebracht«, sagt er nach einem kurzen Blick auf die teuer wirkende Armbanduhr und stößt sich mit der Hüfte von der Wand ab. »Ich hoffe, du magst Sushi?«

Eigentlich nicht. Wer mag schon rohen Fisch?

»Klar.«

Ich trinke Wasser zum Essen und bin erstaunt, wie gut roher Fisch schmecken kann. Jedenfalls, wenn er so perfekt zubereitet wurde. Die winzigen Häppchen kann ich komplett in den Mund schieben und sie zergehen auf der Zunge. Irgendwie schade, dass ich das nicht schon früher probiert habe, aber ich bin froh über diese neue Erfahrung und fühle mich ein bisschen weltmännisch.

»Ich bin sehr gespannt auf deine konkreten Anmerkungen, Gwendolyn. Nach deiner herben Kritik erwarte ich einige tiefgehende Kommentare.«

Sein Buch liegt neben uns auf dem Tisch, und ich werfe einen vorsichtigen Blick darauf. Mein Gesicht wird heiß, weil ich genau weiß, was ich alles an den Rand geschrieben habe. Das war allerdings, bevor ich mich von seiner Präsenz habe einschüchtern lassen. Jetzt würde ich das Buch am liebsten an mich nehmen und vernichten, weil ich keine Ahnung habe, wie er darauf reagieren wird. Ich zupfe an meiner Lippe und versuche zu lächeln.

»Hoffentlich erwarten Sie da nicht zu viel. Ich bin wie gesagt nur eine Studentin ohne Erfahrung, aber mit einer großen Liebe für Bücher und habe lediglich meine subjektive Meinung kundgetan.«

»Und genau darauf freue ich mich. Auf deine persönliche Meinung.«

Die Art, wie er mich ansieht, verwirrt mich. Es liegt ein herausfordernder Zug um seine zu einem Lächeln verzogenen Mundwinkel, aber ein Mann wie er wird sich wohl kaum auf ein Machtspielchen mit einer Studentin einlassen? Warum sollte er?

»Welche Bücher magst du?«

»Oh, sehr viele. Ich liebe John Karry, aber das wissen Sie ja.« Nein, ich kann es mir nicht verkneifen, an dieser Stelle noch einmal darauf herumzureiten, aber er geht nicht weiter darauf ein. Also überlege ich weiter.

»Ich lese gern Klassiker, vor allem aus der Romantik und dem Klassizismus. *Tristram Shandy*, aber auch *Jane Eyre* oder *Pride and Prejudice*. Ich lege mich eigentlich nicht fest, bei Literatur habe ich kaum Grenzen.«

»Abgesehen von Schund«, sagt Adrian und mir wird wieder warm.

»Ja, richtig. Den gab es ja auch in allen literarischen Epochen.«

»Aber nie so viel wie heute.« Ich bin erstaunt, dass er das sagt und versuche, dem Stöckchen aus dem Weg zu gehen, das er mir hingeworfen hat.

»Die Zeiten ändern sich. Menschen lesen heute zur Unterhaltung, während Lesen früher der Bildung diente und meistens den bessergestellten Menschen vorbehalten war. Heute müssen Bücher funktionieren wie Hollywoodfilme, dann sind sie auch erfolgreich. Schnell zu konsumieren, mit viel Action und wenig Substanz.«

»Trifft das auch auf mein Buch zu, deiner Meinung nach?«

»Ja, natürlich«, sage ich verwirrt. Er glaubt doch nicht wirklich, dass sein Roman ein literarisches Kunstwerk ist, oder? »Und es ärgert mich ehrlich gesagt, dass man mit so was heutzutage so viel Geld verdienen kann. Ärzte retten Leben für einen Hungerlohn, und mit einem Softporno verdient man Millionen, während ernsthafte Autoren oft von der Stütze leben müssen, um in jahrelanger Feinarbeit ihre wertvollen Werke zu schreiben. Da kann man nichts machen. Aber das ist ja nicht Ihr Problem.«

Er lacht.

»Nein, ganz und gar nicht. Im Gegenteil. Aber ich bin mir jetzt noch sicherer, dass du genau weißt, was ich will und mir daher eine großartige Hilfe bei meinem nächsten Buch sein wirst.«

»Hm«, gebe ich zurück und nippe an meinem fast leeren Wasser. Es ist spät geworden und längst dunkel draußen. Die schwarzen Baumwipfel, die sich vor den Fenstern wiegen, wirken in der Nacht wie Geister.

Ich gähne, ohne mir Mühe zu geben, das irgendwie zu unterdrücken. Er zieht amüsiert eine Braue hoch und sieht mich mit auf die Seite gelegtem Kopf an.

»Wenn du schlafen gehen möchtest...?«

»Ja, ich glaube, das war heute alles etwas aufregend für mich«, gestehe ich und frage mich, ob es höflich wäre, die Teller abzuräumen oder ob ich damit einem unsichtbaren Hausgeist den Job wegnehme. Gebracht wurden die Porzellanschalen von einer jungen Frau in einer Uniform, auf der *Mandarin Oriental* stand, und ich vermute, dass sie die Reste abholen wird. Oder nicht? Mist, ich habe keine Ahnung, wie man sich in so einem Ambiente richtig benimmt. Ich bin nicht High-Society-fähig, ich lese nicht mal Klatschmagazine.

Adrian Moore hat mir einen Job angeboten, der mich nicht nur beruflich ganz weit bringen wird, sondern gleich alle finanziellen Probleme der nächsten Monate löst. Warum will ich darüber eigentlich noch länger nachdenken?

Als ich an ihm vorbeigehe, wird mir urplötzlich klar, wieso. Sein Arm schnellt vor, mit raschem Griff hat er mein Handgelenk umklammert und hält mich fest. Ich erstarre zu Eis, mein Atem stockt.

»Gwen«, sagt er leise und steht auf. Er überragt mich um mehr als einen Kopf, und ich wünschte, ich hätte dieses eine Mal hochhackige Schuhe angezogen, um ihn nicht so von unten herauf ansehen zu müssen. Stattdessen schlucke ich hart und versuche, so ruhig wie möglich zu atmen, während mein Herz Purzelbäume schlägt. Verdammter Mist, was soll das?

Er beugt sich zu mir, bis sein Gesicht meinem sehr nah ist. Verflucht nah. Viel zu nah! Ich kann seinen Atem riechen, den Whisky darin. Und sein Aftershave, das ich zum ersten Mal bewusst wahrnehme. Ich bleibe stocksteif stehen und hoffe, dass er nicht merkt, wie sehr mein ganzer Körper zittert. Das ist natürlich Unsinn, ich glaube, er kann es sogar sehen. Ein Mann wie er riecht womöglich meine Angst wie ein Spürhund.

»Ich wünsche mir wirklich, dass du meinem Vorschlag zustimmst.« Seine Stimme ist so dunkel und ruhig. Ich könnte mich fallen lassen, mich einhüllen lassen von ihm. Um seinen stechenden Augen zu entgehen, starre ich einfach nach oben und betrachte seine dunklen Haare, die im Licht glänzen.

»Ich spüre, dass du Angst hast, Gwen. Und das ist okay. Angst ist das beste Aphrodisiakum der Welt, wusstest du das?«

Kopfschüttelnd zupfe ich an meiner Lippe und lasse meinen Blick bewusst an seinem Gesicht vorbei ins Leere gleiten.

Beinahe sehnsüchtig lassen sich meine Augen wieder von seinem Blick anziehen, und auf einmal sind sie viel dunkler als vorhin. Nachthimmelblau. Mein Herz klopft mir im Hals, als seine Lippen sich meinen weiter nähern. Gütiger Gott, er will mich küssen! Adrian Moore will mich küssen! Unwillkürlich schließen sich meine Augen, während meine Lippen sich öffnen. Mein Körper hat die Kontrolle übernommen und meinen Verstand k.o. geschlagen! Weil er ... so nah ist. Und verdammt gut riecht. Himmel, ich kann seinen Atem spüren. Doch seine Lippen streifen nur mein Ohr, für den Bruchteil einer Sekunde, dann richtet er sich wieder auf und lächelt. »Gute Nacht, Gwen. Schlaf gut.«

»Schlafen Sie auch gut«, sage ich leise und marschiere schnurstracks aus dem Wohnzimmer in den Flur. Mein Zimmer liegt am Ende des Ganges, und ein Gefühl absoluter Erleichterung durchströmt mich, als ich die schützende Tür hinter mir zuziehe.

Ich atme immer noch so schnell, als wäre ich gerade durch den Hyde Park gejoggt, dann ziehe ich mein Handy aus der Tasche und wähle Cats Nummer. Eine SMS reicht jetzt bei weitem nicht; ich habe viel zu erzählen.

Als sie rangeht, schlüpfe ich rasch ins Bad und verschließe die Tür hinter mir. Fehlte mir noch, dass er mir nachschleicht und mich belauscht, zuzutrauen wäre es ihm ohne Zweifel.

»Ich bin's«, zische ich in den Hörer und fühle mich wie eine Spionin in einem James Bond-Film.

»Uuund? Wie ist er so? Erzähl schon, ich sterbe vor Neugier!«

»Er hat mir ein Angebot gemacht.«

Cat kreischt so laut, dass ich das Handy auf Armeslänge von meinem Ohr weghalten muss, um keinen Hörsturz zu erleiden.

»Will er mit dir ins Bett? Oh mein Gott, Gwen, ich platze vor Neid! Hast du ihn geküsst? Hat er ...«

»Nicht *so* eins. Er will, dass ich acht Wochen lang bei ihm wohne und ihm bei seinem neuen Roman helfe.«

Am Ende der Leitung herrscht beeindruckende Stille.

»Cat? Bist du noch da?«

»Sorry, Süße, ich sammle gerade die Einzelteile meines zersprungenen Egos auf. Ist das dein Ernst?«

»Ja, leider.«

»Leider? Gwen, wenn du das nicht machst, lasse ich dich zwangseinweisen! Ich würde sterben für so ein Angebot! Scheiße, warum habe ich nicht Literaturwissenschaften studiert? Falls er noch eine Psychologin sucht, denk an mich, ja? Oh Gott, ist das aufregend!«

»Nun beruhig dich mal«, zische ich und lausche zwischendurch an der Tür, doch nebenan ist alles still. »Ich hab nicht gesagt, dass ich das tun werde.«

»Natürlich wirst du das tun, Gwen! Das ist die Chance deines Lebens! Lass dich an den Tantiemen beteiligen, dann wirst du in Nullkommanix reich und kannst ...«

»Niemals. Er ist ein bisschen ... unheimlich, ehrlich gesagt. Ich kann ihn nicht durchschauen, aber ich habe das Gefühl, dass er was im Schilde führt. Jetzt gerade liest er wahrscheinlich meine Notizen, die ich in seinem Buch gemacht habe.« Ich stöhne unterdrückt. Die Vorstellung lässt den unbedingten Wunsch in mir erstehen, die Zimmertür zu verrammeln und verriegeln, bevor er wutschnaubend heute Nacht zu mir kommt.

Das war nicht nett von dir, Gwendolyn, ich muss dich dafür bestrafen. Woher kommen diese Worte in meinem Kopf? Gütiger Himmel, ich bin betrunken und werde gleichzeitig verrückt, das kann überhaupt nicht gut gehen.

»Klar ist der unheimlich. Gefährlich und geheimnisvoll. Alle Frauen lieben ihn deswegen, und seinen Protagonisten auch. Oh

Mann, ich werde feucht, wenn ich nur dran denke, dass du jetzt neben ihm liegst und …«

Cat atmet schwer, und ich hoffe, dass sie ihre Finger oberhalb der Bettdecke hat, sollte sie bereits in den Kissen liegen. Das fehlte mir gerade noch.

»Ich liege nicht neben ihm. Ich habe sogar ein eigenes Zimmer, und ein Bad. Mit Jacuzzi.« Meine beste Freundin jault entsetzt. »Ich lege jetzt auf, Gwen, sonst kriege ich vor Neid die ganze Nacht kein Auge zu.«

»Nein, hey! Falls ich morgen nicht pünktlich zu Hause bin, musst du die Polizei benachrichtigen, hörst du? Dann hat er mir was angetan, nachdem er meine Anmerkungen gelesen hat. Ich habe keine genaue Adresse. Ich bin in einem Glaskasten voller Marmor in der Nähe vom Hyde Park, unten steht Security wie im Pentagon und der Fahrstuhl scannt die Augen, bevor er losfährt. Hier ist alles weiß, Cat, er hat nur weiße Möbel und Deko und was weiß ich. Der Typ ist ein Freak!«

»Vielleicht will er dich als seine Muse?«

»Mich? Weil ich genauso weiß und farblos bin wie seine Wohnung, oder was? Er hat gesagt, dass er das Nichts um sich herum braucht, weil es ihm Inspiration gibt.« Ich schlucke. Will ich ein weißes Nichts sein? Oh Gott, das ist nicht gerade ein Kompliment.

»Süße, ich wünsche dir eine atemberaubende Nacht. Was auch immer passieren wird – lass es einfach zu! Hab nicht immer so viel Angst. Aber meld dich morgen, falls du nicht nach Hause kommst, ja? Bis ganz bald!«

Sie hat aufgelegt. Sie hat tatsächlich einfach aufgelegt! Hinter meinen Schläfen klopft das Blut und verursacht mir Kopfschmerzen. Ich werfe einen schrägen Blick auf den Whirlpool und überlege, ob ich es wagen kann, ein Bad zu nehmen, bevor ich ins Bett gehe, traue mich jedoch nicht. Besser kein Aufsehen erregen.

Auf wackligen Beinen schleiche ich ins Schlafzimmer zurück und hole Zahnbürste, Kamm und mein Nachthemd aus der Reisetasche. Ich bin mir sicher, dass ich kein Auge zutun werde. Was für ein verrückter Tag!

9

Er steht neben meinem Bett und betrachtet mich. Ich bin nackt, präsentiere mich und meinen Körper seinen Augen, die neugierig jeden Zentimeter meiner Haut streifen. Sein Blick ist so intensiv, dass ich ihn körperlich spüren kann, wie eine Berührung. Ich zittere am ganzen Leib und kralle die Finger in das weiße Baumwollbettlaken unter mir. Die dünne Bettwäsche bietet keinen Schutz mehr, er hat die Decke einfach von mir gezogen und auf den Boden geworfen. Das Mondlicht, das durch die riesigen Fenster in das Zimmer fällt, beleuchtet uns auf eine gespenstische Art.

Mein Atem ist flach. In meinem Magen boxt jemand wild um sich, als er sich zu mir herabbeugt und seine Hand ausstreckt. Er wird mich berühren, oh mein Gott, er wird …

Sanft streichen seine Fingerkuppen über meine Haut, die sich heiß und feucht anfühlt, wie in einer Sauna.

»Du bist wunderschön, Gwen«, flüstert er mit dieser unnachahmlichen, rauen Stimme. Das Grübchen in seiner Wange ist deutlich zu sehen im fahlen Licht, und doch wirkt sein Gesicht, als betrachte ich es durch einen Weichzeichner. Die Konturen verschwimmen vor meinen Augen, während seine Hände tiefer gleiten und kurz vor meinem Venushügel verharren.

»Ich bin noch Jungfrau«, höre ich mich sagen. Eine Lüge, die mich hoffentlich schützen wird. Er hebt den Kopf und sieht mich an, mit einer hochgezogenen Braue. Auf seiner Stirn zeigt sich

eine kleine Falte, dann lächelt er. »Gut. Das ist ... wunderbar.«
Oh verflucht.

Ich schließe die Augen und lasse zu, dass er vorsichtig meine Schenkel spreizt. Ich bin nicht gefesselt, aber ich liege unbeweglich da, ohne mich zu rühren. Wie wenn er mich mit einer geheimnisvollen Macht hypnotisiert hätte. Mit seinem Blick gebannt. Meine blasse Haut hebt sich kaum von den weißen Laken ab, dafür ist sein Schatten auf meinem Körper umso deutlicher.

Ich atme so laut, dass mein Keuchen die Stille zerschneidet. Grob führt er einen Finger in mich ein, mit einem leisen Schrei bäume ich mein Becken auf.

»Du hast mich angelogen.«

Sein Blick ist ernst. Ich schüttle den Kopf und beiße so heftig auf die Zunge, dass es weh tut. Wirklich weh tut. »Ich erwarte deine Strafe für die Lüge, Meister«, flüstere ich in die Dämmerung, die uns im weißen Zimmer umgibt.

Er grinst zufrieden, dann kriecht er aufs Bett, stellt seine Knie neben meine Schenkel und stützt sich mit einer Hand neben meinem Kopf ab. Sein Gesicht ist dicht an meinem, kein Buch würde mehr zwischen uns passen.

Süffisant schiebt er mir den Finger zwischen die Lippen und ich fange mit geschlossenen Augen an, daran zu saugen, wie ein Kind am Daumen nuckeln würde. Zum ersten Mal im Leben schmecke ich mich selbst, meine eigene Lust, die wie ein Beweisstück an seiner Fingerkuppe glänzt.

»Die sollst du erhalten, Kleines.« Er richtet sich auf, und ich gebe seinen Finger widerwillig her. Dann höre ich, wie er den Ledergürtel aus seinen Laschen zieht; das Geräusch erregt und erschreckt mich zugleich. Es ist ein harscher, bedrohlicher Ton, und als er meinen Körper schwungvoll auf den Bauch wirft, spanne ich alle Muskeln an und presse mein Gesicht ins Kissen. Atemlos erwarte ich den ersten Hieb, der sich mit einem zischenden Laut ankündigt. Dann beißt der Gürtel in meinen Hintern und entlockt mir einen entsetzten, empörten Aufschrei.

»Wenn du stillhältst, ist es gleich vorbei«, sagt er, und der Tonfall seiner Worte jagt mir erneut einen Schauer über den Rücken. Gleichzeitig spüre ich, wie sich zwischen meinen Schenkeln ein Tropfen löst und als Beweis meiner Verderbtheit zwischen den intimen Lippen hervorquellen will.

Ich beiße in das weiße Kissen und ertrage die weiteren Hiebe. Ich zähle nicht mit. Mein Hintern brennt, und auf einmal fährt diese unerträgliche Hitze, dieser ungewohnte Schmerz durch meinen Unterleib, der wohlig pulsiert.

Dann ist es plötzlich vorbei. Ich höre, wie er den Reißverschluss seiner Hose öffnet, spüre seine Finger von hinten zwischen meinen Beinen, wie er meine Falten teilt und in mich eindringt. Ich stöhne leise auf, hebe mein Becken an, präsentiere ihm den glühenden Po, als wollte ich ihn auffordern, mich ganz und gar zu nehmen.

»Du bist unglaublich nass, Gwen«, raunt er in mein Ohr, sein Atem kitzelt auf meiner Haut. Bevor ich den Kopf wenden und ihn küssen kann, spüre ich seine Härte zwischen den Pobacken. Er reibt sich an mir und verteilt meine Säfte überall, an den empfindlichsten Stellen. In mir klopft und rast das Blut, ich schiebe mich ihm weiter entgegen, bis ich die feste Spitze an meiner Spalte fühle. Oh Gott, ja, ich will es, du hast recht, ich will dich und ich will, dass du …

Ein Geräusch reißt mich aus dem Schlaf. Schwitzend und mit zitternden Beinen setze ich mich im Bett auf und lausche. Mein Atem geht schwer. Habe ich geträumt? Habe ich an ihn gedacht? Die warme Feuchtigkeit zwischen meinen Beinen ist mehr als verräterisch. Ich muss gar nicht genauer prüfen, um zu wissen, dass ich erregt bin. Unfassbar erregt.

Ich reibe mir die Augen und starre auf die geschlossene Tür. War er hier drin, hier bei mir? Hat er mich angefasst, während ich schlief? Hat er mich beobachtet, wie ich einen pubertären, feuchten Traum von ihm hatte?

Ach du Scheiße! Genervt falle ich ins Bett zurück und schließe die Augen. Meine Wangen glühen ebenso wie der Rest meines Körpers. Was auch immer er getan hat, und wenn er mich nur im Schlaf betrachtet hat: Er wird sich köstlich über mich amüsiert haben. Hoffentlich habe ich nicht laut gestöhnt, oder womöglich geredet!

Was sollte der blödsinnige Traum überhaupt? *Ich erwarte deine Strafe? Meister?* Ich fange hysterisch an zu kichern. Offenbar hat sein Schundroman mehr Eindruck bei mir hinterlassen, als ich zugeben wollte. Falls er mich beobachtet hat, kann ich froh sein, dass er keine Gedanken oder Träume lesen kann. Sonst müsste ich mich morgen früh still und heimlich aus der Wohnung schleichen und irgendwie zum Flughafen gelangen, ohne ihm vorher unter die Augen zu kommen. Mein Gott, Cat wird vor Lachen vom Sofa kullern, wenn ich ihr das erzähle! Ich, Gwendolyn Hamlin, hatte einen erotischen Traum von Adrian Moore, und darin hat er mir ... den Hintern versohlt! Ich fühle mich erbärmlich, aber mein Herz klopft noch viel zu schnell, als dass ich gleich wieder einschlafen könnte.

Noch lange liege ich wach und starre durch das Fenster auf den Mond, der als Sichel über den düsteren Baumkronen schwebt. Das Nachthemd klebt vom Schweiß an meinem Körper, trotzdem ziehe ich es nicht aus. Morgen früh werde ich duschen und den ganzen Käse hier vergessen. Unglaublich, was mein Gehirn mit mir anstellt.

»Guten Morgen, Gwen!« Ohne anzuklopfen, reißt jemand die Tür auf, und als ich völlig übermüdet die Augen öffne, rieche ich duftenden Kaffee. Kaffee! Das ist absolut großartig. Verwirrt reibe ich mir über das Gesicht und richte mich so weit im Bett auf, dass ich sitzen und sehen kann.

Adrian trägt ein schwarzes T-Shirt, das seine muskulösen Arme verdammt gut zur Geltung bringt, und eine schwarze Hose, die so eng ist, dass es mir die Kehle zuschnürt. Ich bin mir sicher, dass er das mit Absicht macht. Ganz bestimmt ist er sich seiner Wirkung auf Frauen bewusst und nutzt sie aus, um uns zu ... manipulieren.

Ganz locker bleiben, Gwen, und nichts anmerken lassen. Es ist absolut gar nichts passiert heute Nacht, und selbst wenn der Typ dich beobachtet hat, hast du nichts zu verbergen. Trotzdem komme ich mir vor wie ein ertappter Sünder und wage kaum, ihn anzusehen.

»Hast du gut geschlafen?« Er stellt den duftenden Kaffeebecher – mit Milchschaum, ich liebe es! – auf den weißen Lacktisch neben meinem mädchenhaften Himmelbett und setzt sich auf den Rand der Matratze. Ich fühle mich unwohl, weil ich ungewaschen, ungekämmt und mit ungeputzten Zähnen in diesem Bett liege, noch dazu in meinem hellgrünen Nachthemd, das alles andere als eine Augenweide ist, während er bereits frisch und ordentlich angezogen hier sitzt. Das ergibt – neben der Tatsache, dass ich im Vergleich zu seiner Luxuswohnung in einer Erdhöhle wohne – ein höchst unangenehmes Machtgefälle zwischen uns. Mein Versuch, mit Hilfe von Speichel und Zunge meine Zähne zumindest so weit hinzukriegen, dass es sich nicht mehr anfühlt wie ein Pelztier in meinem Mund, scheitert kläglich. Also probiere ich es mit einem Schluck Kaffee.

»Danke, den Umständen entsprechend«, antworte ich auf seine Frage und behalte den heißen Becher in der Hand. Er ist aus weißem Porzellan – natürlich. Ich glaube, der Typ hat einen Weißfetisch oder einfach nur eine Vollmeise. Typisch Künstler ... irgendeine Marotte haben die wohl alle.

»Das freut mich. Ich möchte mit dir über deine Notizen sprechen, die ich heute Nacht durchgesehen habe.« Er zieht das Buch hinter dem Rücken hervor und legt es aufs Bett, seine Handfläche bleibt auf dem Cover liegen, während er mir tief in die Augen sieht.

Ich schlucke, als ich seinem Blick auszuweichen versuche.

»Müssen wir das jetzt...?«, krächze ich. Sein Gesichtsausdruck lässt keinen Zweifel zu, dass er sich nicht abwimmeln lassen wird. Gott, wenn ich wenigstens vorher duschen und mich anziehen könnte, dann würde ich mich wesentlich wohler fühlen. So jedoch fühle ich mich ihm hoffnungslos ausgeliefert und vor allem unterlegen, was mir gar nicht gefällt.

»Einige Kommentare fand ich hilfreich, das muss ich zugeben.

Andere haben Fragen in mir geweckt, auf die ich nun eine Antwort brauche.« Ohne Zögern schlägt er das Buch auf und tippt mit dem Finger auf eine von mir markierte Stelle. Er hat keine Lesezeichen in das Buch gemacht. Woher weiß er, welche meiner Notizen noch Klärungsbedarf für ihn haben? Hat er sich das alles *gemerkt*? Das ist unmöglich, er ist doch kein Elefant oder was.

»Zum Beispiel hier. Als meine Protagonistin ihr erstes Mal erlebt, schreibst du an den Rand: *Zwei Höhepunkte beim ersten Mal? Sehr witzig (und so wahrscheinlich wie Pinguine am Nordpol).*«

Er senkt das Buch und schmunzelt. Himmel, ich weiß gar nicht, wo ich hinsehen soll.

»Ja? Und? Das ist es doch«, sage ich trotzig und klammere mich an dem Kaffeebecher fest, dessen Wärme mir gut tut. Außerdem gibt er mir eine gewisse Sicherheit, denn sollte er vor Wut handgreiflich werden wollen, kann ich ihm den Kaffee ins Gesicht schütten. Solange der noch heiß ist, natürlich. Ich nippe also sparsam an dem Getränk, obwohl ich ihn am liebsten in einem Zug runterkippen würde.

»War dein erstes Mal nicht schön?«, fragt er in einem Tonfall, der an den Wetterbericht im öffentlichen Fernsehen erinnert. Ich verschlucke mich und muss husten, bis mir die Tränen kommen. »Großer Gott!«, presse ich hervor und er lacht.

»Ich denke es ist an der Zeit, dass du mich Adrian nennst, Gwen. Auch wenn mir die Anrede natürlich schmeichelt.«

Haha. »Was hat mein erstes Mal mit diesem ... Buch zu tun?«

»Nun, falls du der Meinung bist, dass ich das erste Mal nicht gut oder nicht realistisch genug geschildert habe, muss es einen Grund dafür geben. Ich möchte ausschließen, dass es sich um fehlende Erfahrung handelt. Vielleicht habe ich das erste Mal meiner Protagonistin richtig beschrieben, es passt bloß nicht zu deinen eigenen Erlebnissen? Wenn wir zusammenarbeiten, muss ich wissen, auf welchen Grundlagen du aufbaust und worauf sich deine Kritik begründet.«

Er spricht so ruhig und besonnen, dass sich mein Magen schmerzhaft zusammenzieht. Bei seinem Anblick allerdings zieht sich etwas ganz anderes zusammen ... oh Gott. Ich bin nicht immun gegen ihn, und das wurmt mich. Nein, ich werde mich auf gar keinen Fall auf diesen Deal einlassen. Er wird mich sezieren, in mir herumstochern wie ein Chirurg und Dinge von mir wissen wollen, die ich selbst gar nicht weiß. Und alles wird mit meinem Sexleben zu tun haben, das nun wirklich nicht der Rede wert ist. Ich werde schon wieder blass allein bei der Vorstellung, mit ihm darüber sprechen zu müssen.

»Mein erstes Mal war ganz okay«, sage ich so beiläufig wie möglich. »Aber das hat ganz sicher nichts damit zu tun, dass die Schilderung dieser Szene unnötig übertrieben war.«

»Was genau war daran übertrieben?« Er fixiert mich. Ich fühle mich, als ob er mich mit seinem Blick ans Bett nageln würde, und weiß gar nicht, was ich sagen soll. Eine äußerst ungewohnte Situation für mich. Wahrscheinlich würde es mir besser gehen, wenn ich wenigstens nicht dieses blöde grüne Nachthemd anhätte.

»Na ja«, versuche ich, Zeit zu schinden, und durchforste mein Hirn nach Details dieser Sequenz, die mich beim Lesen aufgeregt hat. Shit, warum fällt mir jetzt keins davon ein?

»Ich kann mich nicht mehr genau erinnern an diese Szene. Es ist ja wohl so, dass das erste Mal für eine Frau ziemlich schmerzhaft ist. Schon allein deshalb ist es ungewöhnlich, dass eine Frau bei diesem ersten Mal überhaupt einen ... Höhepunkt hat, erst recht zwei.«

Gott im Himmel, mein Kopf fühlt sich an wie eine Herdplatte! So wie er mich ansieht, bin ich vermutlich bis zu den Haarwurzeln knallrot angelaufen. Mir ist ein bisschen übel. Vor allem hat er es jetzt geschafft, dass tatsächlich Erinnerungen an mein unrühmliches erstes Mal in mir aufsteigen, und die kann ich jetzt gerade überhaupt nicht gebrauchen. Mein ganzer Körper brummt und summt wie ein Bienenstock vor Aufregung.

»Das ist schade, wenn du das nicht erfahren durftest. Ich wünschte, ich könnte es rückgängig machen.«

Was? Er? Also er war nun wirklich nicht mein erster ... und schon gar nicht ... ich muss lachen.

»Ist die Erinnerung so lustig? Ich brenne darauf, sie mit dir zu teilen.«

»Entschuldige, das ist zu ... privat. Tut mir leid.« Ich zucke mit den Achseln und nippe vorsichtig an dem Kaffee. Den Milchschaum, der an meiner Oberlippe haften bleibt, lecke ich ab, bevor ich ihn mit einem Kopfnicken auffordere, weiterzumachen.

»Du meinst also, ich soll deinen Kommentar so hinnehmen? Ohne den Hintergrund zu überprüfen?« Hintergrund überprüfen? Herrgott, er hat keinen Krimi geschrieben, für den man recherchieren muss! Das ist ein Erotikroman, ein schlechter noch dazu, wozu braucht der überhaupt einen Hintergrund?

»Ich bitte darum«, antworte ich so hochnäsig wie möglich und rutsche ungeduldig im Bett herum. Eigentlich würde ich jetzt gern ...

»Dann nehmen wir mal diese Stelle hier.« Er blättert einige Seiten weiter und hält abrupt inne. Mit einem Grinsen liest er meinen Kommentar vor. »Das Wort *Pussy* bringt mich nur zum Lachen.«

Ich erwidere sein Grinsen. »Stimmt auch.«

»So? Und welches Wort bevorzugst du für ...« Sein Blick gleitet an der Bettdecke herab, bis seine Augen ungefähr an der Stelle haften bleiben, an der er meinen Schoß vermuten muss.

»Öhm ...«

»Öhm? Klingt nicht besonders sexy.«

Oh Mann. Was bevorzuge ich denn dafür? Hab ich noch nie drüber nachgedacht. Möse geht gar nicht, das ist total ordinär. Fotze ist noch schlimmer, da denke ich an eine gemeine Frau, das ist ein Schimpfwort. Muschi? Vielleicht zu niedlich, aber ganz okay. Vagina? Klingt so medizinisch, wie aus dem Biobuch. Vulva – das ist poetisch, sexy. Klingt weiblich, weich, rund.

»Vulva«, sage ich entschlossen und erwidere seinen Blick, der nun wieder auf meinem Gesicht ruht. Ich mag gar nicht dran denken, dass er sich bei diesem Gespräch gerade vorgestellt hat, wie meine ... Vulva aussieht.

»Vulva?« Er runzelt die Stirn und sieht dadurch unfassbar sexy aus. Es ist einfach nicht gerecht, dass ein einzelner Mensch *alles* hat – na gut, bis auf Schreibtalent. Aber das sieht er selbst vermutlich anders.

»Ja, ich mag das Wort. Es klingt nicht ordinär und trotzdem sexy.«

»Die Vulva bezeichnet die Gesamtheit der Geschlechtsorgane, daher wäre es anatomisch nicht korrekt, zu sagen: Er dringt in ihre Vulva ein.«

Hm? Das ist mir neu, allerdings habe ich mich damit noch nie beschäftigt.

»Spalte?«

Adrian lacht. Es ist ein freundliches Lachen, ohne Spott oder Hohn. »Du findest das Wort *Spalte* erotisch? Gwen, ich fürchte, wir haben eine Menge Arbeit vor uns. Ich freue mich darauf! Mal weiter im Text …«

Oh Gott, bitte nicht. Der Kaffee ist lauwarm und ich trinke entschlossen den letzten Schluck aus. Angst muss ich wohl keine vor ihm haben, er hat allem Anschein nach nicht vor, mich übers Knie zu legen oder so was.

»Das macht nicht an, das bringt mich zum Lachen«, liest er weiter vor.

Oh je, ich glaube, das habe ich an ungefähr zwanzig Stellen an den Rand gekritzelt.

»Ääh … was genau?«

»Das steht hier an der Stelle, an der die beiden zum ersten Mal richtigen Sex miteinander haben.«

»Bei der Entjungferung?«, frage ich und fahre mir mit der Hand über die Stirn. Ich habe leichte Kopfschmerzen, vermutlich vom Whisky gestern, und kann gerade an nichts anderes denken als an eine schöne, heiße Dusche. Oder ein Bad in dem netten Whirlpool. Ob ich ihn danach fragen soll?

»Nein, später. Das war noch kein richtiger Sex.«

Verblüfft sehe ich ihn an. »Du hältst ausschließlich diese kinky Sachen für richtigen Sex? Ist das dein Ernst?«

Er lächelt. Ist er nur ein Schaf im Wolfspelz? Vielleicht will er mich bloß ärgern und an den Rand des Wahnsinns treiben. In

Wahrheit macht er es wahrscheinlich selbst am liebsten in der Missionarsstellung im gemütlichen Bett oder lässt sich einen blasen ...

»Du nicht?«, fragt er und zieht eine Augenbraue hoch. Dabei sieht er mich an, als ob er darauf wartet, dass mir Flügel wachsen oder so.

»Ich ... nein!«, sage ich bestimmt und stelle die leere Tasse auf dem Nachttisch ab. Vor Aufregung habe ich mich ganz im Bett aufgerichtet und muss leider feststellen, dass man durch das dünne Nachthemd, auf dem an der Seite ein Comic von Peter Pan prangt, meine Brustwarzen sehen kann. Zu meinem Unglück sind diese ziemlich hart, obwohl es nicht kalt ist. Oh Mann, ich kann mir nur ausmalen, was er sich dabei denkt. Wahrscheinlich sieht er das als Zeichen dafür, dass ich ihn scharf finde?

»Dann fehlt dir vermutlich die richtige Erfahrung.«

»Ich glaube nicht, dass ein guter Schriftsteller alles selbst erlebt haben muss, um darüber schreiben zu können. Krimiautoren müssen nicht zwangsläufig jemanden ermorden, um einen Krimi ...«

»Nein, aber es ist hilfreich«, sagt er besonnen und mustert mich eindringlich. Ich habe das Gefühl, unter seinem Blick kleiner zu werden. Er ist näher zu mir gerutscht und ich kann neben der winzigen Narbe jedes Fältchen in seinen Augenwinkeln erkennen. Nicht, dass die mich stören würden, im Gegenteil. Sie mildern die Härte in seinem Gesicht und lassen ihn freundlich und humorvoll aussehen.

»Meinst du das ernst?«, frage ich so schockiert, als hätte er mir gerade einen Mord gestanden. Ich meine, ich habe sein Buch gelesen, und wenn er das alles selbst erlebt hat ... mein ganzer Körper badet in einer Gänsehaut, die für einen Elefanten ausreichen würde. Gütiger Himmel!

»Gwen, die Leser spüren sofort, ob jemand selbst Erlebtes schildert oder sich auf Recherchen und Fantasie bezieht. Besonders, wenn es um Erotik geht.«

»Sie ... du hast also *erlebt*, worüber du in dem Buch geschrieben hast?« Ein eisiger Schauer läuft über meinen Rücken und ich sehe Cat vor mir, die triumphierend mit dem Finger auf mich zeigt und ruft: »*Ha, ich hab dir gesagt, dass er ein knallharter Dom ist, der weiß, wovon er redet!*«. Oh bitte nicht.

»Ich überlasse es deiner Fantasie, darüber zu urteilen. Such dir die Möglichkeit aus, die dir am liebsten ist. Hättest du gern, dass ich so bin wie der Held in meinem Roman?«

Er beugt sich tiefer zu mir und ich bin mir sicher, dass ich mich seit zwanzig Jahren nicht so klein in der Gegenwart eines Erwachsenen gefühlt habe wie in diesem Moment. Ich liege in einem absolut kindischen, grünen Nachthemd in einem weißen Himmelbett und bin kurz davor ihn zu fragen, warum er so große ... Ohren hat.

»Nein«, antworte ich entschlossen und schlucke schon wieder. So viel Speichel kann doch kein Mensch produzieren!

Meine Hände haben sich im Laken verkrallt und kneten nervös den weichen Stoff. Hilfe, er kommt immer näher! Unsere Blicke verhaken sich ineinander, während er langsam die Hand ausstreckt. Ich starre auf die Tätowierung auf seinem muskulösen, drahtigen Unterarm, der jetzt meine Hand ergreift.

»Schade«, murmelt er, und ich kann seinen warmen Atem an meiner Wange spüren. Mein Magen verkrampft sich wie beim Start eines Flugzeugs. Ich kneife in seine Hand, so fest, dass sich meine Fingernägel in das weiche Fleisch bohren. Mein Herz pocht heftig, und weil ich vergesse, zu atmen, wird mir die Brust eng. Himmel, er hat wirklich schöne Hände ... und Augen ... unwillkürlich schließen sich meine Lider, meine Lippen öffnen sich, während ich dem wummernden Takt meines Herzens lausche und auf seinen Kuss warte.

Der nicht kommt.

Stattdessen streift er mit den Lippen nur kaum merklich meinen Hals, dann richtet er sich auf und löst seine Hand aus meinem Klammergriff. Ohne ein Wort.

Mein Atem geht schnell, meine Brustwarzen haben sich so sehr zusammengezogen, dass das Ziehen darin weh tut. Gütiger Himmel, Gwen, was hast du erwartet? Dass er dich küsst? Dass er was von dir will? Wahrscheinlich sieht er in mir ein Spielzeug, mit dem er sich eine Zeitlang vergnügen kann. Inspiration. Bin ich mir dafür nicht zu schade?

Ich räuspere mich, um die unheimliche Stille zu durchbrechen (und zu verhindern, dass er mein Herzrasen hört, denn es kommt mir selbst unfassbar laut vor), dann schiebe ich vorsichtig die Decke von mir und klettere aus dem Bett. »Ich sollte mich langsam fertig machen, mein Flieger ...«, sage ich und deute mit der Hand zum Badezimmer.

»Natürlich. Wir können den Rest deiner Notizen später bearbeiten, wenn es dir lieber ist.«

Oh Gott, ja, das ist mir sogar *sehr* viel lieber! Ich meine, ich lasse mich nicht schnell einschüchtern, weder von dem bärbeißigen, vollbarttragenden Pfarrer unserer Gemeinde in Edinburgh, der bei der Beichte schon mal Ohrfeigen verteilt hat, noch von meinem Lieblingsprof, der immerhin auf der Shortlist zum Literaturnobelpreis stand und daher all meinen Respekt verdient hat. Trotzdem bin ich immer Gwen gewesen, aufrecht und ehrlich, unerschrocken und tapfer wie der Löwe im Zauberer von Oz. Oder war es der Blechmann? Egal.

Was hat dieser schlechte, reiche Schreiberling an sich, das mich in ein kleines Mädchen verwandelt? Langsam komme ich mir vor wie eine Figur aus seinem Roman, eine dieser Frauen, die ich beim Lesen verabscheut habe, weil sie so naiv, so geistlos, so *unterwürfig* waren. Ohne Selbstbewusstsein, rückgratlos. Himmel, ich kann mich selbst nicht leiden, wenn ich so bin, doch mein Körper reagiert auf ihn, als hätte mein Hirn gar nichts mehr zu sagen.

Ich drehe mich nicht um auf dem Weg ins Bad, lasse die Tür aber geräuschvoll hinter mir ins Schloss fallen.

Das warme Wasser prasselt wie ein herrlicher Sommerregen auf mich herab und massiert jeden kleinen Muskel. Göttlich! Wir sollten auch so eine Dusche haben – leider spuckt unser winziger Duschkopf aufgrund akuter Verkalkung nur noch dünne Fäden anstelle solcher intensiv massierender Strahlen.

Ich dusche viel zu lange und genieße die Wärme wie eine willkommene Umarmung. Das Duschgel, das bereitsteht, duftet nach Moschus und Vanille. Nicht aufdringlich, ganz dezent. Die Flasche ist – ach was? – weiß und hat keine Aufschrift, also ist es vermutlich unglaublich teuer. Kurz denke ich darüber nach, ob ich sie nachher in meiner Reisetasche verschwinden lassen soll. Cat würde sich über so ein Mitbringsel sicherlich freuen.

Nackt putze ich mir die Zähne, nachdem ich mich mit dem irre flauschigen Handtuch abgetrocknet habe. Der Blick in den Spiegel ist ganz okay, in meinem Alter kann man noch auf Make-up verzichten, und auf meine Haut bin ich in der Tat stolz. Sie ist hell und rein, von einigen wenigen Sommersprossen abgesehen, die sich allerdings nur im Sommer auf mir breitmachen. Alabaster, sage ich gern dazu. Kalkwand, meinte meine Mutter immer, aber auch an ihre ständigen Beleidigungen habe ich mich irgendwann gewöhnt. Schließlich hat sie nie einen Hehl daraus gemacht, dass ich die größte Enttäuschung in ihrem Leben bin. In mir zieht sich etwas zusammen bei der Erinnerung an sie.

»Sei bloß nicht eitel, Gwen, das steht dir nicht. Das steht niemandem. Und gerade du solltest so selten wie möglich in den Spiegel schauen. Du bist zu blass, zu dünn, zu sommersprossig, um schön zu sein. Wenigstens bist du nicht dumm. Trotzdem frage ich mich, warum ausgerechnet meine Tochter so aussieht. Ganz der Vater.« Ich höre ihre Worte im Kopf und wende mich hastig vom Spiegel ab, als ob sie mich beim Blick hinein erwischen könnte. Dann öffne ich die Tür, um in mein Zimmer zurückzugehen und mich anzuziehen. Und bleibe wie erstarrt auf der Schwelle stehen.

10

Mein Kopf dröhnt, hinter meinen Schläfen klopft das Blut, als säße dahinter ein kleines Männchen mit einem Hammer.

»Kann ich Ihnen noch ein Getränk anbieten?« Die brünette Stewardess lächelt freundlich und beugt sich zu mir runter. Hastig schüttle ich den Kopf und widme mich wieder meiner Zeitschrift, die ich zwar schon auf dem Hinflug studiert habe, aber besser ist als die Alternative. Die darin bestünde, dass ich mit *ihm* sprechen muss, denn er sitzt neben mir am Fenster, in der ersten Klasse, und nippt amüsiert an einem Glas Wein.

Ab und zu werfe ich ihm einen verstohlenen Seitenblick zu, doch wenn er aufsieht oder den Kopf bewegt, schaue ich eilig auf die bunten Bildchen meiner Illustrierten.

Ich fange noch immer an zu zittern wenn ich daran denke, dass er mich nackt gesehen hat. *Nackt!* Und wie er mich angesehen hat! Meine Knie verwandelten sich in Schaumgummi, und ich musste mich am Türrahmen festhalten, um nicht umzufallen.

Viel schlimmer war seine Reaktion auf mich, oh mein Gott! Er hat natürlich nicht gesagt »Du bist so schön, Gwen« (wir sind hier nicht in einem kitschigen Liebesroman, ehrlich). Er hat auch keine Erektion gekriegt (jedenfalls keine für mich sichtbare) oder ist über mich hergefallen. Er stand einfach so da, die Hände in die Hosentaschen geschoben, und hat einen Mundwinkel hochgezogen. Einen Mundwinkel! Er hat gelacht. Also, nicht richtig gelacht, er wirkte aber amüsiert. Und das ist ehrlich gesagt nicht die Reaktion, die ich mir von einem Mann erträume, wenn er mich nackt sieht. Nicht mal von einem wie ihm!

Ich glaube, das war der peinlichste Moment in meinem Leben, und mit dieser winzigen Geste hat er mein Selbstbewusstsein in einen finsteren Keller katapultiert. Ich bin wahrscheinlich so weiß wie seine Wand geworden und nach der ersten Schockstarre ins Bad zurück geflüchtet, um mich in das Handtuch zu wickeln. Leider war es nicht breit genug, um gleichzeitig meine kleinen Brüste sowie meine Scham zu bedecken, also entschied ich, dass meine Brüste sowieso nicht besonders sehenswert sind. Dafür hoffentlich nicht so amüsant wie meine unrasierte, stoppelige ... na ja, das halt.

»Würdest du mir bitte meine Klamotten reichen?«, rief ich dann durch einen Türspalt und streckte wie Doris Day in einem alten Film meinen nackten Arm ins Schlafzimmer. Er ließ mich verdammt lange warten, bevor ich endlich so etwas wie Stoff in meiner Hand fühlen konnte. Jeans und Pullover. Und wo war meine Unterwäsche? Gütiger Himmel, die lag noch auf dem Sessel ... ich wollte gar nicht wissen, ob er schon an meinem Slip geschnuppert hatte oder was man sonst so als Liebhaber von Kink mit fremder Damenunterwäsche macht (Kopfkino aus. Aus, sagte ich!).

Ich traute mich nicht, nachzufragen, also schlüpfte ich ohne was darunter in Jeans und Pullover und trat mit möglichst wütendem Gesichtsausdruck zurück in das weiße Schlafzimmer. Das leer war.

Nun sitze ich hier im Flieger, in der ersten Klasse, neben dem berühmten Schriftsteller, der tatsächlich fünf Autogramme geben musste bevor wir Platz nehmen konnten, und bin auf dem Weg nach Hause. Auf meine Frage, was er um alles in der Welt in Newcastle zu tun habe, antwortete er lapidar »Recherche«. Na klar, weil Newcastle Upon Tyne die sexieste Stadt Englands ist oder was? Unglaublich.

Ich fühle mich verfolgt. Und zutiefst gedemütigt. Wie kann man mit so einer winzigen Gesichtsregung so viel ausdrücken? Niemals werde ich Cat das erzählen, das ist peinlicher als ihr Vibrator. Was habe ich mir überhaupt dabei gedacht, als ich sein Angebot angenommen habe? Und was habe ich davon gehabt? Nicht einmal

John Karry habe ich getroffen, obwohl er mich damit überhaupt erst gelockt hat. Ich muss absolut wahnsinnig sein.

Er liest ein Buch. Ich beobachte ihn verstohlen aus den Augenwinkeln beim Lesen und sehe, dass sein Mundwinkel ab und zu amüsiert zuckt. Offenbar ist es ein lustiges Buch. Und ein ... oh mein Gott!

Fassungslos und mit aufgerissenem Mund starre ich auf seinen Schritt. Er ist hart! Er hat eine Beule in seiner Hose, weil er neben mir sitzt und in aller Öffentlichkeit einen Sexroman oder so was liest! Mir wird heiß, unter meinen Achseln bildet sich Feuchtigkeit. Nervös beiße ich auf meine Nägel und setze mich so hin, dass ich zumindest vor der Stewardess verbergen kann, was er da tut. Himmel, ist das peinlich! Sie wird denken, dass ich ...

»Ist etwas nicht in Ordnung?«

Ich zucke zusammen und schüttle hastig den Kopf, ohne ihn anzusehen. »Alles gut. Ich habe ein bisschen Flugangst.«

»Ah ja.«

Ich kann ihn schmunzeln hören. Ehrlich, ich bin mir sicher, dass er grinst, während er das sagt, obwohl ich ihn nicht ansehe. Der Gedanke an das, was sich da gerade in seiner Hose abspielt, ist mir unangenehm, doch es ist noch ein seltsames weiteres Gefühl dazugekommen. Ein merkwürdiges Ziehen in meinem Unterleib, das sich zwischen meinen Beinen fortsetzt. *Liebe Güte, Gwen, reiß dich zusammen! Du wirst dich doch nicht von einer Erektion aus der Ruhe bringen lassen?*

»Das Buch ist wohl aufregend, was?«, frage ich schnippisch, während ich mich vorsichtig so hinsetze, dass meine Beine nicht mehr in den Gang ragen. Er lacht leise.

»Es ist nicht schlecht. Wenn du es lesen möchtest. ..?«

»Danke, ich lese nach wie vor keine Schundromane«, sage ich trotzig und vertiefe mich in mein Hochglanzmagazin, das wahrscheinlich mehr Schund zu bieten hat als sein Buch.

Meine Augen machen sich selbstständig und gleiten ganz von allein nach rechts rüber, in seinen Schritt. Als könnte ich durch seine Hose hindurchsehen und entdecken, was sich da verbirgt.

Die ganze Pracht. Mein Kopfkino schaltet einen Film ein, in dem Adrian Moore neben mir im Flieger sitzt und sich einen runterholt, während die Stewardess mich fragt, ob ich noch etwas trinken möchte. Oh. Mein. Gott.

»Ehrlich gesagt, ist es mir unangenehm, dass du …« Ich deute mit der Hand zwischen seine Beine und wage, ihm in die Augen zu sehen. Er klappt lächelnd das Buch zu und legt es tatsächlich auf seinen Schoß. Auf seinen … Mir ist immer noch heiß und ich frage mich, ob die dämliche Klimaanlage überhaupt funktioniert.

»Das liegt nicht unbedingt an meiner Lektüre, Kleines«, raunt er, während er sich seitlich zu mir herüber beugt. Du liebe Zeit, das passiert doch gerade nicht wirklich?

»Meine Gedanken sind abgeschweift, und der Film in meinem Kopf war mit einer höchst attraktiven weiblichen Hauptdarstellerin besetzt.«

»Wenn du ein unattraktiver, alter Mann wärst, würde ich dich jetzt wegen sexueller Belästigung anzeigen«, zische ich ihm zu und hoffe, dass uns niemand hört. Mein Puls hat sich auf ein höchst ungesundes Tempo beschleunigt.

»Bin ich aber nicht«, flüstert er zurück, und ich bin mir sicher, dass er gerade grinst, auch wenn ich ihn nicht ansehen mag. »Findest du das nicht sehr unfair? Attraktive Männer dürfen ungehemmt flirten, aber die weniger von der Natur gesegneten Männer werden heutzutage gleich verklagt. Dabei wollen sie in der Regel nichts anderes als ihre gut aussehenden Kollegen.«

»Das hat Darwin wohl natürliche Selektion genannt«, erwidere ich. »Womit ich nicht sagen will, dass du auf meiner Liste möglicher Fortpflanzungspartner ganz weit oben stehst.«

»Warum bist du so verklemmt, Gwendolyn?«

Ich hole so tief Luft, dass ich mich beinahe daran verschlucke und husten muss. »Ich bin nicht verklemmt!«, empöre ich mich. »Warum behaupten das eigentlich alle?«

»Vielleicht, weil es stimmt? Du machst Sex zu einer schmutzigen Angelegenheit. Dabei ist es die schönste Sache, die zwei Menschen miteinander tun können.«

»Meinetwegen. Aber nicht in der Öffentlichkeit. Das hat nichts mit Verklemmtheit zu tun, das ist einfach ... Anstand.« Anstand. Ja, das lasse ich mir gefallen. Ich bin nicht prüde, aber anständig. Vor allem dank der strengen Erziehung meiner Mutter, die mir damit gedroht hat, mich nachts am Bett festzubinden, sollte sie mich dabei erwischen, wie ich mich *da unten* anfasse. Die unschöne Erinnerung verdränge ich so gut es geht wieder.

»Wir sollten daran arbeiten, dich lockerer zu machen, damit du meine Bücher besser verstehst.«

Ich lache laut. Viel zu laut. »Ich glaube, so viel gibt es daran nicht zu verstehen, Adrian. Es sind Pornos. Es gibt keine Gefühle, keine Handlung, nur Sex. Keine der Hauptfiguren macht eine Veränderung durch, also sind es schlicht und ergreifend Pornos. Und ehrlich, wenn ich einen Porno will, gucke ich mir einen Film an.«

»Du hast Lieblingspornos?«, fragt er und dreht mir den Oberkörper zu. Er trägt ein schwarzes Hemd, das an den kräftigen Schultern spannt, und eine schwarze Hose. Mit meinem türkisfarbenen Wollpullover und der Jeans fühle ich mich neben ihm wie ein sehr junges Mädchen, was nicht ganz falsch ist. Schließlich ist er älter als ich. In seiner Nähe wird der Unterschied zwischen uns beiden überdeutlich. Vielleicht ist es die Erfahrung, die mir fehlt. Oder sein unerschütterliches Selbstbewusstsein. Sogar im Sitzen ist er einen Kopf größer als ich, was mich nach wie vor frustriert. Aber ich kann wohl schlecht die Stewardess um eine Sitzerhöhung bitten, oder?

»Ich gucke keine Pornos«, antworte ich betont schroff.

»Du hast vorhin gesagt, dass du lieber einen Film ansiehst als so ein Buch zu lesen. Nun würde mich natürlich interessieren, welche Filme du kennst und magst?«

Ach du Schande. Ich kenne mich überhaupt nicht aus mit Pornos und habe das nur so dahin gesagt. Jetzt denkt er offenbar, dass ich ...

»So war das nicht gemeint. Ich meinte, *falls* ich einen wollte, würde ich einen Film vorziehen. Ich will aber gar keinen!«

»Was erregt dich, Gwen?«

»Bitte?« Er will doch nicht wirklich wissen, was *mich* erregt, oder? Wozu, zum Teufel?

»Wovon lässt du dich erregen, anregen? Bücher sind es nicht, Filme ebenso wenig. Was dann? Dein eigenes Kopfkino? Situationen, Gesten?«

Ich knabbere an meinem Daumennagel und starre auf die Rückenlehne vor mir. »Ich weiß nicht ... Worte. Ja, ich glaube, gut gewählte Worte erregen mich.«

»Dirty Talk?«

»Um Himmels willen! Nein, solche Worte meine ich nicht. Ich meine kluge Worte, intelligente Sätze. Satzmelodien.«

»Also muss ich dir ein schönes Gedicht vorlesen, um dich zu erregen?«

Großer Gott! Warum um alles in der Welt sollte Adrian Moore mich erregen wollen? Ich werfe erneut einen Seitenblick auf ihn und stelle erleichtert fest, dass in seiner Hose Ruhe eingekehrt ist. Gut so! Ich kann seine Erektion offenbar wegreden, das ist eine perfekte Waffe.

»Ich verstehe nicht, was du von mir willst, Adrian.«

Er lächelt und streckt seinen Arm aus. Bevor ich zurückweichen kann, berührt sein Daumen meine Oberlippe und zeichnet den Schwung nach. Automatisch klappt mein Mund auf, als sei ich ein Fisch, der auf sein Futter wartet. Meine Nackenhaare stellen sich auf und mein Herz pocht so aufgeregt, dass ich es bis in den Hals spüre.

»Ich will das perfekte Buch schreiben. Mit dir.«

Ich weiß gar nicht, ob ich mich über seine Komplimente freuen oder ärgern soll. Außerdem mag ich es nicht, dass er mich so verwirrt. In meinem Kopf summt es und mein Kopfkino führt mir ungefragt irgendwelche seltsamen Filme vor, in denen Adrian und ich die Hauptrolle spielen. Meine inneren Muskeln im Schoß ziehen sich zusammen.

»Ich stehe nicht für deine ... Spielchen zur Verfügung. Nur um das klarzustellen«, sage ich und ziehe meinen Kopf ruckartig zurück.

»Das heißt also, du nimmst mein Angebot an?« Seine blauen Augen funkeln, als sein Finger langsam von meinem Gesicht gleitet. Er hinterlässt ein entsetzliches Kribbeln auf meiner Lippe, das mich beunruhigt.

»Das habe ich damit nicht gesagt.«

»Ich kann dir nicht versprechen, keine Spielchen mit dir spielen zu wollen, Gwen. Dafür … interessierst du mich viel zu sehr. Ich verspreche jedoch, nichts ohne deine Zustimmung zu tun.«

Die Ehrlichkeit verblüfft mich, gleichzeitig löst sie ein Prickeln in meinem Unterleib aus. Gütiger Gott, hat Adrian Moore mir gerade ein unanständiges Angebot gemacht? Und warum zum Teufel ist mein Körper darüber anderer Meinung als mein Verstand?

»Warum hast du keine Freundin? Die Frauen laufen dir nach, an mangelnder Auswahl kann es also nicht liegen.«

»Ich liebe die Abwechslung und langweile mich schnell.« Oh Mann. Ist der mit Cats Jonathan verwandt? Ich erinnere mich an ihre Worte über den angeblich härtesten Dom der Stadt, der sich nicht binden will. Oder ist das so üblich, wenn man auf … Kink steht?

»Abwechslung im Sinne von ständig wechselnden Frauen? Oder im Sinne von häufig wechselnden sexuellen Spielarten?«

Der Sitz vor mir bewegt sich, offenbar haben wir den vor uns sitzenden Geschäftsmann aufgeweckt und neugierig gemacht. Seltsamerweise ist es mir kaum peinlich, weil Adrian so normal darüber spricht, als würden wir uns über die aktuellen Börsenkurse unterhalten.

»Beides«, antwortet er schlicht und lässt mich schlagartig verstummen. Himmel, der Typ ist schlimmer, als ich befürchtet habe. Ein unersättlicher Sexmaniac.

»Dann sollten wir es bei einer rein geschäftlichen Beziehung belassen«, sage ich.

»Mir gefällt der Gedanke an überhaupt eine Beziehung. Welcher Art auch immer.« Er schmunzelt wieder. Warum kann ich meine Augen nicht von seinem Gesicht abwenden? Und wieso schüchtert er mich so unglaublich ein?

»Selbst wenn sie rein geschäftlich werden sollte.«

Sollte? Was hat der Konjunktiv hier zu suchen?

»Ich meine, ich werde nicht verhindern können, mit dir über Sex zu reden, wenn das Buch wieder so ein … Sexroman wird«, sage ich und presse meine Lippen fest aufeinander.

»Wird es«, meint er und klingt verdammt stolz dabei. »Es ist die Fortsetzung von *Fesselnde Liebe*.«

Hm. Es ist ziemlich sicher, dass er damit nicht den Booker Prize gewinnen wird. Oder überhaupt einen Preis. Aber es ist ebenso sicher, dass die heiß ersehnte Fortsetzung ein Bestseller wird. Und ich habe die Möglichkeit, dabei zu sein.

»Unter der Bedingung, dass …«

»Kleines, der Einzige, der hier Bedingungen stellt, bin ich«, sagt er gefährlich leise und beugt sich weiter zu mir, sodass ich ihn förmlich auf dem Körper spüren kann. Ich erschauere bei den Worten, die bedrohlich und verlockend zugleich klingen. Verdammt, was macht der Typ mit mir? Ich sehe meine Mutter förmlich vor mir, die mit spöttisch verzogenem Mund und kopfschüttelnd sagen würde, dass sie nichts anderes von mir erwartet hat.

Cat wird sich vor Neid vermutlich etwas antun. Und ich? Ich frage mich, warum ich eigentlich immer vernünftig bin. Ob ich diese einmalige Chance, unvernünftig zu sein, nicht endlich nutzen sollte. Zur Not kann ich anschließend ein Buch über meine Erlebnisse schreiben und damit reich werden. Meine Hände kribbeln, als wären sie eingeschlafen. Obwohl mein Verstand laut *Nein* brüllt in meinem Kopf, scheint mein Körper ihn zu übertönen und klammheimlich die Regie zu übernehmen. Ich sehe ihm fest in die Augen, dann nicke ich.

»Also gut.«

Das Blitzen in seinen Augen sollte mir Angst machen, doch es schickt lediglich einen elektrischen Impuls in meinen Unterleib, der mich die Beine zusammenpressen lässt.

»Ich freue mich auf unsere Zusammenarbeit, Gwen.«

Hastig lecke ich mir über die Unterlippe und sinke tiefer in meinen Sitz. Ich muss wahnsinnig sein, ganz sicher. Völlig verrückt geworden. Es ist nicht das Geld, das mich reizt. Auch nicht der Gedanke, an seinem nächsten Buch arbeiten zu dürfen und mir damit einen Weg in die Verlagswelt zu ebnen. Ich denke nicht mehr an John Karry und daran, dass ich ihn vielleicht mal in London treffen könnte, weil Adrian Moore ihn kennt und mir versprochen hat, das Treffen nachzuholen.

Nein, wenn ich ehrlich bin, hat meine Entscheidung ganz andere Ursachen. Und die jagen mir gerade fürchterliche Angst ein.

11

»Hallo, junge Frau? Cola light hatte ich bestellt, nicht Kaffee!« Eine dünne Frau mit einer Haut wie Pergament sieht mich entrüstet an, als ich ihr die heiße Tasse entgegenhalte.

»Oh, entschuldigen Sie! Ich mache Ihnen sofort ...« Verflucht, für wen war denn der Kaffee? Irgendwer hatte doch Kaffee bestellt! Mein suchender Blick bleibt erfolglos.

»Geht's dir gut, Gwen?« Greg ist hinter mir aufgetaucht und wartet, bis ich mich zu ihm umdrehe. *Jetzt ja, wo du so dicht bei mir stehst, dass ich dich riechen kann ...*

»Jaja, kein Problem.«

»Du kommst mir heute durcheinander vor. Was ist los bei dir?«

»Später, Greg.« Nervös schiebe ich ihn zur Seite und hole eine Cola light aus dem Kühlschrank, um die dünne Zicke nicht noch weiter aufzuregen. Sie lässt sich schon lautstark bei ihrem Nachbarn über die unfähige Bedienung aus.

Greg nimmt mir die Flasche aus der Hand, öffnet sie geschickt am Thekenrand und reicht sie der Frau mit einem so umwerfenden Lächeln, dass sich die Pergamentfalten umgehend glätten. Kein Wunder. Er sieht einfach unfassbar gut aus in der dunklen Uniform, die er heute für seine Rolle trägt. Ich seufze. Warum gibt es solche Männer wie ihn? Männer wie Adrian Moore? Die mit einem Lächeln, einem Augenzwinkern Orkane und Sturmfluten auslösen können. Und warum treffe ausgerechnet ich auf sie, wo ich doch mit einem langweiligen, aber intelligentem Autor völlig zufrieden wäre?

Routiniert hilft Greg mir, den Andrang in der Pause zu bewältigen. Als die Glocke zum zweiten Mal läutet und sich der Vorraum leert, stupse ich ihn an.

»Hey, du musst rein!«

»Ich bin erst in zwanzig Minuten dran. Also, spuck's aus, Gwendolyn. Was liegt dir auf der Seele?«

Ich lasse mir das Geschirrtuch aus der Hand nehmen und bleibe mit dem Rücken an die schmale Theke gelehnt stehen. Wie immer könnte ich laut seufzen beim Anblick seines perfekten Gesichtes und dieser wunderschönen grünen Augen. Ich weiß, dass diese Schwärmerei niemals ein gutes Ende finden würde, also schlage ich sie mir besser aus dem Kopf, bevor es noch schwieriger für mich wird.

»Ich muss für ein paar Wochen nach London. Arbeiten.«

Greg zieht eine Braue hoch und mustert mich. Meine Wangen werden plötzlich heiß.

»Was denn? Es sind Semesterferien und ich habe einen Job als Lektorin. Ich muss mich von euch beurlauben lassen für die Zeit und ...«

»Da ist doch mehr als nur ein Job, Gwen.« Greg zwinkert mir zu und verzieht einen Mundwinkel nach oben. Ich schlucke und gebe mich so cool wie möglich. »Nö. Aber es ist ein ziemlich wichtiger Job. Daher kann ich keine Details verraten. Top secret, sozusagen.«

Er beugt sich zu mir runter und grinst. »Top secret, hm. Ich regel das mit Mum, mach dir keine Sorgen. Wann?«

Tja. Das wird schwierig. »Montag?«

Stöhnend fährt er sich mit der Hand über die Augen. Aus dem Theater ertönen Stimmen, die Tür wird von innen zugezogen und die Geräusche sind nur noch gedämpft zu hören.

»Hättest du nicht früher Bescheid sagen können? Wie soll ich so schnell einen Ersatz für dich finden?«

»Tut mir leid, ich weiß es selbst erst seit ... gestern.« Mann, wann sind denn die zwanzig Minuten um? Der forschende Blick ist schwer zu ertragen.

»Kommst du danach wieder?«

»Na klar! Also, wenn es geht, natürlich ... ich rechne fest damit. Noch bin ich ja nicht fertig mit dem Studium.«

«Wer weiß, Gwen. London hat schon andere Menschen als dich verdorben.« Ich muss schlucken, weil ich ja im Gegensatz zu ihm ahne, wer in London vorhat, mich zu verderben. Cat weiß es auch, sie hat mir Vorsicht eingeschärft, obwohl sie sich für mich gefreut hat. Laut Jonathan ist Adrian nicht ungefährlich, aber mit Details wollte er nicht rausrücken. Diese Information macht meine Entscheidung nicht gerade leichter, aber beruflich ist es wohl das Beste, das mir passieren kann. Und alles andere ... nun ja.

Greg sieht mich seltsam nachdenklich an.

»Was ist?«, frage ich, doch er antwortet nicht, drückt mir stattdessen das Geschirrtuch in die Hand und streckt den Rücken durch.

»Ich muss los. Wie sehe ich aus?«

Das ist unser kleines Ritual, seit Jahren schon. Grinsend mustere ich ihn von oben bis unten.

»Fantastisch. Herzzerreißend. Hals- und Beinbruch!«

»Wird schon schiefgehen«, antwortet er, wie immer, und zwinkert mir ein letztes Mal zu, bevor er durch die schmale Tür hinter der Bühne verschwindet.

Schauspieler sind abergläubisch. Greg ist manchmal so abergläubisch, dass ich mich frage, ob er beim Anblick einer schwarzen Katze glatt zurück ins Haus gehen würde, aus Angst vor einem Unfall. An meinem allerersten Abend habe ich es tatsächlich gewagt, ihm vor dem Auftritt »Viel Glück!« zu wünschen, und er hat sich furchtbar aufgeregt. Als er dann seinen Auftritt mehrfach verpatzt hat, konnte ich es kaum glauben. Inzwischen weiß ich, dass man das nicht sagen darf. Dafür haben wir unser eigenes Ritual entwickelt, gepaart mit dem obligatorischen *Hals- und Beinbruch*. Angeblich verwirrt man damit die bösen Geister verstorbener Autoren und Figuren, die den Schauspielern nichts Gutes gönnen.

Ich liebe das kleine Theater. Ich liebe Gaby, Greg, sogar den ständig schlecht gelaunten Hamish, der wie ein Hausgeist überall herumwuselt und dauernd nörgelt. Ich liebe die Atmosphäre, den Geruch, manchmal sogar die Zuschauer. Und meine geheime Schwärmerei für Greg hat mich zwei Jahre lang erfolgreich daran gehindert, mir Gedanken über einen eventuellen Freund machen zu müssen.

Während ich die Gläser spüle und poliere, lausche ich den Stimmen. Auch Gregs Stimme. Er ist anders auf der Bühne, so präsent, fast schon dominant. Obwohl wir uns nahestehen, himmle ich ihn an wie einen unerreichbaren Popstar. Cat macht sich schon lange darüber lustig, doch mir gefällt es so, wie es ist. Ich bin eifersüchtig, wenn er mit anderen Frauen flirtet – was er ständig tut. Ich ergehe mich in romantischen Tagträumen, in denen er mir seine Liebe gesteht und ich ihm schluchzend um den Hals falle. Was ich in der Realität niemals tun würde! Den Glauben an Liebe habe ich vor zwei Jahren nach der Sache mit Julius endgültig verloren, geblieben ist ein in Cats Augen entsetzlicher Zynismus. Meine Zuneigung für Greg ähnelt mittelalterlicher Minne, und ich mag es so. Kein Risiko, keine Gefahr, verletzt oder enttäuscht zu werden. Ich erwarte nichts, also kann mir nichts passieren.

Im Gegensatz zu der Sache, auf die ich mich jetzt einlasse. Noch immer habe ich keine Erklärung dafür, was Adrian Moore ausgerechnet von mir will. Meine Fähigkeiten als Lektorin können es kaum sein, die ihn zu einem solchen Angebot hingerissen haben, diesbezüglich bin ich noch jungfräulich. Dass er von meiner berückenden, ätherischen Schönheit beeindruckt ist, ist so wahrscheinlich wie ein Strandurlaub in Schottland.

Was um alles in der Welt ist es dann? Was sieht er in mir, was will er von mir? Mir ist unwohl bei der Vorstellung, einige Wochen in seiner Wohnung zu leben. Und ich begreife einfach nicht, was er in mir sieht. Ich habe nichts übrig für die verrückten Spielchen, die er spielen will, aber vielleicht ist es gerade das? Die Herausforderung? Meine offensichtliche Ablehnung seiner Fähigkeiten als Autor, die an seinem Ego kratzen? Es kommt mir vor wie ein Machtspiel zwischen uns. Wer kann dem anderen am längsten widerstehen? Wird er seine Beherrschung verlieren und über mich herfallen? Oder werde ich tatsächlich eines Tages vor ihm hocken und ihn anflehen, mich zu. ..? Oh Gott! Allein der Gedanke jagt mir einen entsetzlichen Schauer über den Rücken. Warum konnte er sich nicht einfach für Cat interessieren? Damit hätte er gleich zwei Menschen glücklich gemacht.

12

Paul Newman. Ernsthaft, kein anderer fällt mir ein, als Adrian Moore mir in einem gemusterten Seidenpyjama entgegenkommt. Es ist mitten am Tag, obwohl die dicht über der Stadt hängenden grauen Wolken den Eindruck vermitteln, dass es schon später sei, und er läuft in bester Pennermanier im Schlafanzug durch sein sauteures Penthouse. Gut, er ist Autor und muss morgens nicht früh aufstehen. Aber er *wusste*, dass ich heute ankomme. Er wusste sogar, *wann*. Irgendwie nehme ich ihm das jetzt übel, weil es respektlos ist.

Meine Finger sind schweißnass. Ich bin froh, dass ich die Reisetasche abstellen und meine Hände unauffällig an meiner dicken Jacke abwischen kann, bevor ich sie ihm reiche.

»Willkommen, Gwendolyn. Entschuldige meinen Aufzug, ich hatte eine lange Nacht.«

Er sieht nicht müde aus, im Gegenteil. Neugierig suche ich in seinem Gesicht nach Falten, finde jedoch keine. Tatsächlich sieht er sogar jünger aus als sonst, irgendwie … strahlend. Sekunden später weiß ich, woran das liegt und hole tief Luft, ehe ich etwas sagen kann.

»Ist sie das?« Eine blonde und obendrein sehr attraktive Frau, die nichts bis auf ein weißes Männerhemd trägt, taucht unvermittelt im Flur auf. An ihrer Frisur glaube ich zu erkennen, dass sie aus seinem Schlafzimmer gekommen sein muss. Barfuß und lächelnd kommt sie auf uns zu, meine Hand liegt noch immer in Adrians. Reglos.

Die Fremde schmiegt sich an seinen Rücken und mustert mich neugierig über seine Schulter hinweg. Im Gegensatz zu mir ist sie riesig, obwohl sie keine Schuhe trägt. Mein Magen zieht sich unangenehm zusammen, ich fühle mich wie ein Tier im Zoo.

»Geh zurück ins Zimmer, Jenna. Ich komme gleich.« Adrians Stimme klingt fest und unnachgiebig, trotzdem nicht unhöflich. Jenna kichert hinter seinem Rücken.

»Schon wieder?«, fragt sie mit frivolem Unterton, dreht sich dann doch um und marschiert durch den Flur. Ihre nackten Pobacken lugen unter dem Hemd hervor und ich schäme mich instinktiv für sie. Meine Finger sind steif und er scheint das zu bemerken, jedenfalls lässt er meine Hand endlich los. Nicht jedoch meine Augen.

»Vielleicht möchtest du dich ein wenig ausruhen nach dem Trip?«

»Es war ein sehr kurzer Flug, ich bin fit wie eine Footballmannschaft. Meinetwegen können wir also gleich …«

»Nicht heute.« Er wehrt ab und fährt sich kurz mit den Fingern durch sein Haar, das ebenfalls nach Bett aussieht. Oh Mann, wo bin ich hier reingeraten? Wahrscheinlich bekomme ich in den nächsten Wochen täglich neue Bettgespielinnen vorgeführt, und womöglich muss ich mir nachts anhören, was er mit ihnen treibt? Großer Gott!

»Ich habe noch keine Zeile zu Papier gebracht. Mir fehlt etwas … Inspiration.« Er lächelt, und die Art, wie er mich ansieht, gefällt mir gar nicht. Wie eine Katze, die ihre Mahlzeit beäugt. Etwas genervt nehme ich meine Tasche wieder hoch und wende mich in die Richtung, in der ich mein Zimmer weiß. Immerhin liegen zwei Türen zwischen seinem und meinem Schlafzimmer, was mir hoffentlich genug Privatsphäre verschaffen wird.

»Dann hoffe ich, dass die Muse da drin nicht nur gut küssen kann«, sage ich schroffer als beabsichtigt, was ihm ein amüsiertes Grinsen entlockt. Er bleibt mit verschränkten Armen im Flur stehen, sodass ich mich frage, ob er mir mit dieser Geste den Durchgang versperren will. Ehrlich, ich bin ein bisschen sauer. Schließlich hat er mich hierher zitiert, und wenn er gewusst hat, dass es noch gar nichts für mich zu tun gibt, hätte er mir das sagen können.

»Keine Sorge. Ich bin mir sicher, dass der Ideenstrom spätestens heute Nacht fließen wird«, sagt er und macht keine Anstalten, mir aus dem Weg zu gehen.

Nicht bloß der wird fließen, nehme ich an.

»Was soll *ich* dann heute tun?«, frage ich, während ich mich an ihm vorbeizwänge und auf die Tür zugehe, hinter der ich mein Refugium für die nächsten Wochen weiß.

»Wie wäre es mit Lektüre? Die Bibliothek steht dir offen.«

Ich drehe mich nicht zu ihm um, stoße die Tür auf und stelle fest, dass mir der Raum jetzt schon vertraut vorkommt, obwohl ich nur eine Nacht darin verbracht habe. Vor einer knappen Woche, die sich anfühlt wie ein ganzer Monat. Ich schiebe den Koffer mit dem Fuß weiter ins Zimmer und schließe die Tür vorsichtig.

»Zum Lesen hätte ich nicht herkommen müssen. Das kann ich genauso gut allein.«

»Sei nicht böse, Gwendolyn. Mein Zeitplan ist durcheinandergeraten, das ist kein Beinbruch.«

Für dich vielleicht nicht. Für mich allerdings schon! Ich komme überhaupt nicht gut klar mit kurzfristig geänderten Plänen, ich brauche Rituale, meine geregelten Abläufe. Ich werde den Teufel tun und ihm diesen Schwachpunkt verraten. Genauso gut könnte ich ihm eine geladene und entsicherte Waffe in die Hand drücken!

»Schon gut.« Unschlüssig verharre ich im Flur, bis er auf mich zukommt und vor mir stehen bleibt. Ich atme tief ein und rieche … Sex. Der eindeutige, herbe, moschusartige Geruch von frischer Lust. Irritiert versuche ich, den Blick von ihm abzuwenden. Er ist nicht rasiert, und der Anblick der dunklen Bartstoppeln löst eine Gänsehaut auf meinem Körper aus. Der Gedanke, wie dieses raue Kinn … Gwen, verflucht noch mal! Hör sofort damit auf!

»Also, ich gehe dann in die Bibliothek?« Das sollte keine Frage werden, sondern eine Aussage, doch offenbar gehorcht mein Mund mir genauso wenig wie der Rest meines Körpers. Oh Mann.

»Wie du magst. Ich nehme an, dass du heute Abend mit uns

essen willst. Falls du vorher schon hungrig wirst, geh einfach in die Küche und bedien dich. Mein Haus ist dein Haus.«

Hastig drehe ich mich um, bevor ich schon wieder vor seinen Augen schlucken muss. Das Gefühl, dass er mich durchschaut und mehr über mich weiß als ich selbst, wird mit jeder Minute in seiner Gegenwart stärker. Und es gefällt mir überhaupt nicht.

Statt meinen Lieblingsraum in diesem Luxuspenthouse zu betreten, gehe ich erst mal zurück in mein Zimmer und verharre lauschend vor der geschlossenen Tür, bis ich höre, dass er in seinem Schlafzimmer ist. Was für ein Desaster!

Ich hole mein Handy aus der Tasche, setze mich aufs Bett und texte Cat, dass es mir gut geht. Und dass Adrian Moore so charmant ist wie Margret Thatcher. Es kommt keine Antwort, womit ich auch nicht gerechnet habe. Wahrscheinlich schläft sie noch oder ist gerade mit ihrem neuen Lover beschäftigt und nutzt die Gelegenheit, sich auf unserem Küchentisch den Hintern versohlen zu lassen.

In der Bibliothek beruhige ich mich sofort. Ich meine, hier stehen Hunderte von Büchern, sorgfältig bis unter die Decke aufgereiht. Hier kann man sich nicht aufregen, hier muss man ruhig sein. Umgeben von klugen Worten, Gedanken – so viel Leben! Womit fange ich an?

Wahrscheinlich erwartet er, dass ich mich in sein Genre einlese, also durchforste ich die Regale nach Erotik und werde fündig. Gütiger Gott! Ich wusste nicht mal, dass es so viele Erotikromane gibt. Das ist unfassbar. Ein mehrere Meter hohes, breites Regal, und die Titel auf den Buchrücken verraten eins: Hier geht es eindeutig zur Sache. Ein paar alte Klassiker, die ich vom Namen her kenne, entdecke ich. Venus im Pelz. Justine. Neuneinhalb Wochen. Okay, hier ist wohl die SM-Ecke. Mal sehen … Henry Miller. Bukowski. Anaïs Nin. Gut, damit kann ich was anfangen. Vorsichtig ziehe ich eine Originalausgabe von Anaïs Nins *Delta der Venus* aus dem Regal und schlage es auf. Während ich vertieft ein paar Seiten lese, bekomme ich Besuch, den ich erst spät bemerke. Nämlich als mein

Gesicht glüht und sich zwischen meinen Beinen ein eigenartiges Prickeln ausgebreitet hat.

»Himmel, musst du mich so erschrecken?«, fahre ich ihn an, als er sich neben mir amüsiert räuspert, und schlage das Buch so heftig zu, als hätte er mich beim Onanieren erwischt.

Er ist zum Glück angezogen, trägt eine schwarze, enge Hose und ein dunkles Hemd mit hochgeschobenen Ärmeln, dazu schwarze Lederschuhe und Socken, als wäre er auf dem Weg irgendwo hin.

»Es freut mich, dass du mein Lieblingsregal auf Anhieb gefunden hast.«

»War ja nicht schwer«, brumme ich und schiebe das Buch an seinen Platz zurück. Auf meinem Rücken hat sich Schweiß gebildet. Ist auch verflucht warm hier drin.

»Hast du die alle gelesen?«, frage ich skeptisch und ziehe ein Buch mit dem eindeutigen Titel *Benutz mich* aus dem Regal. Schon der kurze Absatz, den ich beim Durchblättern zufällig lese, treibt mir den Puls in die Höhe. Meine Wangen werden heißer.

»Das scheint dir zu gefallen«, sagt er, so leise, dass es bedrohlich klingt. Bedrohlich verführerisch. Er steht so dicht hinter mir, dass ich ihn spüren kann. Wie einen Luftzug. Hastig schlage ich das Buch zu und stopfe es zurück zwischen die anderen.

»Was davon soll ich deiner Meinung nach lesen? Es sind so viele!«

Ich drehe mich um, damit ich ihn ansehen kann. Es ist mir nicht geheuer, wenn er hinter mir steht. So ... intim. Jetzt ist es allerdings nicht viel besser, denn diese dunkelblauen Augen haften so undurchdringlich auf mir, dass ich mich wieder fühle wie unter einem Röntgenschirm.

»Oh, die Wahl überlasse ich dir. Ich habe meine Lieblingsromane, aber ...«

»Welche?« Meine Stimme klingt viel forscher, als ich mich im Moment fühle, und das freut mich. Da er offenbar meine Ängste riecht, muss ich den Eindruck nicht unbedingt noch verstärken. Außerdem soll er nicht merken, was für eine Wirkung er auf mich hat.

»Versuch es zu erraten.«

Wie bitte? Woher zum Teufel soll ich denn wissen, welche von diesen Hunderten ... ach was, Tausenden von Werken seine Lieblingsbücher sind? Anhand des Titels kann ich es wohl kaum erkennen. Vielleicht ...

Grinsend wende ich mich den köstlich nach altem Papier duftenden Büchern zu und scanne das Regal mit den Augen von unten nach oben ab. Ab und zu ziehe ich eins heraus, blättere es kurz auf und lege dann einige davon auf einen kleinen Stapel vor das Regal. Ich lasse mir Zeit. Viel Zeit. Adrian ist geduldig und wartet stumm hinter mir. Am Ende deute ich auf den Buchstapel zu meinen Füßen. »Das ist meine Auswahl.«

Er hebt eine Augenbraue, die Arme sind vor seiner breiten Brust verschränkt, die Füße mit einigem Abstand voneinander fest auf den Boden gestemmt. Herrisch. Dominant. Diesmal weiß ich, dass ich ihn durchschaut habe, und über die diebische Freude darüber kann ich mir ein Grinsen einfach nicht verkneifen.

»Süß«, sagt er und nickt. »Das ist gar nicht schlecht.«

Enttäuscht sehe ich ihm fest in die Augen, es ist wie ein kleiner Machtkampf zwischen uns. Ich hätte wissen sollen, dass er meinen Trick sofort durchschaut. Obwohl ich ihn als Autor nicht schätze – er ist leider alles andere als blöd. Und die Idee, seine Lieblingsbücher anhand des äußerlichen Zustands der Bücher ausfindig zu machen, war wohl leider alles andere als ausgefallen.

»Dann nimm den Stapel und fang an zu lesen.«

»Was? Die alle?« Meine Stirn zieht sich zusammen. Ich habe genau achtzehn Bücher ausgewählt, und ehrlich gesagt schon aufgrund der Titel keine große Lust, mir diesen Kram anzutun. *Die Geschichte der O* ... gut, das ist ein Klassiker, aber es wäre mir im Traum nicht eingefallen, es zu lesen.

»Wozu sollte ich das tun? Das ergibt keinen Sinn!«

Adrian stößt sich mit der Hüfte vom Regal ab, an das er gelehnt stand, und kommt auf mich zu. Ich schlucke und versuche instinktiv, ihm auszuweichen, doch ich bin zwischen zwei hohen Bücherregalen eingekeilt. Oh verflucht, bleib stehen, wo du ...

Sein Gesicht ist nah, die Kälte der Mauer in meinem Rücken ist sogar durch den Pullover hindurch zu spüren. Ich erschauere und drehe den Kopf zur Seite, starre auf die Bücher neben mir, um seiner Nähe irgendwie zu entkommen. Warum missachtet der Kerl sämtliche Regeln der Distanz? Soll mich das einschüchtern oder was? Wenn er das vorhat, gelingt es ihm allerdings hervorragend.

»Den Sinn darin solltest du finden, wenn du mit der Lektüre fertig bist. Und ich denke, es gibt keine Zeit zu verlieren. Morgen möchte ich mit dem Manuskript anfangen, also solltest du dich in den nächsten Tagen zumindest teilweise meinem Niveau annähern. Und diese Lektüre ist ein guter Anfang.«

Ich kann seinen Atem riechen, so dicht steht er jetzt vor mir. Kurz blitzt vor meinen Augen ein Film auf ... wie er meine Arme nimmt und sie gegen die Wand hinter mir drückt. Seine Hüften gegen mich presst, mich gegen die Mauer stemmt. Wie seine Lippen sich auf meine legen, mich küssen, während ich seine Erektion am Bauch spüre. Ich schlucke wieder, hart. Meine Stimme ähnelt plötzlich einem Krächzen.

»Ist gut«, bringe ich hervor, dann schaffe ich es, den merkwürdigen Film zu stoppen. Herrgott, wieso hat der Typ so eine Wirkung auf mich? Wieso fühle ich mich in seiner Gegenwart so klein? Ich hasse meinen Körper, der hier klammheimlich die Regie übernommen hat und mein Gehirn blockiert. Das ist mir noch nie passiert!

Ich bücke mich, um den Stapel aufzuheben, dabei stoße ich mit dem Kopf gegen seinen Oberschenkel. »Sorry«, höre ich mich murmeln, gleichzeitig versuche ich, den elektrischen Impuls, den die Berührung verursacht hat, zu ignorieren. Das Kribbeln durchzieht mich, als hätte ich mit feuchten Fingern in eine Steckdose gefasst.

»Du bist nervös«, stellt er fest, nachdem ich mein Gleichgewicht wiedergefunden habe und mit dem Buchstapel in den Armen vor ihm stehe. Ich bete inständig, dass er mein Herzklopfen nicht bemerkt, denn eigentlich müsste es bis nach Newcastle zu hören sein. Mein Magen zieht sich zusammen, als er mich mit diesem wissenden Grinsen ansieht und mir das Gefühl gibt, der durchschaubarste Mensch der Erde zu sein.

»Habe ich einen Grund dazu?«, frage ich schnippisch zurück und wende mich zum Gehen. Schließlich gibt es einiges zu lesen, ich sollte gleich damit anfangen, bevor er …

»Vielleicht.« Er legt den Kopf zur Seite und betrachtet mich von oben bis unten. Bin ich froh, einen so dicken Pullover und einen BH zu tragen! So entgehe ich wenigstens der Peinlichkeit, dass er meine hart werdenden Brustwarzen bemerken könnte. Ich bemühe mich, ruhig und tief zu atmen, bevor ich mich an ihm vorbeidrücke.

»Wo willst du hin?«

»In mein Zimmer. Lesen.« Ich deute mit dem Kopf auf die Bücher und sehe ihn verständnislos an. Was denn sonst?

»Wir essen gleich. Kommst du?« Er nimmt mir die Lektüre ab und geht mit strammen Schritten voran in den Flur. Langsam folge ich ihm und frage mich, wie um alles in der Welt ich in seiner Gegenwart einen Bissen runterbringen soll. Oh Mann, der Aufenthalt hier könnte zu einer unfreiwilligen Diätkur für mich werden. Wenn nur das Problem nicht wäre, dass ich alles andere als eine Diät nötig habe. Im Gegenteil.

Adrian legt die Bücher auf dem Tisch in meinem Zimmer ab und schiebt mich sanft mit der Hand auf meinem Rücken ins Wohnzimmer. Als ich Blondie am Tisch sitzen sehe, beiße ich mir auf die Unterlippe und versuche, ihrem neugierigen Blick standzuhalten.

»Da seid ihr ja, ich habe mich schon gefragt, was ihr da drin treibt.« Sie grinst und reibt mit der Handfläche über ihren nackten Oberschenkel. Ihr Kleid ist so kurz, dass selbst Katy Perry darin aussähe wie eine Prostituierte, und ich frage mich, ob das Adrian Moores Frauentyp ist. Blond, blöd, blauäugig.

»Das geht dich nichts an«, erwidert Adrian. Ich bin irritiert über seinen scharfen Tonfall, allerdings habe ich nicht vor, mich in seine Beziehung einzumischen, um Gottes willen.

Blondie senkt umgehend den Blick und verstummt. Oha. Ich kann mir ein Grinsen nicht verkneifen, während ich mich ihr gegenüber an den langen dunklen Esstisch setze. Er scheint sie ziemlich gut im Griff zu haben, aber wenn er mit all seinen Inspirationen so umgeht ... ach du meine Güte. Ich fühle mich genötigt, klarzustellen, dass ich keine von diesen Damen bin, mit denen er so umspringen kann. Trotz meines Alters und meiner Unsicherheit, die ich krampfhaft zu verbergen suche.

»Wo ist denn das Essen?«, frage ich kampflustig und schaue auf dem leeren Tisch umher. »Das kommt jeden Moment. Und zwar genau ...« Er wartet einige Sekunden, in denen er unter die Decke starrt, und ich bin kurz davor, ihm einen Vogel zu zeigen. »Jetzt.«

Tatsächlich öffnet sich wie von Zauberhand die Tür des Fahrstuhls hinten im Flur, und ich höre hohe Absätze auf dem Marmorboden. Eine Frau in Uniform vom *Mandarin Oriental* betritt das Penthouse. Sie schiebt einen Servierwagen vor sich her und grüßt höflich, bevor sie stumm und mit geübten Handbewegungen den Tisch deckt.

»Du hast so eine großartige Küche und kochst nie selbst?«, frage ich verwundert, weil mich die moderne Hightech-Einrichtung wirklich beeindruckt hat.

Adrian lacht laut und schüttelt den Kopf. »Nein, zum Kochen habe ich keine Zeit. Ich muss ... schreiben.« Grinsend betrachtet er seine blonde Muse, die nervös lächelt. Ich fühle mich unwohl in dieser Konstellation, habe inzwischen aber so großen Hunger, dass ich sogar von Blondies nacktem Körper essen würde, wenn ich müsste.

»Was gibt es denn?«

»Neugier bringt die Katze um«, antwortet Adrian, hebt eine silberne Abdeckhaube an und beginnt damit, meinen Teller zu füllen. Nudeln mit ... irgendwas Fischigem. Oh Gott. Hm.

»Pasta mit Meeresfrüchten als Vorspeise. Okay?«

»Klar.« Mein Magen knurrt so laut, dass es jeder hier hören kann. Das Essen ist köstlich und ich vergesse alle Regeln der Höflichkeit, was jedoch niemanden zu stören scheint. Einige Minuten herrscht Schweigen am Tisch und ich genieße die kleinen Muscheln und andere Delikatessen, die so gut zubereitet sind, dass das hier meine neue Leibspeise werden könnte. Abendessen aus dem Sternerestaurant – ein Traum! Nicht, dass ich mich davon beeindrucken lassen würde …

Der nächste Bissen bleibt mir im Hals stecken, denn Blondie richtet eine Frage an mich.

»Und, womit dienst du dem Master?«

13

»Halt den Mund und geh ins Schlafzimmer.« Mann, ist mir das peinlich. Ich habe die Gabel fallen lassen und die Blondine mit offenem Mund angestarrt, was Grund genug war für Adrian, sauer zu werden und sie mit einer rüden Handbewegung rauszuschicken. Mein Herz klopft so schnell, als ob ich gerade einen Marathon hinter mir hätte. Wie er mit ihr redet! Wie mit einem Kind! *Geh auf dein Zimmer. Ohne Essen ins Bett.* Ich höre die Worte in meinem Kopf, doch es ist natürlich nicht seine Stimme, die da in mir spricht. Es ist die Stimme meiner Mutter!

Ich bin fassungslos, als sie demütig den Kopf senkt und ihn leise bittet, bleiben zu dürfen.

»Noch ein Wort, und ich schicke dich nach Hause«, sagt er mit bedrohlich leiser Stimme, die selbst mir eine Gänsehaut über den Körper jagt, obwohl ich gar nicht gemeint bin. Ich schlucke hart und hypnotisiere einen kleinen Tintenfisch, der zwischen den Nudeln hervorlugt. Fast kommt es mir vor, als würde der kleine Kerl mir zuzwinkern.

»Lass dich davon nicht irritieren.«

»Was? Nein, mach ich nicht«, antworte ich fahrig. Mir ist der Appetit vergangen, obwohl mein Magen noch längst nicht satt ist und das Essen unter den Abdeckhauben verlockend duftet. Fleisch. Kartoffeln. Und etwas Süßes.

»Trink einen Schluck.« Adrian schenkt dunklen Rotwein in das bauchige Glas neben meinem Teller ein und schiebt es mir zu. Ich frage mich, was aus der Blondine nun wird, die allein im Schlafzimmer hockt und dort ... auf ihn wartet? Du liebe Zeit, wo bin ich hier hingeraten?

»Gwendolyn, das sollte dich nicht irritieren. Jenna und ich haben eine ganz besondere ... Beziehung.«

»Ja, das habe ich bemerkt«, antworte ich cool und zucke mit den Achseln, als ob ich so was täglich erlebe. Dabei zittere ich innerlich überall und möchte am liebsten aufspringen und mich in *meinem* Zimmer verbarrikadieren. Ich meine, ich weiß, dass Autoren bestimmt oft launisch sind. Aber *das*...? Niemals würde ich zulassen, dass ein Mann so mit mir spricht, schon gar nicht vor Fremden. Unglaublich.

»Nein, du verstehst nicht.«

Ich schiebe den Teller von mir und verschränke die Arme vor meiner Brust. »Ich glaube, schon. Schließlich habe ich dein Buch gelesen. Und bin auch sonst nicht unbewandert in diesen Dingen«, lüge ich frech und bin echt froh, dass ich nicht rot werde.

»Ah?« Adrian beugt sich vor und mustert mich neugierig. Wieder schrumpfe ich unter seinem Röntgenblick, dem ich allerdings standhalte. Es ist wie bei Hunden, sage ich mir. Nur nicht zuerst weggucken. Einfach starren. Und nicht zwinkern. Nicht ... oh Mist.

Sein Mund verzieht sich zu einem Grinsen. »Ich dachte, du hättest keine Erfahrung mit Kink.«

»Kink. Was für ein blödes Wort. Habe ich nicht, trotzdem weiß ich Bescheid. Ich bin kein kleines Mädchen.«

»Nun, über die Definition von klein können wir zwei uns sicherlich streiten.«

Empört schieße ich Augenblitze auf ihn. »Müssen wir nicht. Ich kaufe in der Damenabteilung und trage immerhin Schuhgröße 36, die ganz normal bei den Damenschuhen zu finden ist.«

»In der Kinderabteilung könntest du dich sicherlich günstiger einkleiden. Ich mag kleine Frauen. Sie wirken so ... schutzbedürftig.« Ach du ... ich verdrehe stöhnend die Augen.

»Bitte erspar mir den Chauvinismus. Den hast du nicht nötig.«

»Ich würde gern wissen, was du über meine Beziehung zu Jenna denkst.«

Stirnrunzelnd greife ich zum Weinglas und nippe daran. »Ich denke gar nichts, weil es mich nichts angeht. Ihr könnt tun und lassen, was ihr wollt. Ich bin hier, um dir bei deinem Roman zu helfen.« In dem die Blondine wahrscheinlich eine tragende Rolle spielen wird. Meinetwegen auch eine liegende Rolle, was geht's mich an?

»Es ist wichtig, dass du diese Form von Beziehung richtig verstehst. Für das Verständnis meines Buches.«

»Du wolltest eine Lektorin. Wenn du ein Fachlektorat benötigst, bist du bei mir leider an der ganz falschen Adresse.« Mein Herz klopft schneller, während ich das sage. Immerhin besteht jederzeit die Chance, dass er mich nach Hause schickt und die ganze Sache absagt. Ich habe keinen Vertrag und keine Sicherheit, sollte also vielleicht besser kleinere Brötchen backen?

»Glaube mir, wenn ich eines nicht nötig habe, dann ist es ein Fachlektorat.« Er streicht mit der Hand über sein Kinn und sieht so selbstbewusst und selbstgefällig aus wie immer. Sein Ego muss so groß sein wie der Eiffelturm! Unfassbar.

»Möchtest du noch...?« Er zeigt auf den Tisch und ich schüttle den Kopf.

»Danke, ich bin satt. Und sollte euch jetzt Privatsphäre gönnen, vielleicht habt ihr etwas zu bereden?« Eine Entschuldigung zum Beispiel wäre meiner Meinung nach ganz angebracht. Nicht von ihr, versteht sich!

»*Wir* zwei haben etwas zu bereden. Und zwar unsere weitere Zusammenarbeit.«

»Was ist mit ... Jenna?«, frage ich irritiert. Will er sie jetzt den ganzen Abend im Zimmer einsperren? Verstößt das nicht gegen die Menschenrechtskonvention?

»Sie wird warten«, sagt er und schiebt mit der ihm eigenen Selbstsicherheit die Teller zur Seite. Vermutlich kommt die Frau in der Uniform später hoch und räumt das ab. Ganz selbstverständlich. »Du fühlst dich unwohl, und das gefällt mir nicht. Was kann ich tun?«

Ich halte verwirrt inne und stelle das Weinglas auf halbem Weg wieder ab. »Ich fühle mich nicht unwohl«, lüge ich. »Da täuschst du dich. Ich habe gedacht, ich könnte gleich anfangen zu arbeiten und bin ein wenig enttäuscht.«

Er legt den Kopf zur Seite und fixiert mich mit seinen Augen. Ich versuche erneut, seinem Blick standzuhalten und nicht wegzusehen. So wie Cat und ich das früher als Kinder gemacht haben um zu wetten, wer von uns beiden zuerst wegsieht oder anfängt zu lachen. Cat hat immer verloren, daher habe ich wohl ganz gute Karten in diesem Spiel. Irgendein Verhaltensforscher hat mal gesagt, wenn zwei Menschen sich länger als sechs Sekunden in die Augen sehen, bringen sie sich später entweder um oder lieben sich. Ich schlucke hart und zähle in Gedanken die Sekunden mit. Bevor ich sechsundzwanzig denken kann, senke ich unwillkürlich den Blick. Verflucht, er hat es schon wieder geschafft!

»Sei ganz du selbst, Gwendolyn, denn deshalb bist du hier. Deine Ehrlichkeit und Impulsivität haben mich beeindruckt. Ich kann nicht erwarten, mehr davon zu erleben.« Seine Stimme ist ruhig, er atmet beim Sprechen aus, sodass mir das dunkle Timbre direkt in den Magen fährt. Meine Knie fangen an zu zittern und ich halte mich mit beiden Händen am Weinglas fest. Bilde ich mir das ein, oder liegt da etwas ... Zweideutiges in seiner Aussage?

»Ich möchte betonen, dass ich nur wegen unserer Vereinbarung hier bin«, sage ich tapfer und spüre, dass meine Wangen warm werden. Großer Gott, noch nie hat ein Mann mich so nervös gemacht! Er sieht mich immer noch an, mit diesem festen, durchdringenden Blick. Ich sehe ein feines Zucken in seinem Kiefer, als wollte er ein Grinsen unterdrücken. Himmel hilf!

»Selbstverständlich. Ich habe an nichts anderes gedacht.« Oh. Na gut.

»Meine Arbeitsweise ist unorthodox. Ich recherchiere viel und ausgiebig, und es wäre gut, wenn du mich bei meinen Recherchen begleiten würdest, damit du weißt, worüber ich schreibe. Du kannst zwar darüber lesen, du kannst dir von mir erzählen lassen, aber erst, wenn du es selbst erlebt hast, wirst du es begreifen.«

Mein Herz pumpt das Blut so heftig durch meinen Körper, dass ich meinen Herzschlag in den Ohren höre.

»Was meinst du damit?«, frage ich und ziehe beide Augenbrauen hoch. Wenn er denkt, dass ich mich daneben setze, während er mit Blondie oder anderen Frauen … ach du meine Zeit! Das kann nicht sein Ernst sein!

»Das wirst du früh genug erfahren. Es ist mir wichtig und es ist Teil unserer Vereinbarung.«

»Wo steht das?«, frage ich frech, um Zeit zu schinden. Schließlich haben wir keinen Vertrag oder so, und bisher hat er nur davon gesprochen, dass ich sein Buch lektorieren soll. Nichts weiter. Meine Finger werden steif vor Anstrengung und ich fürchte um den Stiel des Weinglases.

»Wenn es dir lieber ist, können wir die Sache gern schriftlich festhalten. Dann werde ich morgen meinen Anwalt bemühen. Ich persönlich bevorzuge allerdings in diesem Fall eine mündliche Vereinbarung per Handschlag.«

Hm. Ein Mann von seinem Kaliber tut sicher gut daran, sich abzusichern, wenn er … so was mit Frauen macht. Eine Klage wegen Vergewaltigung würde seinem Image sehr schaden.

»Hast du mit allen Frauen Verträge?« Ich bin wirklich neugierig, weil ich nichts darüber weiß.

»Nein, nur mit einigen«, antwortet er und wendet endlich den Blick von mir ab. Dann steht er auf und beendet damit das Gespräch.

»Wir fangen morgen an, versprochen. Ich habe schon eine Idee für den Plot, die ich mit dir besprechen möchte. Ich wünsche dir eine gute Nacht und eine inspirierende Lektüre.« Er lächelt und nickt kurz, bevor er sich umdreht und mit sicheren Schritten in den Flur geht. Ich bleibe inmitten des riesigen Penthouse sitzen, nippe ab und zu am Wein und versuche, meine Gedanken zu sortieren. Was meinte er damit, dass ich bei seinen Recherchen dabei sein soll? Doch wohl nicht das, was ich vermute? Nein, so verdorben kann selbst Adrian Moore nicht sein, dass er mich als Zuschauerin für seine … was auch immer will. Ist es wahr, was Cat gesagt hat, dass er sich in Clubs herumtreibt? Was tut er dort? Und welche Frauen lassen sich auf so was ein?

Und warum, zum Teufel, bin ich in seiner Gegenwart nicht in der Lage, einen klaren Gedanken zu fassen?

14

Ein leises Klopfen an der Tür reißt mich aus dem Dämmerschlaf der letzten Minuten, und ich stehe neugierig auf, um nachzusehen. Verdutzt schaue ich ins Leere, dann senke ich den Blick und finde ein silbernes Tablett mit einem süßen Frühstück auf dem Boden vor. Milchkaffee, Croissant und Toast, Marmelade und Schokocreme. Wow! Woher hat er gewusst, dass das mein bevorzugtes Frühstück ist? Steht das etwa auch bei Facebook? Ich sehe mich nach allen Seiten um, als ob ich vorhätte, einen Ladendiebstahl zu begehen, doch der Flur ist leer.

Ich schnappe mir das Tablett und stelle es auf dem Schreibtisch in meinem Zimmer ab. Bevor ich duschen gehe, trinke ich den köstlichen Milchkaffee, damit er nicht kalt wird. Den Rest spare ich mir für später auf.

Mein Kopf brummt, vermutlich vom Wein. Oder von den Büchern, die ich gestern Abend gelesen habe. Ich bin erst spät eingeschlafen und konnte mein Kopfkino nicht loswerden, weil darin devote Frauen, dominante Männer und Peitschen eine große Rolle spielten. Himmel, was diese Lektüre mit einem anstellt, ist unglaublich. Das sollte verboten sein! Wann ist die Gesellschaft eigentlich so tolerant geworden, dass jeder Schund veröffentlicht werden darf? Wurde so was früher nicht indiziert oder sogar öffentlich verbrannt?

Ich brauche eine halbe Stunde im Bad und schiele während des Duschens ständig sehnsüchtig zum Jacuzzi. Wie fremdgesteuert greife ich zum Rasierer und befreie meinen Körper von lästigen Körperhaaren, obwohl ich mich ernsthaft dabei frage, warum ich das mache. Das ist doch idiotisch! Als ob Adrian Moore mit mir … vor mich hin kichernd gehe ich zurück und öffne den Reißverschluss meiner Reisetasche, um frische Unterwäsche rauszuholen. Als ich mich aufrichte und in den Spiegel gucke, entfährt mir ein entsetzter Aufschrei.

»Großer Gott! Was *soll* das?« Mein Herz schlägt mir bis in den Hals und ich versuche hastig, meinen nackten Körper mit irgendwas zu bedecken. »Das ist mein Zimmer und ich möchte nicht, dass du …«

»Entschuldige, wenn ich dir den Eindruck vermittelt habe, du hättest das Zimmer gekauft.«

Meine Wangen werden heiß. Wie ein Idiot halte ich die Reisetasche vor mich und versuche ihn mit Blicken dazu zu bewegen, den Raum zu verlassen. Leider macht er nicht die geringsten Anstalten. Lässig sitzt er auf dem Rand meines Bettes, mit auseinander gestellten Beinen, die Hände hinter sich auf die Matratze gestützt. Er trägt eine dunkle Jeans und ein T-Shirt, das seine Oberarme enthüllt und keinen Zweifel an seinem hohen Trainingsvolumen lässt. Beinahe lenkt mich sein Anblick davon ab, dass ich selbst nackt vor ihm stehe, so fasziniert betrachte ich die Wölbungen seiner Muskeln unter dem Stoff.

»Schon mal was von Höflichkeit gehört? Du kannst nicht einfach hier reinkommen und darauf warten, dass ich …«

»Es hat sich gelohnt«, sagt er und grinst so frech, dass mir noch heißer wird. Ich versuche es mit flehendem Bitten. »Adrian, ich möchte mich wirklich erst anziehen.«

»Warum ist es dir unangenehm, wenn ich dich anschaue? Wieso gehst du an Spiegeln vorbei, ohne auch nur einen Blick hineinzuwerfen? Ich habe noch nie einen so uneitlen Menschen wie dich getroffen. Das ist höchst faszinierend.«

Er murmelt die letzten Worte beinahe vor sich hin, als ob er gar nicht mit mir sprechen würde. Daher bin ich mir nicht sicher, ob er eine Antwort hören will oder ob er mir nur mitteilen wollte, dass es ihm aufgefallen ist. Ein wenig hilflos stehe ich da und warte darauf, dass er endlich verschwindet, oder sich zumindest aus Höflichkeit umdreht. Doch er schmunzelt bloß und bleibt so entspannt auf meinem Bett sitzen, als ob er auf den Beginn eines unterhaltsamen Films wartet.

»Zieh dich an. Ignorier mich einfach. Ich werde dir im Laufe der nächsten Tage mein Inneres offenbaren, daher ist es gerecht, wenn du mich wenigstens an deinem Äußeren teilhaben lässt.«

»Wenn das zu unserer Vereinbarung gehört, habe ich diesen Part definitiv überhört«, antworte ich patzig und mache keine Anstalten, die Reisetasche abzusetzen. Seine nächsten Worte lassen sämtliche Körperhaare senkrecht stehen und ich kann mir nur mit Mühe ein Kreischen verkneifen.

»Ich habe dich längst gesehen, Gwen. Also gibt es keinen Grund für dich, Scham vor mir zu empfinden. Im Übrigen ist Scham ein überflüssiges Gefühl.« Er beugt sich so ruckartig vor, dass ich zusammenzucke.

»Es gefällt mir nicht, dass du mich ... ansehen willst.« Meine Lippen bilden vermutlich einen schmalen Strich, weil ich sie so fest aufeinanderpresse.

»Ich weiß. Und ich möchte das ändern. Leg die Tasche auf den Boden, Gwendolyn.« Seine Stimme ist so ruhig und fest, als würde er mit einem Hund sprechen, den er gerade abrichtet. Gleichzeitig tackern mich seine knallblauen Augen förmlich gegen die Wand, und Sekunden später öffnen sich meine Hände wie von selbst und die schwere, gefüllte Tasche landet mit einem dumpfen Geräusch vor meinen Füßen. Sein Lächeln wird gefälliger, mein ganzer Körper fühlt sich an, als ob er glühen würde. Wahrscheinlich bin ich von oben bis unten knallrot, ich traue mich gar nicht, hinzusehen.

Was um alles in der Welt tust du hier, Gwendolyn Hamlin? Die Stimme meiner Mutter dröhnt plötzlich durch meinen Kopf und lässt mich noch weiter schrumpfen. Oh Gott! Wenn sie wüsste, dass ich hier gerade splitternackt vor einem berühmten Bestsellerautor stehe, würde sie mich ...

»Ich mag deine kleinen Brüste.«

Was?

»Was?« Verwirrt sehe ich ihn an und versuche zu erkunden, was in ihm vorgeht, während seine Augen jeden Zentimeter meines nackten Körpers scannen.

»Ich weiß, dass du sie zu klein findest, ich finde sie jedoch … sehr appetitlich. Fest und weich zugleich, zwei köstliche Früchte. Du brauchst keinen BH und ich sehe, dass deine Nippel sensibel sind. Leicht erregbar.«

Also so langsam … ehrlich. Muss ich mir das bieten lassen? Ich soll sein Buch lektorieren, stattdessen stehe ich nackt vor ihm und muss mich einer Musterung wie bei der Army unterziehen! Unglaublich.

»Kann ich mich jetzt endlich anziehen? Mir ist kalt«, sage ich schnippisch und hoffe gleichzeitig, dass das eine Erklärung für meine seltsam harten Brustwarzen ist. Die führen offenbar neuerdings ein Eigenleben, die kleinen Biester!

»Natürlich.« Er winkt mit einer huldvollen Geste, die mich an einen König erinnert. Eingebildeter Typ! Was fällt ihm eigentlich ein, sich über die Größe meiner Brüste auszulassen? Wütend knie ich mich hin und wühle in meinen Klamotten, bis ich alles gefunden habe, was ich brauche. Es ist mir unangenehm, mich vor seinen Augen anzuziehen, aber da er keine Anstalten macht, mein Zimmer zu verlassen, bleibt mir wohl nichts anderes übrig. So schnell wie möglich schlüpfe ich in Unterhose und BH, ziehe eine Jeans über und ein dunkelgrünes Sweatshirt.

»Das gefällt mir nicht.« War irgendwie klar, dass er meine Kleiderauswahl kommentieren wird.

»Tut mir leid, weiße Herrenhemden habe ich nicht in meinem Repertoire«, kontere ich und streiche mir ein paar Haare aus dem Gesicht. So angezogen fühle ich mich gleich wohler. »Ich könnte damit aushelfen«, meint er und zwinkert mir zu. Ich schüttle unwirsch den Kopf.

»Können wir jetzt endlich anfangen zu arbeiten? Deshalb bin ich hier, und nicht, damit du dich über den Anblick meines nackten Körpers ergötzen kannst.«

»Inspiration, Kleines. Alles im Dienste meiner Inspiration.«
Mein Gesicht wird heiß. »Ich möchte nicht in deinem Buch auftauchen«, stelle ich klar. »Dazu bin ich nicht hier.«

»Das sehe ich anders.« Sein Tonfall versetzt meinen Körper in Alarmbereitschaft. Was zum Teufel will er von mir?

»Ich dachte, wir hätten eine klare Vereinbarung. Das, was dir vorschwebt, gehört meiner Meinung nach nicht dazu.«

»Was schwebt mir denn vor?« Er steht vom Bett auf und kommt auf mich zu. Die geöffnete Reisetasche liegt zwischen uns und ich bin im Moment unglaublich froh über diese Barriere. Als er sich vorbeugt, ist er mir trotzdem viel näher, als mir lieb sein kann. Sein Gesicht ist so dicht an meinem, dass ich die Barthaare zählen könnte und die Poren seiner Haut erkenne. Zurückweichen geht nicht, weil hinter mir die Wand mit dem großen Spiegel ist. Mein Atem wird flacher, während ich ihm in die Augen sehe. Adrian streckt eine Hand aus und fährt mit dem Daumen über meine Wange. Die Berührung ist kühl, weil meine Haut zu brennen scheint, und ich kann nur mit Mühe dem Drang widerstehen, mein Gesicht in seine Hand zu schmiegen. Großer Gott, was macht dieser Kerl mit mir? Das darf doch nicht wahr sein!

»Ich will dich, Gwendolyn. Und ich bin daran gewöhnt, zu bekommen, was ich will.«

Ich zucke zusammen bei den Worten und versuche, seinem Blick auszuweichen. Trotz meiner inneren Abwehr reagiert mein Körper auf ihn und seine Worte. Himmel, wann hat mir jemals ein Mann so deutlich gesagt, dass er mich will? Niemals trifft es ganz gut. Sogar Julius hat erst Wochen nach unserem Kennenlernen eingesehen, dass wir zueinander passen. Fast hätte ich ihn noch dazu überreden müssen, und am Ende hat sich ja auch gezeigt, warum das so war. In meinem Magen bildet sich ein Knoten und ich schlucke hastig.

»Ich weiß, dass es passieren wird, Kleines. Und ich weiß, dass du dich dagegen wehren wirst, so lange, bis dein Körper dir keine andere Wahl lässt. Ich beobachte diese Entwicklung mit viel Lust, das kannst du mir glauben. Und ich kann warten. Ich werde dich nicht anrühren, solange du das nicht willst. Ich weiß aber, dass du mich eines Tages um meinen Schwanz anbetteln wirst. Um mehr als das.«

Ich ziehe scharf die Luft durch die Zähne ein. Hastig verschränke ich die Arme vor der Brust.

»Du bist verflucht arrogant, Adrian Moore. Nur weil du gut aussiehst heißt das noch lange nicht, dass jede Frau mit dir ins Bett will. Ich will jedenfalls nicht. Und außerdem bist du der undurchsichtigste Mann, der mir je über den Weg gelaufen ist!«

Er verzieht den Mund zu einem Grinsen und beugt sich zu mir runter. »Du bist eine verdammt schlechte Lügnerin, Gwen. Und eine sehr leicht zu durchschauende Frau, zumindest für mich. Ich liebe das.« Sein amüsiertes Grinsen verschwindet, dann wendet er sich zum Gehen. »Komm. Lass uns arbeiten.«

Mein Herz klopft immer noch schnell, während ich hinter ihm her gehe. Himmelherrgott, ich bin auf dem besten Wege, mich von einem Autor versklaven zu lassen. Und wozu? Um einen Einstieg zu finden in den Beruf, von dem ich schon immer geträumt habe. Um Geld zu verdienen. Und um ... neue Erfahrungen zu sammeln.

Ja, ich bin neugierig. Neugierig auf das, was Adrian Moore zu bieten hat. Neugierig auf das Leben eines erfolgreichen Autors. Neugierig auf Dinge, die ich mir womöglich in meiner Fantasie nicht vorstellen könnte. Und wenn ich ehrlich sein muss ... neugierig auf ihn. Ich frage mich, ob ich ihm lange widerstehen kann oder ob ich mich eines Tages in eine seiner willigen Sklavinnen verwandle? Seine ständige Präsenz und die einschüchternde Umgebung zeigen jedenfalls jetzt schon Wirkung auf mich, und ich kann mir gar nicht ausmalen, wie sich das weiter entwickeln wird.

Ich habe eine Gänsehaut am ganzen Körper, als ich mich kurz umdrehe, um einen Blick in den Spiegel zu werfen. Ich zucke nicht zusammen bei meinem Anblick, obwohl ich allen Grund dazu hätte. Das ist nicht Gwendolyn, die mir hinterher sieht. Die Frau im Spiegel kenne ich nicht, doch ich werde das Gefühl nicht los, dass ich sie bald kennenlerne. Keine Ahnung, ob das gut ist ...

15

»Wozu brauchst du ein Bett in deinem Arbeitszimmer?« Verwirrt betrachte ich die breite Relaxliege aus weißem Leder, die nicht zu den modernen Schreibtischen und Wandschränken passen will.

»Zur Entspannung. Ich versetze mich gern in eine Art Halbschlaf während der Arbeit, um auf neue Ideen zu kommen. Um keine Zeit zu verlieren, habe ich mir den Luxus eines Bettes unmittelbar neben meinem Arbeitsplatz gegönnt. Es ist mein Heiligtum.«

»Gut, damit erfüllst du auch dieses Klischee eines Autors. Schlafen statt zu arbeiten«, sage ich grinsend und sehe mich im Raum um. Natürlich ist auch hier fast alles weiß, langsam bekomme ich davon Paranoia.

»Welche Klischees erfülle ich denn noch?« Die steile Falte zwischen seinen Brauen ist wieder da, und sein energischer Blick treibt mir das Blut in den Kopf. *Halt doch einfach mal die Klappe, Gwen!*

»Viel Geld, viel Sex, wenig Arbeit. Zwischendurch mal ein paar mehr oder weniger kluge Sätze zu Papier bringen, während andere in den Tretmühlen der Arbeit verschlissen werden. Ein absoluter Traumjob. Kein Wunder, dass du Neid auf dich ziehst.«

Adrian schmunzelt amüsiert. »Zum Glück weiß ich, dass du nicht so denkst. Weil dir bekannt ist, wie viel Arbeit hinter dem Schreiben eines Romans steckt. Nicht wahr?«

»Das kommt auf den Inhalt an«, antworte ich und bin stolz auf mich, weil ich so diplomatisch sein kann, wenn ich mir Mühe gebe.

Er hat einen zweiten Schreibtisch in das Arbeitszimmer stellen lassen, auf dem ein riesiger iMac steht. Mein Arbeitsplatz. Ich sitze hinter ihm, sodass ich auf seinen Rücken schauen muss, während er arbeitet. Und auf seinen Monitor.

»Die Datei liegt auf dem Server. Während ich weiterschreibe, kannst du an meinen bisherigen Entwürfen arbeiten, das dürfte am effektivsten sein. Neben der Überarbeitung solltest du für regelmäßigen Kaffee sorgen und mich gelegentlich mit Häppchen füttern, damit ich bei Laune bleibe.«

»Haha«, brumme ich und fahre den iMac hoch. »Dazu hast du wahrscheinlich das Personal vom Hotel, oder nicht?«

»Du bist meine persönliche Assistentin für die nächsten Wochen, und du bist für meine Schreibstimmung verantwortlich.«

»Ich soll hier lektorieren«, jammere ich. »Du kommst ständig mit neuen Dingen, die gar nicht so abgesprochen waren. Wie soll ich mich. ..?«

»Mir fallen durchaus noch andere Dinge ein, die du zu meiner Schreiblaune beisteuern könntest, aber ich bin bereit, zu warten«, unterbricht er mich mit samtiger Stimme, die mir umgehend in den Magen fährt und ein seltsames Gefühl darin auslöst.

Hilfe, ich bin diesem Job nicht gewachsen. Ich bin *ihm* nicht gewachsen. Er ist mir unheimlich, und ich entwickle einen seltsamen Respekt vor ihm, den ich seit Jahren nicht mehr verspürt habe. Nicht, seitdem ich mich vor Jahren endlich von der Geißel meiner Mutter befreit habe. Das Korsett, in das sie mich mit ihrer Strenge eingeschnürt hat, ist allerdings noch immer da.

Er beobachtet meine Reaktion genau, so wie ein Forscher ein Tier beobachten würde. Ich versuche, seine letzte Bemerkung einfach zu übergehen und nicht darauf zu antworten.

»Ich erkläre dir nun meinen Plot.« Adrian sitzt breitbeinig auf seinem Stuhl, den er zu mir gedreht hat. Im Gegensatz zu mir ist seine Körpersprache so beherrscht, dass ich mich frage, ob ihn überhaupt etwas im Leben aus der Ruhe bringt. Während meine Finger ein Eigenleben entwickeln und ständig mit irgendwas beschäftigt sind, sitzt er so ungerührt da, dass es mich innerlich bewegt. Was ist eigentlich aus Blondie geworden? Hat er sie nach

Hause geschickt, oder hockt sie bereit für irgendwas in seinem Schlafzimmer? Ich traue mich gar nicht, zu fragen. Stattdessen nicke ich und schlage die Beine übereinander, was er mit Stirnrunzeln quittiert.

»Wir sollten uns später um dein Outfit kümmern. So kann ich nicht arbeiten«, sagt er und lässt seinen Blick beinahe rügend über meinen Körper gleiten.

»Was gibt es gegen Jeans einzuwenden? Mir gefällt es, also …«

»Mir gefällt es nicht, daher werden wir es ändern.« Meine Nackenhaare stellen sich auf bei dieser absurden Forderung. Was bin ich – ein Haustier?

»Zurück zu meinem Plot. Es geht im Roman um meinen vorherigen Protagonisten, der bekanntlich nichts anbrennen lässt und sich als dominanter Sadist vielen willigen Sklavinnen gegenübersieht. Doch in diesem Buch trifft er auf eine Frau, die sein Leben auf den Kopf stellt. Sie wehrt sich vehement gegen seine Dominanz, obwohl er ihr von Anfang an ansieht, dass sie sich nach ihm verzehrt. Er wartet geduldig, versucht, sie zu verführen. Sie ist ehrlich, unsicher, und emanzipiert. Ein fragwürdiges Rollenbild ihrer Eltern hat sie geprägt, sodass sie sich nichts Schlimmeres vorstellen kann, als sich einem Mann zu unterwerfen und ganz und gar hinzugeben. Sie versteckt ihre Unsicherheit hinter einer schroffen Maske. Sie bewundert Intelligenz und Eloquenz und verabscheut Dummheit und Banalitäten.«

Er hat während seines kleinen Vortrages die Augen nicht für eine Sekunde von mir genommen, und ich bin unter seinem Blick in mich zusammengesunken. Mein Herz klopft so hart gegen den Brustkorb, dass mir schwindelig wird. Es ist unmöglich, dass er mich damit meint. Auch wenn Cat den Großteil dieser Beschreibung bestätigen würde. Ich fühle mich ertappt wie ein Dieb, obwohl ich mir sicher bin, dass sich diese Analyse nicht auf mich bezieht. Schließlich kennt er mich überhaupt nicht!

»Wie kommst du darauf?«, frage ich mit brüchiger Stimme.

»Inspiration. Wie ich schon sagte – sie ist das Wichtigste in meinem Leben. Ich liebe ehrliche Menschen, doch leider bin ich damit bisher nicht gerade verwöhnt worden. Die meisten Menschen lügen zu ihrem eigenen Vorteil. Du kannst dir vorstellen, dass man als erfolgreicher, reicher Mensch irgendwann von verdammt vielen Lügnern umgeben ist, die einem nach dem Mund reden. Ich verabscheue das.« Sein Gesichtsausdruck ist hart geworden, die Augen haben sich verdunkelt, und ich frage mich, was zum Teufel er erlebt hat, dass er so … unnahbar geworden ist. Gleichzeitig wird mir klar, dass er mich besser durchschaut hat als irgendein Mensch zuvor, und das macht mir wahnsinnige Angst.

»Ich hoffe inständig, dass du nicht mich als Inspirationsquelle für dein Buch gebrauchen willst«, sage ich. »Denn dazu eigne ich mich nicht.«

Er beugt sich vor und lächelt wissend. »Das sehe ich durchaus anders. Da wir gemeinsam an diesem Roman arbeiten werden, erhoffe ich mir natürlich auch ganz besondere … Einblicke.«

Einblicke? In mich? Mein Leben? Meine Seele? Ich muss lachen. »Entschuldige, ich bin so langweilig wie die Bibel und kann dir ganz sicher keine Einblicke liefern.«

»Hm«, macht er und streicht mit der Hand über sein Kinn, als ob er an meinen Worten zweifelt. »Ich habe den Anfang des Romans heute Nacht geschrieben, du findest ihn auf deinem Desktop. Bitte lies es und kommentiere im Dokument, während ich weitermache.«

Adrian dreht sich auf dem Stuhl um und kehrt mir den Rücken zu, was mir gerade sehr lieb ist. Mein ganzer Körper fühlt sich an wie schweißgebadet, ein deutliches Zeichen dafür, dass ich Panik habe. Eine unglaubliche Panik. Was im Himmel erwartet mich hier? Habe ich mich auf etwas eingelassen, das eine Nummer zu groß für mich ist?

Neugierig öffne ich das Dokument, das mit dem Titel *Fesselnde Liebe 2* betitelt ist, und fange an zu lesen.

Mit jedem Satz wird mir wärmer. Und noch wärmer. Aus irgendeinem Grund fühle ich mich mit der Protagonistin, die er beschreibt, verbunden, obwohl es offensichtlich ist, dass ich es nicht bin. Meine Einbildung nimmt offenbar seltsame Züge an! Nervös kaue ich auf meinen Fingernägeln, bis ich zur ersten Sexszene komme, die für meinen Geschmack viel zu früh passiert, was ich natürlich sofort notiere. Wie soll man als Leser eine Erotikszene genießen können, wenn man die Protagonisten noch gar nicht kennt? Das ist unmöglich!

Allerdings lassen mich die Worte zu meinem Leidwesen nicht kalt, im Gegenteil. Atemlos verschlinge ich Satz für Satz, ohne eine einzige weitere Notiz zu machen. Hat er das alles erst letzte Nacht geschrieben? Unvorstellbar, es sind Tausende von Worten! Und er hatte auch noch … Besuch. Du liebe Güte, wenn ich das Cat erzähle, wird sie mir kein Wort glauben.

»Alles in Ordnung?« Er dreht sich nicht um, während er das fragt. Ich brumme eine Zustimmung und versuche, das soeben Gelesene aus meinem Kopf zu bekommen, aber es funktioniert nicht. Die Worte wirbeln in mir durcheinander und haben mein Kopfkino so angeregt, dass ich überall heiß und feucht bin. Wirklich überall! Oh Mann, das ist mir noch nie passiert. Noch nie! Nicht mal bei seinem ersten Roman, den ich ja gelesen habe. Liegt es daran, dass er mir so nah ist und daher mit seinem Protagonisten verschmilzt? So sehr, dass ich das Gefühl habe, in ihn hineinsehen zu können, zu wissen, was ihn anregt und umtreibt?

»Ich … würde gern eine kleine Pause machen, wenn es dir recht ist«, bringe ich hervor. Mein Atem geht so flach, als ob meine Lungen sich nicht trauen würden, mehr Luft in sich aufzunehmen. Unruhig rutsche ich auf dem Stuhl herum und presse die Oberschenkel zusammen, was leider keine Erleichterung zur Folge hat, sondern schlimmere Impulse in mir auslöst.

»Natürlich, kein Problem.« Er hat aufgehört zu schreiben, sieht jedoch nicht von seinem Monitor hoch. Erleichtert stehe ich auf und verlasse das Arbeitszimmer, um mich nach nebenan zurückzuziehen. Mein Puls rast, meine Hände sind schweißnass. Mir ist ein wenig schwindelig. Ich glaube, ich war noch nie in meinem Leben so … erregt. Ich muss duschen. Ja, das sollte ich tun, damit er es nicht womöglich riecht. Gütiger Himmel, das ist so unfassbar peinlich! Ich komme mir vor wie ein Tier, triebgesteuert und blöd.

Trotzdem lassen mich seine Worte nicht los, und bevor ich darüber nachdenken kann, bin ich aufs Bett gefallen und zerre die Jeans von meinen Hüften. Dann drehe ich mich auf den Bauch, vergrabe meine Hand zwischen meinen Beinen und kneife die Augen zu, während ich mich wie ein Hund an meinen eigenen Fingern reibe. Die Scham treibt mir Röte ins Gesicht, aber ich kann nicht anders. Ich habe das Gefühl, zu explodieren, wenn ich dieser unbändigen Lust kein Ventil biete.

Keuchend und schwitzend reibe ich mich an meiner Hand, presse meine Finger so fest gegen meinen Schritt, dass es beinahe schmerzt. Ich bin nass und heiß, alles ist warm und offen und ... oh Gott.

Sein Schwanz ist riesig, und ich will ihn. Gefesselt lehne ich an der Wand, meine Hände über den Kopf gestreckt, und bin ihm ausgeliefert. Meine Lust wird übermächtig, während ich mir wünsche, dass er kommt, in mich eindringt, mich nimmt, mich benutzt. So wie er all die anderen Frauen benutzt.

Er ist hart und ragt mir entgegen wie eine Waffe. Bereitwillig spreize ich die Beine und hauche eine Bitte, doch er bleibt vor mir stehen, streift mit seiner Härte meinen Oberschenkel und grinst sardonisch.

Sag es mir, Kleines. Ich muss es hören, sonst ... Seine Hand gleitet an seinem Schaft auf und ab. Ich wimmere, zappele in meinen Fesseln und hoffe, nicht hinzufallen. Falle ich vor ihm auf die Knie, wenn er danach verlangt? Ja. Ohne Zweifel. Langsam öffne ich meinen Mund und lasse mich vor ihn sinken. Er zieht sich zurück, bevor meine Lippen ihn berühren können.

Bitte!, flehe ich und winde mich vor ihm, wie ein Hund. Alles in mir verkrampft sich, öffnet sich, weitet sich für ihn ... ich will ihn. Jetzt.

Nimm mein Bein, befiehlt er. Ich brauche keine weitere Erklärung, als er mir seinen muskulösen Oberschenkel zwischen die Schenkel schiebt. Die plötzliche Berührung lässt mich aufstöhnen, und dann fange ich an, mich an ihm zu befriedigen. Sein harter Schwanz nur Zentimeter von mir entfernt, ich bin gefesselt und kann ihn nicht berühren, kann ihn nicht dazu bringen, mich zu nehmen. Dafür reibe ich mich an seinem Oberschenkel, spüre die Härchen, die an mir kratzen, und verteile meine Säfte auf seiner Haut, während er mich spöttisch von oben herab betrachtet.

Ich schäme mich, kann trotzdem nicht an mich halten und befriedige mich lüstern an ihm, gleite auf und ab, versuche, den Halt nicht zu verlieren, weil er mir nicht hilft, mich nicht anfasst. Ich bin allein verantwortlich für das, was ich tue, und doch wieder nicht. Er hat es mir befohlen, und ich liebe das, wenn er mir sagt, was ich tun soll. Ich kneife die Augen zu und spüre, wie meine Beine sich versteifen, wie sie zu zittern beginnen, dann löst sich der Krampf in mir explosionsartig. Ein enormes Beben geht durch meinen ganzen Körper, alles in mir zieht sich zuckend zusammen, und ich höre mich selbst stöhnen, während ich auf seinem Bein komme und auf ihm zerfließe. Bis sich sein raues Gelächter in mein Keuchen mischt und mich erschauern lässt ...

Meine Beine verspannen sich, ich presse das Gesicht ins Kissen und werfe den Kopf hin und her, während mein ganzer Körper von einem Höhepunkt geschüttelt wird. Oh mein Gott, ich komme. Komme noch einmal und kann nicht von mir ablassen, mache einfach weiter, kreise mit dem Becken und presse meine Hüften so fest gegen meine eigene Hand, bis ein zweites Zucken durch mich hindurch fährt. Ich schwitze, als ich langsam die Augen wieder öffne und mir schamhaft bewusst wird, was ich hier gerade getan habe. Ich habe mich selbst befriedigt, während Adrian Moore nebenan in seinem Arbeitszimmer an seinem neuen Roman schreibt. Und was mir dabei durch den Kopf ging, war nicht Teil dessen, was ich vorhin gelesen habe. Gütiger Himmel, wie komme ich auf so einen Unsinn? Als ob ich jemals ... Ich zittere am ganzen Körper, fühle mich jedoch erleichtert und entspannt. Der Orgasmus war gut, und er war nötig. Hastig springe ich ins Bad und wasche mir die Hände, dann versuche ich, mit einem nassen Handtuch die klebrigen Spuren meiner schamhaften Lust zu beseitigen.

Mit roten Wangen kehre ich später zu ihm zurück und stelle fest, dass er mich mit breitem Grinsen erwartet.

»Das war deutlich schneller, als ich erwartet habe, Kleines«, sagt er leise und steht auf, um auf mich zuzugehen. Erschrocken bleibe ich mit angehaltenem Atem stehen. Unter seiner Hose entdecke ich eine Erektion, die so groß zu sein scheint, dass mir ... oh Gott. Mir wird schwindelig. Woher kann er wissen, was ich gerade getan habe? Das ist nicht möglich! Ich habe mich gewaschen, mein erhitztes Gesicht gekühlt und sogar Make-up aufgelegt. Es ist unmöglich, dass er weiß, was ich ... es sei denn, er wäre in mein Zimmer gekommen. Hätte ich das nicht gehört? Oder sonst wie bemerkt? Kann es sein, dass ich so weggetreten war, dass ich das nicht mitbekommen habe?

Sein Gesicht ist viel zu nah an meinem, während er tief durch die Nase einatmet. Ich zittere am ganzen Körper und fühle mich ertappt, unfähig, etwas zu sagen.

»Es hat mich alle Beherrschung gekostet, nicht zu dir rüberzugehen und diesen göttlichen kleinen Hintern einzunehmen. Ich mag es, dass du es auf dem Bauch liegend tust, denn das bedeutet, dass du gern von hinten genommen wirst. Ist es nicht so?«

Seine Hand fährt durch mein Gesicht, das ich durch die Berührung automatisch in seine Richtung drehe. Ich presse die Lippen fest aufeinander und schließe die Augen.

»Woher weißt du. ..?«

»Das spielt keine Rolle, Gwen. Ich werde mich jedenfalls heute nicht mehr aufs Schreiben konzentrieren können.« Oh, gut. Super. Ich nämlich auch nicht. Also könnten wir ... Himmel, was denke ich denn hier?

»Dann sollten wir uns jetzt auf den Weg machen.«

Ich blinzle irritiert. »Auf den Weg wohin?«

»Wir gehen einkaufen. Heute Abend werde ich dir einen Teil meiner Inspirationen zeigen. In den Klamotten kann ich dich nicht mitnehmen, also brauchst du was zum Anziehen.«

16

Ich fühle mich hoffnungslos verloren, wie ein Waisenkind, das von seinen Eltern im Wald ausgesetzt wurde. Wie sonst soll man sich vorkommen, wenn man in alten Jeans und einem Sweatshirt mit ausgeleierten Bündchen bei Harvey Nichols steht und von den blasierten Verkäuferinnen mit Verachtung gestraft wird?

Hilfesuchend schaue ich mich nach Adrian um, der mich mit den Worten »Warte hier« hat stehen lassen und irgendwohin verschwunden ist. Ich knete nervös meine Finger und bete, dass er so schnell wie möglich zurückkommt, bevor diese misstrauische Verkäuferin mich des Hauses verweist. Du liebe Zeit, er hätte mir vorher sagen können, wo wir hingehen! Meine Haare sind zu einem nachlässigen Pferdeschwanz zusammengebunden, ich trage Sneakers und Socken! Schlimmer wäre bloß mein Pyjama oder Flipflops gewesen. Ich fühle mich gedemütigt, und das war schon zu dem Zeitpunkt so, als wir in den von ihm bestellten Wagen des Hotels stiegen.

Endlich höre ich seine Stimme, die mich seltsamerweise sofort beruhigt. Er geht mit sicheren, langen Schritten, aufrecht und stolz, und mein Herz macht einen Hüpfer, als ich ihn entdecke. Ihm folgt eine dünne, blasse Blondine in einem roten Kleid, das gar nicht zu ihrer Hautfarbe passt. In den Händen trägt sie einen Notizblock und einen Bleistift, und als sie sieht, dass Adrian auf mich zugeht, erstarrt ihr Gesicht kurzfristig zu einer Maske. Sekunden später fängt sie sich und schenkt mir ein entsetzlich falsches Lächeln, das ich zähneknirschend erwidere.

»Das ist die Dame, um die es geht. Wir benötigen ein paar alltagstaugliche Kleider, Unterwäsche, Schuhe, Strümpfe, und ein weißes Abendkleid.«

Ein weißes Abendkleid? Im Leben nicht!

»Entschuldige bitte, aber in Weiß sehe ich aus wie ...«

Er ignoriert meinen Einwand, ohne die Augen von mir zu nehmen, und spricht einfach weiter. »Ich erwarte, dass die Sachen umgehend geändert werden, damit wir sie gleich mitnehmen können. Das ist doch wohl möglich?«

»Ja, natürlich, Mr Moore.« Die Blondine sieht noch verwirrter aus als ich, was mich innerlich grinsen lässt. Der Blick, den sie mir zuwirft scheint zu fragen, welche Drogen ich dem Mann verabreicht habe, dass er sich mit einer wie mir abgibt. »Wenn Sie mir dann bitte folgen möchten...?« Sie winkt mir und geht auf eine Reihe von Umkleidekabinen zu, jede Einzelne größer als unser Bad in Newcastle und mit einem dunkelbraunen, dicken Vorhang versehen. Adrian setzt sich auf einen Ledersessel vor den Kabinen, legt einen Knöchel auf seinem Knie ab und lächelt erwartungsvoll.

»Du bist dran, Kleines. Geh in die Kabine und zieh dich aus.«

Jemand boxt mir so heftig in den Magen, dass ich mich krümmen möchte. Ich soll...?

»Ich habe schon ein paar Ideen und bin gleich zurück«, sagt die Verkäuferin eifrig und verschwindet, nachdem sie mir einen letzten skeptischen Blick zugeworfen hat. Offenbar hat sie es nicht mal nötig, mich nach meiner Konfektionsgröße zu fragen. Nun gut. Ich gehorche und gehe in die Umkleide direkt vor ihm, ziehe den Vorhang so sorgfältig zu, als hätte ich geplant, mir hier einen goldenen Schuss zu verabreichen, und schäle mich langsam aus meinen Klamotten. BH und Höschen behalte ich an. Ohne in den Spiegel sehen zu müssen, weiß ich, dass ich selbst damit in diesem Geschäft völlig fehl am Platz bin. Ich warte. Ungeduldig. Die Verkäuferin kommt Minuten später zurück und reißt ganz selbstverständlich den Vorhang auf. Ich werfe ihr einen missbilligenden Blick zu und ignoriere, dass sie meine Unterwäsche mit gekräuselten Lippen quittiert.

»Eines unserer meistverkauften Kleider, möchten Sie das probieren?« Sie hält mir ein rotes Wickelkleid hin, das ich umgehend als Kopie des Kleides erkenne, das sie selbst trägt. Der Blick auf das Preisschild lässt mich erblassen, trotzdem gebe ich mich ungerührt und nehme ihr den Bügel aus der Hand.

»Nein, das nicht. Das ist ordinär.« Ich zucke genauso zusammen wie die blonde Frau vor mir bei Adrians Worten. Ihr Gesicht läuft rot an, was mich zu einem hysterischen Kichern bringt. Ach du Schande! Das war wirklich … unverschämt. Vorsichtig sehe ich am Vorhang vorbei zu ihm. Adrian zwinkert mir zu und schüttelt dann unwirsch den Kopf, als die Verkäuferin mir das Kleid entreißt und es hastig auf einen Kleiderständer zurückhängt.

»Gut, dann vielleicht … dieses hier?« Das Kleid ist nicht zu kurz, es ist schwarz und mit einem durchgehenden Reißverschluss hinten versehen. Die Ärmel sind ellbogenlang und unten ausgestellt, was ich raffiniert finde. So was habe ich noch nie besessen. Wie sehe ich darin bloß aus?

»Besser. Zieh es an, Kleines.« Ich nehme das Kleidungsstück so gierig an mich, als ob ich ohne es verhungern müsste. Die Verkäuferin hilft mir beim Anziehen. Es ist mir unangenehm, als sie hinter mir in die Knie geht.

»Komm raus und zeig dich.« Ich habe nicht in den Spiegel gesehen, schiebe nervös eine Haarsträhne hinter mein Ohr und verlasse die Kabine, um Adrian das Kleid vorzuführen. Er lächelt zufrieden, was zur Folge hat, dass die Assistentin versonnen an seinen Lippen hängt und mich keines Blickes mehr würdigt.

»Ah, ja. Das ist perfekt. Gefällt mir. Vor allem der Reißverschluss …« Ich weiß nicht, ob man statt nur rot auch dunkelrot werden kann, wenn, dann bin ich das gerade geworden. Langsam drehe ich mich um, damit ich selbst einen Blick in den Spiegel werfen kann. Und was ich sehe, erstaunt mich.

»Wow, das ist … echt toll«, sage ich und zupfe am Dekolleté des Kleides herum, das nicht zu tief ist, trotzdem so gerade eben die Ansätze meiner Brüste enthüllt. Durch raffinierte Abnäher wirken sie viel voller.

»Ich schlage ein Paar Riemchenpumps dazu vor.« Die blonde Frau hält mir ein Paar schwarzer Lackschuhe hin, deren Absatz nach meinem Verständnis die Schuhe zu Bettschuhen degradiert. Abwehrend hebe ich beide Arme. »In so was kann ich nicht laufen!«

»Dann wirst du es lernen. Zieh sie an.« Adrians Tonfall lässt keine Widerrede zu, und ich gehorche mit zusammengekniffenen Lippen. Als ich mit den Schuhen aufstehe, stelle ich erstaunt fest, dass ich der Verkäuferin in die Augen sehen kann, ohne den Kopf heben zu müssen. Ich bin mindestens zehn Zentimeter größer als vorher! Und meine Beine wirken plötzlich so ... lang! Glücklich drehe ich mich vor dem Spiegel hin und her und bewundere, wie diese Schuhe meiner Figur schmeicheln. Sogar mein Hintern wirkt fester, falls ich mir das nicht einbilde. Unglaublich!

Auf dem Weg zum Fahrstuhl schwirrt mir der Kopf und mein Magen meldet sich geräuschvoll.

»Hungrig?« Adrian legt eine Hand in meinen Rücken und schiebt mich sanft in das gläserne Ungetüm. Mein Spiegelbild ist blass, der Champagner hat mich beschwipst. Ich komme mir vor, als wäre ich einem schlimmen Rausch verfallen. Endlich habe ich eine Vorstellung davon, was das bedeutet und verspüre Verständnis für Cat. »Himmel, was das alles gekostet hat«, murmle ich vor mich hin, während Adrian auf einen Knopf drückt und darauf wartet, dass sich die Edelstahltür hinter uns schließt.

»So viele Klamotten habe ich noch nie auf einmal gekauft. Eigentlich mag ich es nicht, shoppen zu gehen. Zumal mir ja nie was passt und immer alles gekürzt werden muss.«

»Mach dir darüber keine Gedanken. Schließlich war es mein Wunsch, dass du in meiner Gegenwart inspirierender gekleidet bist. Und der Änderungsservice ist hier wirklich sehr gut.« Er grinst, lehnt sich gegen die Fahrstuhlwand und schiebt die Daumen in die Hosentaschen. Im fünften Stock steigen wir aus, er führt mich durch die Delikatessenabteilung zum Season-Restaurant und bestellt für mich Seebrasse mit Tintenfischrisotto und für sich ein

Rumpsteak. Woher er weiß, dass ich gerne Fisch esse, wenn er gut zubereitet ist, ist mir wie alles andere ein Rätsel. Hat er irgendwen heimlich über mich ausgefragt? Cat womöglich? Ich muss sie unbedingt nachher anrufen und ihr alles erzählen. Irgendwie fühle ich mich gerade, als ob ich kaum zu Atem kommen könnte.

Wir essen und trinken Weißwein dazu. Unten vor der Tür wartet der Wagen vom Mandarin Oriental, der uns hergebracht hat, und ich würde zu gern wissen, was dieser exklusive Service ihn kostet. Ich fühle mich fiebrig auf dem Weg zurück, der nur wenige Meter lang ist und den wir locker zu Fuß erledigen könnten. Mir ist danach, frische Luft zu schnappen, einen Spaziergang durch den Hyde Park zu machen und mich zu bewegen. Der Käfig um mich herum wird mir jetzt schon zu eng, obwohl ich erst zwei Tage hier bin. Aber ich traue mich nicht, es ihm zu sagen. Vielleicht morgen.

In meinem Zimmer stapeln sich schwarze Lacktaschen und Schuhkartons – die Lieferung von Harvey Nichols ist sogar vor uns eingetroffen.

»Ich gehe zum Sport und hole dich um neun Uhr ab. Mach dich bis dahin fertig, wie ich es dir vorhin gesagt habe.« Adrian nickt mir zu, dann lässt er mich allein. Ich habe zwei Stunden Zeit, und jetzt werde ich diese für ein ausgedehntes Bad und Körperpflege nutzen, bevor ich in das weiße Kleid schlüpfe, das er für heute Abend ausgewählt hat. Ich bin nervös, weil ich nicht weiß, wo wir hingehen werden. Das Kleid lässt keine Schlüsse zu, außer den, dass es sich um eine exklusive Veranstaltung handeln muss, denn ich könnte darin genauso gut zur Oscar-Verleihung gehen.

Ich wasche meine Haare und drehe sie anschließend auf breite Lockenwickler, bevor ich es mir mit einer Gesichtsmaske und einem Buch erneut im heißen Wasser gemütlich mache. Dann fällt mir wieder ein, dass ich Cat anrufen und ihr alles erzählen wollte, doch mir ist gar nicht danach, zu reden. Ich bin zu verwirrt, in meinem Kopf geht ständig alles durcheinander und ich wüsste gar nicht, wie ich das erklären sollte. Dazu kommt die unsägliche Aufregung vor dem, was mich heute Abend erwartet.

Zum wiederholten Male geht mir durch den Kopf, was ich heute

Nachmittag gelesen habe, und wieder frage ich mich, ob ich tatsächlich so durchschaubar bin oder ob er einfach eine gute Menschenkenntnis und ein bisschen geraten hat. Meine Reaktion war jedenfalls deutlich genug, nehme ich an, und ich ärgere mich darüber. Allerdings ist mir klar, dass es während meines Aufenthaltes hier zu keinen Intimitäten kommen wird, denn er hat mir gesagt, dass ich dazu den Anfang machen muss. Und so sehr sich mein Körper nach ihm verzehrt – mein Verstand spielt einfach nicht mit und ich würde meine Zunge lieber verschlucken, als Adrian Moore um Sex anzubetteln. Schon bei der Vorstellung wird mir ganz anders, Himmel!

Ich creme meinen Körper mit einer duftenden Bodylotion ein, zupfe meine Augenbrauen und male sie sorgfältig mit einem hellbraunen Stift nach, dann ziehe ich das weiße Seidenkleid über. Ohne Unterwäsche, so hat er es mir in der Umkleide ins Ohr geraunt. Allein die Erinnerung an die heiseren Worte bringt meinen Unterleib dazu, sich pulsierend zusammenzuziehen, und ich erschauere beim bloßen Gedanken daran. Dieser Mann verwandelt mich schrittweise in ein notgeiles Etwas, und das gefällt mir ganz und gar nicht! Ich fühle mich nicht mehr wie ich selbst, sondern wie ... eins seiner Groupies. War das von Anfang an sein Plan? Hat er mich deshalb hierher geholt und das Lektorat vorgeschoben? Warum ich? Er kann an jedem Finger zehn willige Frauen haben, wenn er will! Was sieht er in mir, das ich selbst nicht erkenne?

Mein Spiegelbild ist ausnahmsweise einen Blick wert. Oh mein Gott! Bin ich das tatsächlich, die mir da entgegen strahlt? Das Kleid schmeichelt meiner Figur, obwohl sich die Brustwarzen für meinen Geschmack viel zu deutlich unter dem dünnen Stoff abzeichnen. Sie wirken wie dunkle Höfe und sind für jeden gut zu erkennen, genauso wie ich mir einbilde, die Konturen meiner ... Vulva sehen zu können, zumindest als feiner Schatten. Das Kleid ist bodenlang und passt mir perfekt, wenn ich die hochhackigen Sandalen dazu anziehe, dafür hat der Änderungsservice gesorgt. Es ist ärmellos und fällt vorne schlicht an mir herab, und der Rückenausschnitt ist so tief, dass ich gar kein Höschen anziehen könnte. Selbst wenn

Adrian mir nicht befohlen hätte, darauf zu verzichten. Ich kann die Ansätze meiner Pobacken sehen und denke fieberhaft darüber nach, ob wir eine Art Stola oder Schal gekauft haben, die ich dazu tragen kann.

Meine Wangen sind auch ohne Rouge gerötet. Die Haare habe ich hochgesteckt und einige Strähnen, die dank der Wickler in üppigen Locken um mein Gesicht hängen, herausgezogen. Sogar Lippenstift habe ich aufgetragen, mein Mund wirkt üppiger damit und das gefällt mir.

Als es an der Tür klopft, öffne ich mit zittrigen Fingern und trete abrupt zwei Schritte zurück. Gütiger Himmel! Gehen wir in die Oper oder was? Oder haben wir eine Einladung bei der Queen?

»Mein Gott«, bringe ich hervor, was Adrian ein selbstgefälliges Grinsen entlockt. Er ist glatt rasiert, sein markantes Kinn springt mir förmlich entgegen. Und er trägt einen dunklen Anzug mit Weste, weißem Hemd und dunkelroter Krawatte. Ich muss schlucken, der Anblick treibt mir fast die Tränen in die Augen.

»Du siehst wunderschön aus, Kleines. Bist du so weit?« Er reicht mir galant den Arm und ich hake mich lächelnd bei ihm unter. Die Hilfe ist allerdings nötig, denn auf den hohen Absätzen bin ich eher wacklig unterwegs und muss mich anstrengen, um nicht wie ein Kleinkind neben ihm herzustolpern. Wenigstens überragt er mich jetzt nicht mehr um eine ganze Kopflänge, was angenehm ist.

Mein Körper fühlt sich an, als ob ich Fieber hätte, und ich bin mir sicher, dass meine Augen glänzen.

Unten auf der Straße wartet ein Wagen mit einem dunkelhaarigen jungen Fahrer. Irritiert setze ich mich neben Adrian nach hinten und flüstere ihm eine Frage zu. »Habe ich das richtig beobachtet, dass das Hotelpersonal je nach Tageszeit die Haarfarbe wechselt?«

Adrian nickt grinsend und legt ganz selbstverständlich seine Hand auf mein Knie. Die Berührung jagt einen Stromstoß durch mich hindurch und mein Oberschenkel fängt an zu zittern. »Das ist tatsächlich so. Tagsüber blondes Personal, sobald es dunkel wird, wird der Service dunkelhaarig.«

Davon abgesehen, dass die jungen Leute alle aussehen, als würden sie auf eine Karriere als Model oder Filmstar warten, ist das in meinen Augen eine ungeheure Tatsache, die ich mir geistig notiere. Wer weiß, wozu ich das mal gebrauchen kann.

Wir fahren nicht weit, nur ungefähr fünfzehn Minuten, die ich mit dem Gesicht dicht am Fenster hängend verbringe. Die Stadt vibriert vor Leben, und als wir in Richtung South Kensington fahren, fallen mir verstärkt teure und exklusive Autos auf der Straße auf. Menschen sind unterwegs in Restaurants oder Clubs, als ob Wochenende wäre. In Newcastle herrscht um diese Uhrzeit schon gähnende Langeweile, aber London pulsiert offenbar zu jeder Tageszeit.

Als der Wagen hält und der Fahrer mir die Tür öffnet, wird mir mulmig. Noch habe ich keine Ahnung, wo wir überhaupt hingefahren sind und was mich heute Abend erwartet. Aus Adrian war keine Antwort rauszubekommen, außer der, dass ich mich auf eine Überraschung einlassen soll. Plötzlich fällt mir ein, was Cat von Adrian erzählt hat. *Er kennt die wichtigsten Clubs in London. Sogar Lord Nelson.* Er wird mich wohl nicht an meinem zweiten Tag in einen dieser unheimlichen SM-Clubs bringen? Ach du liebe Güte!

»Adrian?«, frage ich vorsichtig und drehe mich zu ihm um. Bevor ich ihn sehen kann, spüre ich etwas an meinem Handgelenk. Kühles Metall. Dann höre ich ein Einrasten und starre nach unten. Ich bin gefesselt!

17

»Was soll das?« Entsetzt zerre ich an der goldenen Handschelle, die allerdings eher wie ein teures Armband von Cartier aussieht, mit drei funkelnden Steinen besetzt, und stelle fest, dass das andere Ende ... an Adrians Handgelenk befestigt ist! Wir stehen mitten auf der Straße, in einer ruhigen Wohngegend in South Kensington, vor einem großen, viktorianischen Haus mit heller Fassade. Und ich weiß vor Peinlichkeit gar nicht, wo ich am liebsten versinken möchte.

Der Fahrer wirkt ungerührt, als er in den Wagen zurückkehrt und sich darin langsam von uns entfernt. Mein Puls klopft mir in den Schläfen, und mein Gesicht fühlt sich heiß an. Wütend funkle ich Adrian an, der ohne jede Regung einen Schritt nach vorn macht und mich dadurch zwingt, ihm zu folgen.

»Mach mich los«, zische ich ihm zu. »Ich werde definitiv nicht so mit dir irgendwohin ...«

»Glaub mir, es ist zu deinem Besten.« Sein Gesicht ist unbeweglich, nur die feinen Fältchen um seine Augen herum offenbaren, dass er sich über mich lustig macht. Ich bin stinksauer! So habe ich mir den Abend sicherlich nicht vorgestellt.

»Das ist peinlich, bitte mach das ab«, flehe ich und versuche verzweifelt, nicht zu stolpern, weil er so lange Schritte macht, denen ich in den hohen Absätzen nur schwer folgen kann.

»Kleines, du möchtest da nicht ohne diese Vorsichtsmaßnahme reingehen«, sagt er und bleibt so abrupt stehen, dass ich auf ihn

Fesselnde Liebe

auflaufe. Ich habe keine Handtasche dabei und suche verzweifelt nach irgendwas, an das ich mich klammern kann.

»Vorsichtsmaßnahme?« Ich zucke zusammen. Das kann er nicht ernst meinen! »Wohin gehen wir denn, in Gottes Namen? Willst du es mir nicht endlich verraten?«

»Du wirst es gleich sehen«, erklärt er schlicht und geht weiter auf das weiße Haus zu, dessen Fenster mit dunklen Vorhängen verhängt sind, hinter denen schummriges Licht flackert. Nervös zupfe ich an meiner Unterlippe und flehe innerlich, dass mir hier nichts zustoßen wird. Verdammter Mist, ich hätte Cat vorher benachrichtigen sollen! Wann wird sie wohl aufmerksam, wenn sie nichts von mir hört, und meldet mich als vermisst? Nach einer Woche? Nach zwei Wochen?

Entsetzliche Bilder von mir selbst, wie ich gefesselt und geknebelt in einem Dungeon gefangen gehalten und von wildfremden Männern missbraucht werde, tauchen vor meinem inneren Auge auf. Hastig versuche ich, sie wegzublinzeln. Himmel, warum bin ich nicht einfach vorsichtig geblieben? Warum lasse ich mich von ihm so um den Finger wickeln, dass ich gar nicht mehr ich selbst bin? Was passiert hier bloß mit mir?

»Adrian! Schön, dich zu sehen!« Ein breitschultriger, beinahe kahlköpfiger Mann in Lederhose und weißem Hemd reißt die Tür auf, noch ehe Adrian geklopft oder geklingelt hat. Ich starre nach oben und sehe in stahlgraue, kalte Augen, die mich frösteln lassen.

»Nelson.« Adrian nickt dem Glatzkopf kurz zu, bevor er mich mit sich ins Haus zerrt. Ach du gute Güte. Ich bin tatsächlich im Hexenkessel von Lord Nelson gelandet! Dem schlimmsten Dom aller Zeiten, wenn ich Cat glauben darf. Wobei er gar nicht so schlimm aussieht, wie ich ihn mir vorgestellt habe. Mir wird ganz übel. Am liebsten würde ich mich irgendwo hinsetzen und mein Gesicht heulend in den Armen vergraben, doch mir bleibt nichts anderes übrig, als Adrian ins Innere zu folgen.

»Willkommen auf meiner Cocktale Party. Cocktale wie in Geschichte, nicht dem Getränk. Es ist nicht nett, dass du die Dame an dich gekettet hast.« Nelson betrachtet mich mit so unverhohlener

Neugier von oben bis unten, dass mein Magen nervöse Pirouetten dreht. Adrian knurrt. »Finger weg.«

»Neues Spielzeug?«

Ich schnappe entsetzt nach Luft. *Spielzeug?* Sind wir hier bei Toymaster oder was?

»Gwendolyn ist exklusiv hier, wie du siehst.« Adrian zeigt auf die goldenen Fesseln, die uns verbinden, und Nelson schnalzt enttäuscht mit der Zunge.

»Wirklich, sehr schade. Vielleicht überlegst du es dir noch im Laufe des Abends. Es sind einige nette Pets anwesend und ich würde mich liebend gern um deins kümmern, wenn es nötig ist.« Er zwinkert Adrian verschwörerisch zu, und ich habe immer größere Mühe, die Seebrasse in mir zu behalten. Das darf ja wohl nicht wahr sein! Wo bin ich hier gelandet? Im Chauvi-Schlaraffenland? Toys und Pets?

»Abwarten.« Diese Antwort habe ich nun nicht erwartet und ich bin geistesgegenwärtig genug, um Adrian empört den Ellbogen in die Bauchgegend zu rammen. »Ich hoffe, du machst Witze«, zische ich ihm zu, irritiert von der körperlichen Nähe, zu der die Fesseln uns zwingen. »Kleines, glaube mir: Du wirst dir später wünschen, dass ich auf dich aufpasse. Diese Fessel verhindert, dass du hier von irgendeinem fremden Mann benutzt wirst, denn dazu sind die Frauen auf den Cocktale-Partys da. Mit Ausnahme derjenigen, die an ihren Partner gekettet sind. Die sind für andere tabu.«

Mir wird noch heißer und ich befürchte, gleich hässliche Schweißflecke unter den Achseln spazieren zu tragen. »Das ist hoffentlich nicht dein Ernst?!«, rufe ich lauter als gewollt und ernte ein raues Lachen von beiden Männern.

»Das hier ist einer der exklusivsten Geheimclubs Londons, und du wirst später feststellen, warum. Da ich nicht möchte, dass du den Versuchungen erliegst, bleibst du also besser so.« Adrian hebt kurz den Arm, sodass ich mit meinem folgen muss.

»Viel Spaß euch beiden. So oder so.« Nelson, der offenbar von manchen Leuten wirklich Lord genannt wird, grinst noch einmal, bevor er sich wieder der Tür zuwendet. Obwohl ich weder ein

Klopfen noch sonst irgendwas gehört habe, ertönt seine Begrüßung hinter uns. Wahrscheinlich sind vor der Tür Kameras installiert, durch die er jeden Ankömmling sehen kann.

Erst jetzt nehme ich meine Umgebung richtig wahr. Das Haus wirkt riesig, eine breite Marmortreppe führt nach oben, und aus den hinteren Räumen höre ich Stimmen, Gelächter, klirrende Gläser. Londons Unterwelt habe ich mir irgendwie anders vorgestellt. Wahrscheinlich ist meine Fantasie verdorbener als die Realität. Oder?

Tatsächlich erwarten uns keine in Lack und Leder gekleidete Fetischisten wie auf Cats komischen Partys, sondern ... gut gekleidete, souverän und attraktiv wirkende Menschen. Allerdings stelle ich fest, dass die meisten Frauen so gut wie nackt sind. Jedenfalls würde ich eine Strapscorsage mit High Heels nicht gerade als angezogen bezeichnen. Außer mir entdecke ich zwei weitere Frauen in eleganter Abendgarderobe, und auch diese sind mit Tüchern oder Fesseln an ihren Begleiter gekettet. Mir fällt ein, was Adrian mir gerade erklärt hat und ich schlucke hart.

Adrian nimmt zwei Gläser Champagner von einem Tablett, das eine junge Frau mit Nipple-Pasties und einem witzigen Höschen mit ausladenden Rüschen am Po vorbeiträgt. Sie sieht aus wie einem Zwanzigerjahre-Film entsprungen, ihr Mund ist kirschrot geschminkt und ebenso rot leuchten ihre Wangen. Wahrscheinlich sehen meine gerade genauso aus, denn ich bemerke durchaus, dass man mich neugierig beäugt. Wie ... Frischfleisch?

»Entspann dich«, bestimmt Adrian, bevor eine brünette Frau auf uns zukommt und ihn mit mehreren Wangenküssen begrüßt.

»Mein Lieber! Wie schön, dich wiederzusehen.« Sie betrachtet mich mit falschem Lächeln und unverhohlener Neugier, bis Adrian seufzt und mich vorstellt.

»Das ist Gwen. Gwen, das ist Agnes.« Wer oder was sie ist, verrät er mir nicht, doch ihr Aufzug lässt mich nicht lange darüber grübeln. Sie trägt ein langes Netzkleid ohne Ärmel, das an den wichtigen Stellen transparent ist, und nichts darunter. Verschämt wende ich den Blick ab, nachdem ich versehentlich zwischen ihre

Beine geschaut habe. Ach du meine Güte! Neben einer blitzblank rasierten Pussy habe ich noch ein Piercing entdeckt, unmittelbar oberhalb ihrer Klitoris. Ihre Schuhe sind noch hochhackiger als meine, weil sie ein dickes Plateau besitzen.

»Sehe ich das richtig, dass ihr…?«, fragt Agnes und deutet auf unsere miteinander verbundenen Handgelenke. Adrian grinst, als ihr Gesichtsausdruck in offensichtliche Enttäuschung übergeht.

»Wie schade, Adrian! Vielleicht, wenn dir später danach ist…?« Sie wirft ihm ein frivoles Lächeln und mir einen ziemlich giftigen Blick zu und rauscht davon. Ich nippe an meinem Champagner, bemüht, das prickelnde Getränk nicht gleich in mich reinzuschütten, und versuche so ungerührt wie möglich zu tun. Was mir natürlich nicht gelingt.

»Verrat mir, was du denkst.« Adrian lehnt sich gegen die Bar, was mich dazu nötigt, dicht vor ihm zu stehen. Sein Oberschenkel streift meinen Schritt, was ein merkwürdiges Zucken in mir auslöst, trotzdem bewege ich mich nicht mehr und bleibe einfach, wo ich bin. Unsere gefesselten Hände hängen zur Seite herunter, mit der freien Hand umklammere ich das Glas, als ob ich mich daran aus einem Sumpf emporziehen könnte.

»Ich bin sauer«, gestehe ich, und er lacht rau.

»Warum? Gefällt es dir hier nicht? Es sind eine Menge prominenter, attraktiver Menschen hier. Du kannst mir glauben, dass dies einer der exklusivsten Clubs Londons ist.«

Ich wage einen Rundumblick und zweifle nicht daran. Der riesige Saal ist mit hochwertigen Gemälden verziert, von denen ich einige erkenne. Sogar ein Rubens ist dabei! Ich kann nicht glauben, dass die Dinger echt sind. Überall stehen antike kleine Sofas aus feinen Stoffen herum, und es gibt gleich vier offene Feuerstellen. Die Decke ist so hoch wie der Eiffelturm und auf dem alten Fischgrätenparkett flanieren zahlreiche High Heels und handgenähte Herrenschuhe.

»Das glaube ich dir, aber du hättest mir vorher sagen müssen, wo du mit mir hingehen willst«, klage ich.

»Dann wärst du nicht mitgekommen.« Er grinst und ich muss ebenfalls lachen.

»Stimmt. Also warum. ..?«

»Ich habe dir gesagt, dass es für unsere Arbeit wichtig ist, zu sehen, was mich bewegt und antreibt. Und dies ist nur ein Teil davon. Außerdem ...« Er beugt sich so weit zu mir vor, dass sein Atem meinen Hals kitzelt. » ... hege ich die berechtigte Hoffnung, dass dir das hier gefällt und du dich anschließend ...«

Ach du ... was? Mein ganzer Körper verkrampft sich vor Aufregung und mein Herz benimmt sich, als wollte es den Boston Marathon gewinnen. Meint er das ernst, oder ist das einer seiner blöden Witze, mit denen er mich auf den Arm nehmen will? Unfassbar!

»Wir haben schon einmal darüber gesprochen, dass es nicht notwendig ist, alles zu erleben, worüber man schreibt. Im Übrigen schreibe ich ja nicht mal selbst darüber, sondern bewerte nur das, was du zu Papier bringst. Meinetwegen können wir jetzt also gehen. Ich habe genug gesehen.«

Sein Grinsen wird breiter. »Das wäre schade. Dir entgeht das Beste.«

»Ich verzichte dankend«, sage ich schroff und stelle entschlossen mein Champagnerglas auf der Bar hinter ihm ab. Leider komme ich ihm dabei so nah, dass er blitzschnell den Arm um mich schlingt. Ich spüre den rauen Stoff seiner Anzugjacke auf meinem nackten Rücken, und bekomme eine Gänsehaut am ganzen Körper. Meine Brustwarzen reiben sich an seiner Jacke, die zarte Seide des Kleides bietet keinen Schutz, sodass es sich anfühlt, als ob ich nackt vor ihm stehe.

»Adrian, bitte«, bettle ich. Meine Wangen werden schon wieder heiß. Er beugt den Kopf, bis ich seinen Atem auf der Haut spüre, dann streift er mit den Lippen wie zufällig meinen Hals und ich erschauere vor ihm. Mein rechter Fuß verliert den Halt und knickt auf dem hohen Absatz um, und ich falle nur nicht hin, weil er mich mit einer Hand festhält. Die Handschelle zerrt schmerzhaft an meinem Handgelenk bei der ungeschickten Bewegung.

»Ganz ruhig, Kleines. Dir wird hier nichts passieren, es sei denn, du willst es«, flüstert er und dreht mich in seinen Armen um, sodass sich mein Hintern gegen seine Hüften drückt. Er legt seinen gefesselten Arm auf meinen Bauch, wo er warm und energisch liegen bleibt, zusammen mit meinem. In dieser Umarmung bleiben wir an der Bar, während ich versuche, nirgendwohin zu sehen. Was alles andere als einfach ist, denn ehrlich gesagt, sind die anwesenden Menschen reine Augenweiden. Wenn ich nicht so herausgeputzt wäre, würde ich noch mehr Panik bekommen. Allerdings stelle ich schnell fest, dass meine Jugend ein herausstechendes Merkmal ist. Sowohl die Männer als auch die Frauen scheinen deutlich älter zu sein als ich.

Die Hitze, die sein Körper von hinten ausstrahlt, beruhigt mich ein wenig, und als er mir ein frisch gefülltes Champagnerglas in meine freie Hand drückt, nippe ich erleichtert daran.

Ein Mann in einem dunklen Zweireiher betritt den Raum, doch obwohl er attraktiv ist, bleibt mein Blick nicht an ihm hängen, sondern an seiner Begleiterin. Sie ist nackt, trägt nicht einmal Schuhe, sondern nur ein Halsband aus Metall und einige farbige Bänder um ein Handgelenk, die aussehen wie die Freundschaftsbänder, mit denen wir Mädchen uns schon früher beglückt haben. Der Mann beugt sich zu ihr und flüstert in ihr Ohr, woraufhin sie lächelt und mit gesenktem Blick nickt. Dann löst er die Handfessel, die beide miteinander verbunden hat, und lässt sie einfach so stehen, mitten im Raum.

Mein Magen zieht sich zusammen, ich verspüre so etwas wie Mitleid mit der Frau, die wenig älter ist als ich. Sie ist hübsch, zierlich, aber sportlich. Und die Einzige hier, die ganz nackt ist, darum starren alle sie an. Sogar ich, obwohl ich das gar nicht will. Und Adrian?

Vorsichtig wende ich den Kopf und treffe auf seine blauen Augen. Ein Grübchen hat sich in seiner Wange gebildet, weil er zufrieden lächelt. Himmel, dieses Lächeln ist waffenscheinpflichtig! Kein Mann dürfte damit frei herumlaufen! Meine Knie werden ganz weich und ich kann die Augen nicht von ihm lösen, so sehr ich es versuche. Als ob er einen starken Magneten in sich trüge, der mich magisch anzieht und verhindert, dass ich mich umdrehe. Aufgeregt lecke ich mir über die Lippen, der Lipgloss ist bitter.

»Was ist mit...?«

»Sie ist das Pet für heute«, erklärt Adrian ungerührt, ohne den Blick von mir zu nehmen. Mein Herz klopft schneller. Eigentlich will ich gar nicht wissen, was das bedeutet. Wirklich nicht. »Was bedeutet das?«

»Das heißt, dass sie für jeden Anwesenden zur Verfügung steht. Männer wie Frauen. Die Bänder, die sie um den Arm trägt, signalisieren die Praktiken, die sie mitmacht. Schwarz zum Beispiel bedeutet, dass sie gezüchtigt werden möchte. Rot steht für aktiven Oralsex, orange für passiven. Braun bedeutet Analsex, violett heißt...«

»Danke, ich glaube, das will ich gar nicht alles wissen«, sage ich schnell. Mein Gesicht ist heiß angelaufen, wahrscheinlich ist sogar mein Rücken knallrot.

»Wer Lust auf sie hat, kann sich ihr nähern und versuchen, ein entsprechendes Band von ihrem Handgelenk zu lösen. Wenn sie denjenigen nicht besonders mag, darf sie sich wehren, was manchmal heitere Kämpfe auslöst. Wenn sie ihn mag, wird sie ihm freiwillig ein Band geben, was allerdings später eine Bestrafung durch ihren Besitzer zur Folge hat.«

»Besitzer?« Ich schnappe empört nach Luft und kneife die Augen zusammen. Oh Mann, Cat würde sich hier wahrscheinlich wohl fühlen. »Man kann Menschen nicht besitzen, Adrian. Das ist Unsinn!«

»Nein, das kann man nicht. Jedenfalls nicht im früheren oder eigentlichen Sinne von Besitz. Aber man kann einen Menschen so besitzen, dass er alles für einen täte. Dass er sich einem ganz und gar hingäbe, seinem Besitzer sein Leben anvertraute. Manche nennen es einfach Liebe, wir nennen es Besitz. Weil es mehr als Liebe ist.«

Meine Nackenhaare stellen sich senkrecht und ich versuche verzweifelt, mich aus seinem Klammergriff zu lösen, was mir leider nicht gelingt. »So einen Schwachsinn habe ich schon lange nicht mehr gehört«, knurre ich. »Was sind das für armselige Gestalten, die so was nötig haben?«

»Glaube mir, es ist für beide Seiten eine prägende Erfahrung, die viel Vertrauen erfordert. Ihr Besitzer wird ständig in ihrer Nähe sein und aufpassen, dass ihr nichts zustößt. Dieses Vertrauen schenkt sie ihm. Sie vertraut darauf, dass er besser als sie selbst weiß, was gut für sie ist. Und sollte es zu einem Problem kommen, wird er eingreifen und ihr helfen, darauf muss sie sich verlassen können. Es ist eine ganz besondere Beziehung, die solche Menschen miteinander führen. Nicht zu vergleichen mit einer normalen Liebesbeziehung.«

»Allerdings nicht«, sage ich so spöttisch wie möglich und stelle mit aufgerissenen Augen fest, dass sich schon der erste Mann der armen nackten Frau genähert hat. Zum Glück ist er jung und sieht gut aus, und sie lächelt, ohne ihm in die Augen zu sehen. Einen Ringkampf muss ich in diesem Fall wohl nicht befürchten.

»Machen sie das ... hier? Vor allen Leuten? Oder gibt es dafür Rückzugsmöglichkeiten?« Der Gedanke, dass hier gleich wildfremde Menschen Dinge miteinander tun könnten, von denen ich bisher nur gelesen habe, macht mir Angst. Ungeheure Angst. Ich weiß nicht, wie ich reagieren würde, mein Körper spannt sich so extrem an, als ob er sich auf eine panikartige Flucht vorbereiten wollte.

Ich fühle mich wie ein Tier, das vom Jäger eingefangen wurde und nun damit hadert, was mit ihm passieren wird. Gefangenschaft? Kochtopf? Schoßtier? Alles ist offenbar möglich in diesen Kreisen.

»Du zitterst, Kleines. Sei ganz beruhigt. Ich werde dich dem nie aussetzen, außer, du bittest mich darum.« Ich muss lachen und fürchte, gleich hysterisch zu werden. Um uns herum herrscht ein gedämpftes Rauschen von Stimmen, Kichern und Lachen, ab und zu ein leises Aufstöhnen, dessen Quelle ich gar nicht erst sehen möchte.

»Unvorstellbar«, murmle ich und beobachte, wie die nackte Frau das rote Band von ihrem Handgelenk zieht und dem jungen blonden Mann gibt, der grinsend vor ihr steht. Ich wage, einen Blick auf ihren Begleiter zu werfen und stelle fest, dass er äußerst mürrisch wirkt.

»Warum macht er das, wenn er es selbst nicht mag?«, frage ich, weil es mich interessiert. Ich meine, er sieht nicht so aus, als hätte er Spaß dran gleich zusehen zu müssen, wie seine Freundin einem anderen einen ... warum liefert er sie dann so aus?

»Oh, er hat Spaß dran. Den größten Spaß wird er später haben, wenn er sie für all ihre Verfehlungen heute Abend züchtigen darf.« Adrian streicht mit einem Finger über meinen nackten Oberarm und ich zucke zusammen, weil ich das Gefühl habe, dass mich ein Schlag trifft.

»Versetz dich in ihre Lage, Kleines. Wie würde es dir gefallen, nackt als Objekt der Begierde hier zu stehen und nicht zu wissen, wer oder was dir geschehen wird?«

Ich schließe schwer atmend die Augen und versuche, die aufsteigenden Gefühle zu unterdrücken. »Ich glaube, mir wird schlecht«, flüstere ich und höre ihn hinter mir unterdrückt lachen.

»Welche Farben würdest du tragen?«

Ich zucke die Achseln und sehe mit Schaudern zu, wie die nackte Frau sich hinkniet, vor die Beine des bekleideten Mannes, und sich an seinem Reißverschluss zu schaffen macht. Scharf ziehe ich die Luft zwischen die Zähne und versuche, meinen Blick abzuwenden, aber ich kann nicht. Ich habe noch nie in echt gesehen, wie zwei Leute miteinander ... und obwohl ich vor Scham am liebsten hinter die Bar hüpfen und mich dort verstecken möchte, kann ich nicht wegsehen. Schlimmer als bei einem Autounfall!

»Wenn du mir vertrauen würdest, könnten wir es ausprobieren.« Er spricht so dicht an meinem Ohr, dass ich seine Haut ständig auf meiner spüre. Meine Knie haben sich längst in Gelee verwandelt, wenn er mich nicht halten würde, wäre ich schon auf den Boden gesunken. Wo ich vermutlich gerade besser aufgehoben wäre. Gütiger Himmel, ich habe mir definitiv zu viel aufgebürdet mit dieser Sache. Ich bin gar nicht in der Lage, damit umzugehen!

»Niemals«, flüstere ich zurück und schließe die Augen, um nicht länger zusehen zu müssen, was die beiden in der Mitte einer großen Runde neugieriger Menschen jetzt miteinander anstellen. Ich weiß es eh, also warum sollte ich ...

»Ich würde nicht zulassen, dass sich jemand an dich heranmacht. Nur für das Gefühl, zu wissen, wie es ist, allen ausgeliefert dazustehen und diese Angst, diese Vorfreude zu verspüren. Ich verspreche, dass ich gut auf dich aufpassen werde und ...«

»Vergiss es, Adrian!« Ich reiße entsetzt die Augen auf und drehe mich so weit um, dass ich ihn ansehen kann. Himmel, er guckt mich an wie ein hungriger Kater. Das kann doch bitte nicht sein Ernst sein? »Hör auf damit. Du musst mich vorher mit Narkosemittel vollpumpen, wenn du so was willst.«

Noch immer sieht er nur mich an, als ob ich hier das Interessanteste wäre. Dabei starren alle anderen vermutlich auf die Show, die sich da gerade in der Mitte des Saales abspielt. Ich bin mir nicht sicher, was ich davon halten soll. Mein Herz schlägt so schnell, als ob ich einen Sprint hinter mir hätte.

»Okay, wenn es mehr nicht ist ...«, sagt er feixend und ich kneife ihn so fest in die Hand, wie ich kann. Er zuckt nicht mal zusammen. Der Mann ist aus Stahl!

Er fasst mich um die Hüfte und zieht mich noch dichter zu sich heran, was ich mir im Moment gern gefallen lasse. Zum Glück guckt bestimmt niemand auf meinen nackten Rücken, wo gerade eine unbekleidete Frau dabei ist, einem Mann ... in einem Raum voller Menschen ist eine nackte Frau einfach die Schönste.

»Es fällt mir schwer, mich zu beherrschen«, murmelt er mit hitzigem Atem gegen meine Wange, und ich atme tief ein. So tief, dass mir sein Geruch in die Nase steigt. Der herbe, männliche Duft, das sanfte Aftershave, von dem er nie zu viel benutzt. Oh du lieber Gott, steh mir bei! Ich bin auf dem besten Weg, Adrian Moore zu verfallen und zu einer seiner ... was auch immer zu werden! Ein blöder Groupie, mit dem er ein paarmal schläft und ihn dann gelangweilt nach Hause jagt. Nach Newcastle. Zu Cat und Kilian und ... Greg. Seit Tagen habe ich nicht an ihn gedacht, doch plötzlich ist er da, als stünde er hinter mir. Ich höre seine Stimme, wie er amüsiert sagt: »Süße, was ist denn in dich gefahren? Wie siehst du überhaupt aus? Wie eins der Mädchen, die sich nach der Vorstellung in meine Kabine begeben. Es gefällt mir. Ja, es gefällt mir sogar sehr.«

Würde er das sagen? Oder wäre er entsetzt?

»An wen denkst du gerade?«

»Himmel, Adrian, hör auf, in meinen Gedanken herumzustochern!«, rufe ich fast panisch und reiße die Augen wieder auf, um ihn anzusehen. Seine Wimpern sind dunkel und so lang, dass manche Frau neidisch auf ihn wäre. Hinter diesem dichten Vorhang wirken seine blauen Augen beängstigend tief.

»Können wir jetzt bitte gehen?«, frage ich und versuche, mich aus seinem Klammergriff zu lösen, doch nicht allein die Handfesseln hindern mich daran. »Wir sind gerade erst gekommen. So wie der da.« Er deutet mit dem Kinn über meine Schulter, und bevor ich darüber nachdenken kann, folge ich seinem Blick. Um entsetzt aufzustöhnen.

»Oh. Mein. Gott!«

Der Anblick in der Mitte des Saales lässt mir das Blut in den Adern gefrieren. So was gibt es höchstens in irgendwelchen schmutzigen Filmen! Und ich stehe mittendrin und muss zusehen, wie sich die nackte, kniende Frau über und über besudeln lässt. Von einem fremden Mann! Während ihr Partner, oder wie man den Typen nennen will, dabei zusieht!

Ein gewaltiges Zucken durchfährt meinen Unterleib, es pocht zwischen meinen Schenkeln, obwohl ich das nicht will. Mein Körper spielt nach seinen eigenen Regeln, ich spüre, wie sich meine Finger versteifen und meine Waden verkrampfen. Der Anblick lässt mich nicht kalt, obwohl mein Verstand mir anderes einflüstern will.

Noch kann ich die letzten Zuckungen des jungen Mannes sehen, der vollständig bekleidet auf den Körper der nackten Frau kommt. Kaskaden von weißem Saft schießen auf ihre Haut, auf ihre Lippen, ihre Brüste, deren Brustwarzen so klein und hart sind, dass sich bei dem Anblick auch meine gleich fest zusammenziehen.

Ich zittere am ganzen Körper, als Adrian einen Arm um mich legt und mich sanft, aber bestimmt aus dem Saal führt. Im menschenleeren Flur vor der Treppe bleiben wir stehen, mein Atem geht stoßweise.

»Brauchst du eine Pause?«, fragt er augenzwinkernd. Von oben höre ich dezente Geräusche, leise Musik und Stimmen.

»Was ist da oben?«

»Komm mit. Ich zeige es dir.«

Natürlich muss ich mitgehen, schließlich hängt mein Handgelenk an seinem. Ich habe gar keine andere Wahl. Obwohl meine Fantasie mir einen Streich spielt und mir Szenen vorgaukelt, die sich in dieser Intensität garantiert nicht dort oben abspielen. Oder?

Wir gehen an mehreren verschlossenen Türen vorbei, hinter denen ich eindeutige Laute vernehme, die mir die Schamesröte ins Gesicht treiben. Eine junge Frau mit violetten Haaren und Piercings im Gesicht zwinkert Adrian lüstern zu, als wir an ihr vorbeigehen, doch er ist nicht interessiert. Ich muss mich beherrschen, nicht hämisch zu gucken. Ich fühle mich schöner, als ich in Wirklichkeit bin, weil ich an den Arm eines heißbegehrten Mannes gefesselt bin und er mich mit seiner bloßen Anwesenheit erhebt. Und mit der Tatsache, dass er trotz der nackten Versuchungen um uns herum, von denen sogar ich mich kaum abwenden kann, mit den Augen nur an mir hängt. Jeder Blick von ihm lässt mein Herz ein wenig schneller klopfen.

Einige Türen sind offen und ich schaue wagemutig kurz hinein, was meinen Puls weiter beschleunigt. Es ist eine fremde Welt, ein Märchenland, für die meisten Leute vermutlich das Paradies. Viele attraktive Menschen, voller Lust und Hingabe. Manche Pärchen haben Mitspieler. Vor einer verschlossenen, zweiflügligen Tür bleiben wir stehen und ich atme tief aus, um mich zu beruhigen.

»Das hier ist das Prinzessinnenzimmer«, erklärt Adrian und sieht mir fest in die Augen.

»Klingt nett«, sage ich, vor meinem geistigen Auge tauchen Bilder von rosa Himmelbetten und weißen Daunendecken auf, in denen schlafende, wunderschöne Königstöchter ruhen.

»Nett ist vermutlich nicht ganz der richtige Ausdruck«, antwortet er grinsend. »Möchtest du es trotzdem sehen?«

Oh Gott, wenn er schon so fragt … ich schlucke und bemühe mich, entschlossen zu nicken. »Natürlich. Oder hast du Angst, dass ich dir abtrünnig werden könnte?«

Die Falte über seiner Nase taucht auf, während er mich ansieht, dann schüttelt er den Kopf. »Nein, das befürchte ich nicht.«

Mit einer geschmeidigen Handbewegung öffnet er die Tür, die nach innen aufschwingt, und ich stemme mich mit beiden Absätzen gegen den Boden, um im Flur stehenbleiben zu können. Keine Chance. Er ist stärker als ich und zieht mich einfach mit sich, obwohl ich die Augen zukneife und spüre, wie meine Finger zu zittern anfangen. Oh Gott, oh Gott, oh Gott. Oh mein Gott. Warum habe ich gesagt, dass ich das sehen will? Warum bin ich so entsetzlich neugierig? Und wieso um alles in der Welt will er mir das hier zeigen?

»Keine Angst, niemand wird dich anfassen«, flüstert Adrian mir ins Ohr und setzt sich auf eine antike Chaiselongue in einer Ecke. Ich bin gezwungen, halb auf seinem Schoß Platz zu nehmen, und folge ihm widerwillig.

»Müssen wir das wirklich. ..?«, tuschele ich. Die Atmosphäre in dem riesigen Saal ist erfüllt von sakral anmutender Musik und wispernden Stimmen. Ich fühle mich so ehrfürchtig wie in einer alten Kirche. In denen laufen mir auch dauernd Schauer über den Rücken, obwohl ich nicht gläubig bin.

Atemlos sehe ich mich um. In der Mitte des Zimmers ist ein gläserner Sarg aufgebaut, in dem eine nackte Frau mit einer Augenbinde liegt. Ihre Beine sind leicht gespreizt, und sie wird von mehreren Menschen mit einer offenen Neugier gemustert, dass mir ganz komisch wird. Sofort stelle ich mir vor, dass ich in diesem Sarg läge und so allen Augen ausgesetzt wäre. Gütiger Himmel, ich würde vor Scham sterben!

Ein mit unzähligen Rosen bestücktes Holzrad, das mich an eine alte Wassermühle erinnert, ist an der Wand inmitten zweier deckenhoher Fenster befestigt. Mit ausgestreckten Armen und Beinen hängt eine Frau daran, und aufgrund ihres verzerrten Gesichtes nehme ich an, dass die Rosen echte Dornen haben. Der Anblick des männlichen Hinterkopfes zwischen ihren gespreizten Schenkeln löst erneut ein erregtes Zucken zwischen meinen Beinen aus, das mir peinlich ist. Ich bin kein Voyeur! Warum lässt mich das alles hier nicht einfach kalt?

Dann fällt mein Blick auf einen hohen Glastank, in dem sich

Wasser befindet. Und ein nacktes Pärchen. Die Haut der Frau glänzt wegen der Unterwasserbeleuchtung wie Fischschuppen, viel mehr schockiert mich jedoch, dass der Mann ihren Kopf ständig unter Wasser hält, während er sie ... oh mein Gott!

»Atemreduktion«, flüstert Adrian mir zu, und sein Atem in meinem Nacken lässt mich erschauern. »Ihr Höhepunkt wird zehnmal heftiger sein als sonst, wenn er sie dabei nicht Luft holen lässt.«

»Aber sie kann ertrinken«, stoße ich hervor und zapple unruhig auf seinen Beinen.

»Nein. Er trägt eine hohe Verantwortung und wird natürlich aufpassen, dass ihr nichts passiert. Es ist für beide unglaublich erregend.«

Klar. Ich kann mir nichts Erregenderes vorstellen, außer vielleicht, beim Sex mit dem Kopf im Sand vergraben zu werden. Das ist doch alles einfach verrückt hier!

Noch verrückter ist die Frau in dem seltsamen Kleid, die gerade von ihrem Begleiter rittlings auf einer riesigen Drachenfigur angeschnallt wird. Plötzlich interessiert es mich nicht mehr, ob die Frau im Wassertank dabei ertrinkt, weil dieses Ding meine Neugier fesselt. Das Kleid der Frau ist vorne bis zum Schoß geschlitzt, das Oberteil lässt ihre Brüste komplett frei, sodass ich ihre erregten Brustspitzen deutlich erkennen kann. Der Mann spreizt ihre Beine auf dem Drachen, und dann sehe ich, was da unter dem Stoff passiert. Schockiert kneife ich in Adrians Oberschenkel, ohne die Augen von dem Geschehen lösen zu können. Der Drache ist lebendig! Oder jedenfalls ... ein Teil von ihm. Ein Teil, der an einen ziemlich großen mechanischen Penis erinnert, der nun zwischen den Schenkeln der Frau verschwindet und erst langsam, dann immer schneller zustößt. Ich sehe zu, wie sich ihre Brüste röten, wie die Hitze über ihr Dekolleté zum Hals und dann in ihr Gesicht kriecht, wie sie die Augen schließt und den Mund zu einem lüsternen Stöhnen öffnet. Adrian lacht leise hinter mir und ich frage mich, ob dies alles ihn zu seinem Roman inspiriert hat. Kein Wunder, dass der so schlecht ist! Wer soll sich denn bei solchen Anblicken noch auf irgendwas konzentrieren können?

Mein Schoß wird feuchter, ich kann spüren, wie sich winzige Tröpfchen lösen wollen. Der Mann wartet, bis seine Gespielin so erregt aussieht, dass sich bei ihrem Anblick mein Unterleib heftig zusammenzieht. Wieder und wieder. Ach du meine Güte ... was ist das jetzt?

Er schiebt eine Vorrichtung vor die Frau, postiert sie zwischen ihren Beinen, und von hinten sieht das Ding ebenfalls aus wie ein Drachenkopf. Als er auf einen Knopf drückt, beginnt der Kopf, sich auf und ab zu bewegen, und statt eines heiseren Stöhnens kommen durchdringende Schreie aus dem Mund der Frau, die nicht nur unsere Aufmerksamkeit erregen.

»Das ist die Feuerzunge.« Adrian streicht sanft mit der Hand über meinen Rücken, als müsste er mich beruhigen. Mein Handgelenk schmerzt, weil ich die ganze Zeit an den Handschellen zerre, um mich endlich hiervon befreien zu können. Von diesem ganzen ... Zirkus, der mich nicht anrühren sollte.

»Eine künstliche Zunge, die während des Gebrauchs heißer wird und perfekt einen Cunnilingus vortäuscht. Sie ist allerdings deutlich kräftiger und vor allem ausdauernder als jede menschliche Zunge.«

Ich zittere allein bei der Vorstellung, so einem Ding ausgeliefert zu sein, erst recht vor allen Leuten. Hastig wende ich mich von der bizarren Vorführung ab und sehe auf einen mannshohen, vergoldeten Käfig in einer Ecke, in den ein Mann gerade seine nackte Gefährtin führt. Er bindet ihre Handgelenke oben fest, sodass sie mit gestreckten Armen in der überdimensionalen Voliere stehen muss, während er sie von außen verschließt. Drei weitere Männer nähern sich, wie ein Wolfsrudel, das auf Beute aus ist. Einer streckt seinen Arm aus und berührt die unbekannte Frau – überall! Sie muss es sich offenbar gefallen lassen, kurz darauf von weiteren Händen begrapscht zu werden. Oh Mann. Ich weiß gar nicht, wo ich in diesem Panoptikum noch hinsehen soll. Egal, in welche Richtung ich meinen Kopf drehe, überall scheinen Menschen mit völlig verrückten Dingen beschäftigt zu sein. Und Adrian sitzt auf diesem Sofa, als wäre es ganz normal, dass er ihnen dabei zusieht. Ist es das für ihn? Ganz normal?

Ein seltsamer Knoten bildet sich in meinem Magen, der sich wie Angst anfühlt. Dann reißt mich eine männliche, sehr heisere Stimme aus meinen wirren Gedanken.

»Meister Adrian persönlich, sieh mal einer an.«

Irritiert schaue ich nach oben, während Adrian hinter mir ein leises Knurren von sich gibt. Großer Gott, mutieren hier drin alle Menschen zu Tieren, oder was? Der Typ, der sich mit vor der Brust verschränkten Armen vor uns aufgebaut hat, erinnert mich jedenfalls an einen geifernden Dobermann. Instinktiv klammere ich mich an Adrian fest und flehe innerlich, dass der Kerl weggehen möge. Er jagt mir eine verdammte Angst ein!

»Benedict.« Kein Gruß. Nicht bloß deshalb merke ich sofort, dass die beiden Männer sich nicht grün sind. Und ich sitze sozusagen zwischen ihnen. Autsch! Außerdem drückt von der ganzen Aufregung meine Blase wie verrückt, sodass ich die Gelegenheit nutze und Adrian flüsternd frage, ob er die Handfessel kurz öffnen kann, oder ob er auch dabei neben mir stehen möchte. Insgeheim bete ich, dass er den letzten Gedanken eindeutig als Scherz erkennt und mich nicht tatsächlich auf die Toilette begleiten will.

Ohne die Augen von dem seltsamen in Leder gekleideten Typen zu lösen, schließt er mit einem raschen Griff die Handschelle auf und ich bin plötzlich frei. Frei! Seltsamerweise fühlt es sich gar nicht gut an in dieser Umgebung und ich wünsche mir, die Sache schnell hinter mich zu bringen, um so flink wie möglich zurück an Adrians schützenden Arm zu gelangen.

Ohne weitere Fragen zu stellen haste ich aus diesem schrecklichen Raum in den Flur. Aus einem Zimmer rechts von mir kommt eine junge Frau, die den Blick züchtig senkt und ein Halsband trägt. Ich hab keine Ahnung, ob sie mir überhaupt antworten darf, frage aber trotzdem.

»Entschuldigung ... wo finde ich hier das Klo?«

»Unten. Rechts von der Treppe, am Ende des Ganges«, flüstert sie, und ich verschwinde schnell, bevor ihr Typ rauskommt und sie womöglich vor meinen Augen für ihre Frechheit bestraft. Nein, danke, so was will ich heute wirklich nicht auch noch sehen!

Die Toilette ist angenehm leer und so groß wie ein Tanzsaal. Staunend betrachte ich die hochwertigen Textiltapeten und die kleinen gepolsterten Hocker, die vor antiken Spiegelkommoden stehen, ehe ich mich in einer der Kabinen erleichtere. Nachdem ich mein ungewohntes Make-up im Spiegel kontrolliert und mir die Hände gewaschen habe, trete ich zurück in den Flur und gehe langsam über den dicken Teppich auf die Treppe zu. Wo ich umgehend zur Salzsäule erstarre.

»Du solltest dich nicht mit jedem hier einlassen, Mädchen.« Die buschigen Brauen werfen düstere Schatten über seine Augen, deren Farbe ich nicht mal erkennen kann. Mit klopfendem Herzen umklammere ich den Handlauf der Treppe so fest, dass meine Knöchel weiß hervorstechen, und versuche, an ihm vorbei nach oben zu gehen. Doch er ist schneller – und deutlich größer, breiter als ich. Mit einem süffisanten Grinsen schiebt er sich vor mich, sein Atem riecht nach Whisky und Zigaretten.

Ich weiche seinem Blick aus und sehe mich panisch um, der Flur hinter mir ist leer. Niemand, der mir helfen kann.

»Bitte, lassen Sie mich durch.« Als ich zur Seite gehe, folgt er meiner Bewegung. Dreimal. Mir wird wärmer und mein Herz wummert so schnell, dass mir schwindelig wird.

»Weißt du nicht, was er mit Gisele gemacht hat?«, raunt der Mann, den Adrian Benedict genannt hat, in mein Ohr. Er ist mir so nah, dass mich sein Kinnbärtchen kitzelt. Unwillig ziehe ich den Kopf zurück.

»Nein. Und es ist mir herzlich egal. Lass mich durch.« Jetzt versuche ich es mit einem drohenden Blick, doch auf einmal spüre ich seine Pranke auf meinem Hintern. Fest und unnachgiebig.

»Es wäre schade um ein Püppchen wie dich. Adrian ist kein Mann fürs Vergnügen. Du solltest es besser mit mir versuchen. Oder willst du so enden wie sie?«

»Lass mich los«, fauche ich und versuche mit beiden Händen, seine riesigen Finger von mir zu lösen. Er presst sich noch fester gegen mich und fährt mit der Zunge über meinen Hals. Ich stoße einen Fluch aus und unterdrücke ein heftiges Würgen. Mein Magen spielt verrückt vor Aufregung, meine Beine verlieren ihre Kraft und wenn er mich nicht festhalten würde, fiele ich vermutlich die Treppe hinunter.

»Nimm die Finger von meiner Frau, Ben!« Adrians Stimme hallt bedrohlich zwischen den hohen Wänden. Der widerliche Typ lässt mich nur langsam los und sieht nach oben. Ich folge seinem Blick und reiße erschrocken die Augen auf. Adrian steht oben an der Treppe wie ein wütender Stier, mit funkelndem Blick. Er fixiert den schmierigen Mann, dessen Hand immer noch auf meinen Pobacken liegt.

»Deine Frau? Wann hast du denn geheiratet, Adrian? Hast du dich so schnell über Gisele getröstet? Ist das Trauerjahr schon vorbei?«

»Halt den Mund und lass sie los.« Adrian knurrt, während er die Treppe herab läuft, zwei Stufen auf einmal nehmend. Endlich löst er seine Finger von mir und ich flüchte instinktiv nach unten, um festen Boden unter den Füßen zu haben. Mein Herz rast inzwischen so, dass ich mir sicher bin, gleich ohnmächtig zu werden. Was hat er damit gemeint? Was ist mit Gisele passiert? Und was soll das bedeuten: Trauerjahr? Ist sie etwa...?

Ein knirschendes, hässliches Geräusch reißt mich aus dem Gedankenstrudel und ich schreie erschrocken auf.

»Du liebe Güte, Adrian!« Der Typ fällt hinter mir zu Boden wie ein gefällter Baum und ich zucke heftig zusammen, als sein Hinterkopf auf der unteren Treppenstufe aufschlägt. Was zum Teufel war *das*? Adrian Moore, der elegante, souveräne Mann, mutiert zu einem Höhlenmenschen und schwingt die Keule? Ich versuche fassungslos, seinen Blick einzufangen, aber er starrt so wütend auf den riesigen Typen zu meinen Füßen, der sich stöhnend seine offenbar gebrochene Nase hält, dass er mich gar nicht bemerkt.

»Adrian«, sage ich leise, mit einer so ruhigen Stimme, dass sie unmöglich zu mir gehören kann. Das Gefühl, mich übergeben zu müssen, wird stärker. Ich beherrsche mich mit großer Mühe.

Von hinten höre ich Schritte, mehrere Menschen kommen gelaufen. Adrian wirft Benedict einen letzten verächtlichen Blick zu, dann geht er die Treppe runter und kommt zu mir. Ich schlinge die Arme um ihn und presse mein pochendes Herz an seine muskulöse Brust.

»Geht es dir gut?«, frage ich und nehme sein Gesicht in beide Hände. Oh Mann, ich habe noch nie einen so wütenden Menschen gesehen. Gegen ihn sah sogar meine Mutter harmlos wie ein Katzenjunges aus. Er zittert am ganzen Körper, während neben uns einige Menschen dabei sind, dem geschlagenen Benedict auf die Beine zu helfen. Ich höre dumpfe Stimmen, wie durch einen Nebel.

»Immer machst du Ärger.«

»Raus mit dir, das war das letzte Mal.«

Seltsamerweise meinen sie offenbar nicht Adrian, sondern seinen Gegenspieler. Ich kann ihm ansehen, dass er nicht darüber reden will. Nicht jetzt.

»Möchtest du was trinken?«, frage ich und registriere erleichtert, dass er sich beruhigt, nachdem der Typ verschwunden ist. Nelson klopft ihm auf die Schulter und tuschelt etwas in sein Ohr, woraufhin Adrian nickt.

Ich ziehe die Stirn kraus, hake jedoch nicht weiter nach. Vielleicht wird er mir eines Tages erzählen, worum es ging. Vielleicht auch nicht.

Ich bin zu aufgewühlt und möchte nur noch hier weg. Wir bleiben minutenlang so stehen, bis es um uns herum ruhig wird. Nur das Gelächter, die Stimmen und die leise Musik aus dem großen Saal erinnern daran, dass wir nicht ganz allein sind. Jemand hat das Licht im Flur gedimmt.

»Tut mir leid, Kleines.«

»Hm. Schon gut. Eigentlich habe ich was gegen Gewalt, aber ich war so froh, als ich dich gesehen habe ...«

Er sieht mich an, und mit einem Mal ist es wieder da. Das Zwinkern. Das Funkeln in seinen Augen. Das Grübchen in der Wange, das ich anfassen möchte.

»Ich sehe dir an, dass es dich anmacht«, raunt er heiser. Ich schlucke und will den Kopf schütteln, der leider nicht wie gewünscht reagiert. Was ist bloß mit mir los?

Adrian hebt mein Kinn mit einem Finger, bevor er mich an der Hüfte enger an sich zieht, bis ich ihn in meinem Schoß spüre. Die Berührung löst weiteres Klopfen in mir aus, das ich zu verdrängen versuche. Das darf doch nicht … wie kann man nach so einer Sache erregt sein? Gütiger Himmel!

»Adrian, ernsthaft …«, fange ich an, aber die Worte wollen nicht aus meinem Mund. Stattdessen registriere ich das ungeheure Prickeln, das mich durchzieht. Es fühlt sich an wie die Haut, wenn sie nach einem ausgedehnten Winterspaziergang zu schnell warm wird.

»Ein guter Liebhaber verführt zunächst den Geist, dann erst den Körper«, raunt er.

Verwirrt schaue ich zu ihm auf um zu erkunden, ob er mich … küssen will. Oder mehr. Aber er macht keine Anstalten, als warte er darauf, dass ich den ersten Schritt mache. Oh, da kann er lange warten! Und wenn ich hier vor seinen Augen komme, allein durch das Zusammenpressen meiner Oberschenkel. Ich werde nicht … mit … Adrian … Moore … warum öffnen sich meine Lippen? Warum legt sich mein Kopf zurück, als ob ich ihm das befohlen hätte? Warum gleitet meine freie Hand hinter seinen Rücken und zieht ihn zu mir, noch dichter an mich heran, bis kein Blatt Papier zwischen unsere Gesichter passt? Warum ist meine Hand plötzlich in seinem Nacken? Und warum … oh verflucht … was ist mit mir los? Kann nicht mehr denken. Alles geht durcheinander. Ich rieche ihn, spüre ihn. Fühle das Kratzen seines Kinns auf meiner Haut, atme seinen Atem. Und dann ist er da, weich, warm. Sinnlich. Nicht fordernd, sondern zögerlich. Viel zu zögerlich.

Wie ein hungriger Vogel reiße ich den Mund auf und presse meine Lippen auf seine. Eine plötzliche Hitze durchzuckt mich, lässt mich schwindeln und in seinen Armen taumeln. Stöhnend stoße ich meine Zunge in seinen Mund, spüre Schweiß in meinem Nacken, die Härchen auf meinen Armen, die sich aufrichten, als drängten sie ihm entgegen.

»Ruhig, Kleines«, ermahnt er mich und beißt sanft in meine Unterlippe, um mich zu mäßigen. Ich bin so erregt wie noch nie in meinem Leben. Unvermittelt ist der Traum von heute Nachmittag da, wie ich mich an ihm reibe und befriedige. Großer Gott! Alles an mir fühlt sich feucht und nass und weich und warm an.

»Küss mich«, flüstere ich, während ich ihm meine Lippen anbiete, als wären sie etwas Kostbares, das er unmöglich ablehnen kann. Und zittere innerlich vor Angst, dass er es doch tun könnte. Dann spüre ich seine Hand an meinem Hinterkopf, den er zu sich zieht. Hart und fest legen sich seine Lippen auf meine. So voll, so männlich. Seine Zunge erobert mich und durchstößt den kleinen Widerstand, den mein Verstand aufbauen wollte, als ob er nichts wäre. Ein Raunen entfährt ihm, während seine Zunge in mir tanzt, mit mir spielt, mich lockt und neckt, verschwindet und dann zustößt.

Himmel! Wenn mich jemand fragen würde, ob Adrian besser küsst als Julius, müsste ich antworten: Als wer??? Kuss ist kein angemessenes Wort für das, was er da mit seinem Mund anstellt. Er spielt mit mir in einem unbekannten Takt, imitiert einen Rhythmus, der an Sex erinnert und schmerzende Sehnsucht erzeugt. Und mit jedem Stoß löst er einen Schauer der Erregung aus, mit jedem Stoß spüre ich, wie ich innerlich zerfließe, wie sich mein Unterleib zusammenzieht und Feuchtigkeit meine nackten Schenkel herabrinnt. Ich spüre, wie er mit den Fingern die Haarnadeln aus meiner Frisur zieht. Spüre, wie sich Strähne um Strähne löst und herabfällt, als seien es nicht nur meine Haare, sondern mein Verstand, meine Abwehr, mein Widerstand. Und versinke wieder und wieder in seinem Mund, kann mich nicht lösen. Kann nicht loslassen. Ich fühle mich fiebrig, als er mich nach Minuten freigibt und ansieht. Lächelnd.

Meine Wangen glühen, und ich komme mir gerade vor wie ein Teenager nach dem ersten Mal. Meine Lippen scheinen zu brennen, ich kann ihn noch spüren, obwohl unsere Münder sich längst getrennt haben.

»Adrian, ich ...«

»Wir fahren«, sagt er bestimmt, und mein Herz macht einen Hüpfer. Wir fahren! Nach Hause. Zu ihm. Und dann...?

18

Im Auto versuche ich, mein Gesicht in der dunklen Fensterscheibe zu erkunden. Sehe ich irgendwie anders aus als vorher? Ich fühle mich so, doch abgesehen vom ungewohnten Make-up kann ich keine Veränderung an mir selbst feststellen. Jedenfalls nicht äußerlich.

Während der kurzen Fahrt kühle ich merklich ab, die Erregung summt zwar noch in meinem Körper, aber die unbändige Gier, die ich vorhin verspürt habe, verebbt langsam. So wie man im Laufe eines Abends nüchterner wird, selbst wenn man vorher zu viel Alkohol getrunken hat. Ich bin mir gerade nicht sicher, ob ich das schade oder gut finden soll.

»Bedauerst du nicht, dass du meinetwegen so früh gegangen bist?«

»Nein. Ich weiß, wie die Party weitergeht, im Gegensatz zum Rest dieses Abends, der mir deutlich spannender erscheint«, antwortet er. Es ist dunkel hier hinten und ich kann sein Gesicht nicht erkennen, was mich verunsichert. Meine Hände liegen in meinem Schoß, als könnte ich mich so irgendwie beschützen.

»Gehst du oft dahin? Auf diese Partys?«

»Sagen wir so – ich bin besonders zu Zeiten, in denen ich an einem neuen Roman arbeite, ein häufig gesehener Gast dort. Nicht nur, aber vor allem bei Nelson. Er weiß einfach, wie man das richtig macht.« Ich muss schlucken, bevor ich die nächste Frage stellen kann, die mir auf der Seele brennt. »Und ... machst du dann mit? Also, nimmst du dir Frauen, die zur Verfügung stehen? Ich meine ... schläfst du mit ihnen?«

Er lacht, leise und rau. Der Ton jagt mir einen Schauer über den Rücken. »Kleines, ich schlafe dort nicht mit Frauen. Ich benutze sie.«

Großer Gott! Am liebsten würde ich ihn dafür treten, weil es so entsetzlich respektlos klingt. Gleichzeitig zieht sich mein Magen zusammen, wenn ich länger darüber nachdenke, was genau er damit meint. Benutzen ... will *ich* von ihm benutzt werden? Nein, niemals. Das bin nicht Ich, das passt nicht zu mir. Ich will ... jemanden lieben und mich mit ihm vereinen. So wie ich es mir immer vorgestellt habe. Meine Hände fangen an zu zittern als mir klar wird, dass das mit Adrian nie im Leben passieren wird. Ich sollte ihn so schnell wie möglich verlassen und nach Hause fliegen, um meine eigene Haut zu retten.

»Sex ohne Liebe ist wie ein schlecht gebratenes Steak«, murmle ich vor mich hin.

»Wie meinst du das?« Er beugt sich zu mir rüber, um besser zu verstehen, was ich sage.

»Ich meine ... man weiß, dass die Substanz gut ist, aber wenn man ein perfektes Steak *kennt*, will man sich nicht mit weniger zufrieden geben. Oder?«

Er kräuselt seine vollen Lippen zu einem amüsierten Schmunzeln.

»Machst du dich über mich lustig?«, frage ich beleidigt.

»Niemals«, antwortet er trocken, ohne mit der Wimper zu zucken.

»Wer ist Gisele?«, wage ich einen Vorstoß, weil mir das Gerede des Typen im Club einfach keine Ruhe lässt. Mein Herz klopft schneller, als Adrian die Brauen zusammenzieht. »Hat Benedict dir das gesagt?«

»Er hat mich gefragt, ob ich nicht wüsste, was mit Gisele passiert ist. Ich weiß es natürlich nicht, aber ich würde gern ...«

Adrian schüttelt den Kopf und presst mit fast zornigem Ausdruck die Zähne aufeinander. »Eine Frau aus dem Club, ohne Bedeutung. Er war eifersüchtig, weil sie ihn nicht wollte.«

»Aber dich wollte sie?«, frage ich und grinse aufmunternd. Ich hätte mir denken müssen, dass es sich um so ein Männerding handelt. Wer hat den Größten und so was … typisch.

»Natürlich«, sagt er arrogant und erwidert mein Grinsen, bevor er den Kopf abwendet und aus dem Fenster sieht. Ich schließe kurz die Augen, ehe ich mich traue, meine Frage zu stellen.

»Willst du mich auch so … benutzen?« Mir stockt fast der Atem, trotzdem presse ich die Worte aus meinem Mund. Weil ich es einfach wissen muss.

»Nur, wenn du es willst«, sagt er mit rauer Stimme und sieht mich wieder an, sodass sich in meinem Magen ein seltsamer Knubbel bildet.

»Warum? Es gibt so viele Frauen, die sogar dafür bezahlen würden. Warum ich? Ich habe keine Ahnung, keine Erfahrung. ..?«

Ich traue mich kaum, ihn anzusehen, weil ich insgeheim Angst vor seiner Antwort habe. Und das blöde Gefühl, dass er meine Furcht riechen oder spüren kann. Wie ein Jagdhund, der Witterung aufnimmt. Ist es das, was ihn an mir reizt? Meine Unerfahrenheit?

»Kannst du dir vorstellen, wie viel Vergnügen es bereitet, die weißen Seiten eines leeren Buches mit Gedanken zu füllen? Zu sehen, wie es wächst, wie die eigenen Worte aus einer Hülle etwas Wertvolles machen? So verhält es sich auch mit Frauen, die wenig Erfahrung haben.«

Ich bin mir nicht sicher, ob mir der Vergleich gefällt. Bin ich etwa ein leeres Buch?

»Und dazu ist es nötig, sie zu verhauen?«, frage ich spöttisch und schlage meine Beine übereinander. Was ein Fehler ist, denn bei der Berührung meiner Oberschenkel durchzuckt mich ein lustvoller Impuls, der mich aufstöhnen lässt. Himmel, warum kann mein Körper nicht einfach Ruhe geben und das tun, was mein Verstand ihm befiehlt?

Der Wagen hält und Adrian hilft mir hinaus. Gemeinsam gehen wir an den Sicherheitsleuten vorbei in die riesige Lobby und fahren mit dem Fahrstuhl hinauf. Ich bin wacklig auf den Beinen, was ich auf den Champagner schiebe. Oben angekommen führt

Adrian mich zum Sofa und platziert mich darauf so vorsichtig wie eine Puppe. Dann holt er Wasser und zwei Gläser und schenkt ein. Langsam nippe ich an dem Glas und warte, dass er etwas tut.

»Um auf unser Gespräch zurückzukommen ...«, hebt er an.

Ich lehne mich so entspannt wie möglich zurück, während ich ihn ansehe. »Ich bin ganz Ohr!«

Seine Stirn kräuselt sich leicht, er sieht nachdenklich und angestrengt aus. Oder ist er sauer auf mich? Habe ich einen Fehler gemacht? Mein Puls beschleunigt sich, doch ich gebe mir Mühe, ruhig zu wirken. Nur keine Schwäche zeigen, das wäre in seinem Fall fatal.

»Ich habe keinen Spaß daran, Frauen zu verhauen, Gwen.«

»Warum tust du es dann?«, frage ich und kneife die Augen zusammen. »Du hast es selbst gesagt, und ich habe in deinem Buch gelesen, dass du ...«

»Weil es manchmal notwendig ist. Zu Erziehungszwecken. Ich bin kein Sadist, höchstens dominant. Aber es gibt Frauen, die sich wünschen, von mir erzogen zu werden. Mit allen Konsequenzen. Und dann gebe ich ihnen, wonach sie verlangen.«

»Vielleicht hast du einen Mutterkomplex?«, schlage ich vor und grinse, um die Spannung aus unserem Gespräch zu nehmen. Tatsächlich lacht er, sein Gesicht hellt sich kurzzeitig auf.

»Natürlich. Ich wollte meine Mutter heiraten, und als ich feststellte, dass das nicht möglich ist, habe ich beschlossen, mich künftig an allen anderen Frauen dafür zu rächen. Nachdem ich meinen Vater aus dem Weg geräumt habe, versteht sich.«

Mir klappt der Mund auf und ich starre ihn an, als ob er mir gerade gestanden hätte, Jack the Ripper zu sein. Erst Sekunden später fällt mir sein Grinsen auf.

»Wenn du schon versuchst, mich mit Küchenpsychologie zu analysieren ...«, sagt er leise und beugt sich vor, um unsere Wassergläser zu füllen.

»Küchenpsychologie?« Ich bin beleidigt. »Ich habe genug gelesen über das Thema, um zu wissen, worum es geht.«

»Dann gibst du zu, dass du einen Vaterkomplex hast?«

Jetzt ist es an mir, laut zu lachen. »Um Gottes willen«, knurre ich und trinke hastig einen Schluck. Meine Reaktion hat ihn offenbar neugierig gemacht.

»Was ist mit deinem Vater? Erzähl mir davon.«

»Wozu willst du das wissen? Ich habe keinen Vaterkomplex, und wenn ich einen hätte, würde ich nicht ...« Verzweifelt versuche ich, seinem stechenden Blick zu entkommen, doch er nagelt mich damit regelrecht auf dem Sofa fest.

»Interessant. Na komm, Gwen. Was ist zu Hause passiert? Hat er seiner kleinen Prinzessin den Hintern versohlt? Hat er deinen ersten Freund an den Ohren aus dem Haus gezerrt und auf der Straße vermöbelt, weil er seinem Prinzesschen an die Jungfräulichkeit wollte? Oder hast du im Nachttisch deiner Mutter Handschellen und Augenmaske gefunden und geglaubt, sie würde sich nachts als Geheimagentin verdingen?«

Hitze kriecht mein Dekolleté empor und sammelt sich in meinem Gesicht. Gütiger Himmel, warum muss er so ... so sein? Und warum kann ich sein Gerede nicht einfach ignorieren und sein, wie ich immer bin? Abwehrend. Sarkastisch. Irgendwas.

»Nichts dergleichen«, sage ich schroff und stelle das Glas so nachdrücklich auf den Tisch zurück, dass es einen leisen Knall gibt, der mich zusammenfahren lässt. »Ich meine ... das ist alles Unsinn. Mein Vater hat meine Mutter verlassen, als ich drei Jahre alt war und sich seitdem nicht mehr um mich gekümmert.«

»Und deine Mutter?« Er sieht mich so durchdringend an, dass ich mich fühle, als ob mir jemand mit der Faust in den Magen schlägt.

»Ich hasse es, Gewalt als Erziehungsmittel zu rechtfertigen«, bricht es aus mir hervor. Meine Unterlippe zittert, weil plötzlich Erinnerungen wie riesige Wellen über mich hereinbrechen. Adrian bemerkt die Veränderung und kommt zu mir aufs Sofa, setzt sich neben mich und umfasst mit einer Hand mein Kinn, um meinen Kopf in seine Richtung zu lenken. Seine tiefblauen Augen sind ruhig wie ein stiller Ozean und ziehen mich erneut in ihren Bann. Ich versuche, so besonnen wie möglich zu atmen, um meinen rasenden

Puls zu beruhigen. Dann nimmt er meine Hand und lässt seine Fingerkuppen auf meiner Handfläche kreisen. Fährt die feinen Linien nach. Die zarte Berührung löst eine Gänsehaut aus, und ich kann meine Augen nicht abwenden. Wie winzig meine Hand in seiner wirkt ... wie zärtlich und vertraut diese Berührung ist.

»Sprich mit mir, Kleines«, flüstert er und streicht mit der freien Hand über meinen Rücken.

»Meine Mutter war streng, sehr streng. Sie hat keine Fehler zugelassen, und wenn mir doch mal einer passiert ist, musste ich dafür büßen. Sie hat mich tagelang in meinem Zimmer eingesperrt und mir nur wortlos Essen und Trinken durch einen Türspalt geschoben. Dann hat sie gemeint, ich hätte ihre Liebe nicht verdient und müsste ihr erst zeigen, dass ich es wert bin, von ihr geliebt zu werden. Ich habe geheult und geschrien, wollte raus, wollte, dass sie mich in den Arm nimmt und mir sagt, dass ich doch ihre Tochter bin, dass sie für mich da ist. Aber sie hat mich ignoriert. Bis sie plötzlich zurückkam, die Tür öffnete und sagte, dass ich nun gehen könnte. Wohin ich wollte. Ich war noch klein damals und konnte natürlich nirgendwo hin, aber ich hatte ständig Angst. Angst davor, dass sie mich verstößt und ich auf der Straße leben muss.«

Meine Augen brennen immer schlimmer. Alles in mir zieht sich schmerzhaft zusammen, die Erinnerungen sind mächtig und drohen mich zu ersticken. Adrian hält mich und streichelt mein Haar, meinen Rücken. Ich zittere in seinen Armen und rede gepresst weiter, als ob plötzlich alles, was ich in mich hineingefressen habe, hinausdrängt. Wie wenn man zu viel gegessen hat und sich auf einmal übergeben muss.

»Sie hat meinen Mund mit Spülmittel ausgewaschen, wenn ich ein böses Wort benutzt habe. An einem Tag habe ich nach der Schule bei einer Freundin gegessen und kam abends nach Hause. Meine Mutter hatte gekocht und verlangte, dass ich mit ihr esse, aber ich konnte nicht mehr, ich war schon so satt. Sie hat mich am Stuhl festgebunden und mich gefüttert, mit einer Hand mein Kinn festgehalten und meinen Mund aufgezwungen. Als ich mich nach zwei Stunden vor Erschöpfung erbrach, hat sie mich mit meinem

Erbrochenen gefüttert, bis der Teller leer war. Ich war damals zehn Jahre alt.«

Adrian zuckt neben mir zusammen. Ich sehe nicht auf, starre auf meine Knie und meine Finger, die sich hektisch bewegen. Es ist lange her, dass ich über diese Dinge gesprochen habe. Cat weiß davon, und Kilian. Warum ich nun ausgerechnet Adrian davon erzähle, begreife ich selbst nicht, aber es fühlt sich gut an, in seinen Armen zu liegen und zu reden.

»Ich habe die meisten Tage meiner Kindheit in meinem Zimmer verbracht. Lesend. Ich habe Bücher verschlungen wie andere Kinder Süßigkeiten. Einige habe ich wieder und wieder gelesen, weil meine Mutter mir an schlimmen Tagen den Zutritt zu ihrer Buchhandlung verweigerte, also musste ich lesen, was da war. Ich war immer kleiner und dünner als die anderen, weil ich unter ständigem Mangel litt. Zu wenig Sonne, viel zu wenig Bewegung, zu wenig zu essen. Meine Mutter glaubte, dass ihre Erziehungsmethoden perfekt wären, und das glaubt sie vermutlich heute noch. Sie versteht nicht, was sie mir damit angetan hat, was sie aus mir gemacht hat.«

Aus meiner Trauer wird Wut. Ich balle die Hände zu Fäusten und boxe in die Luft, als ob ich sie treffen könnte.

»Sie hat mir eingeredet, krank zu sein. Ich wäre wie mein Vater, hat sie gesagt. Unstet, ein unruhiger Geist. Nicht in der Lage, ein verantwortungsvolles Leben zu führen. Daher müsste sie mich erziehen, damit diese schlechte Anlage keine Chance hat und aus mir ein guter Mensch wird.«

»Kleines, das ist schrecklich. Ganz schrecklich.«

»Vielleicht kannst du jetzt verstehen, warum ich ein Problem habe wenn ein erwachsener Mann mir sagt, er müsse Frauen *erziehen*?«, frage ich und sehe zum ersten Mal während meiner langen Rede zu ihm auf. Er presst die Lippen fest zusammen und nickt.

»Natürlich. Ich verstehe dich.« Dann küsst er mich. Einfach so. Legt eine Hand unter mein Kinn, hält mein tränennasses Gesicht fest und küsst mich warm, zärtlich.

Der Schmerz, den die Erinnerung ausgelöst hat, vermischt sich mit dem sinnlichen Kuss und entfaltet eine Kraft, die mich schier zerreißt. Die Wärme seines kräftigen Körpers umhüllt mich tröstlich, und bevor ich es verhindern kann, liege ich schluchzend an seiner Brust und wische mir den Rotz an seinem teuren, maßgeschneiderten Anzug ab.

»Sch«, flüstert er, seine Hand streicht sanft und zärtlich über meinen nackten Rücken. »Lass es raus.«

Ich weiß nicht, ob es der Alkohol ist oder seine Worte, die mich aufgeregt haben. Ich hänge hier in den Armen eines angeblich sadistischen Mannes und heule wie ein Kleinkind. Entsetzlich! Ich brauche einige Minuten, bis ich mich beruhigt habe und zulassen kann, dass er mit seinem Ärmel meine Wangen trocknet.

Die enorme Erregung, die ich vorhin noch verspürt habe, ist verschwunden, ich bin einfach nur noch entsetzlich müde. Adrian holt eine Decke und legt sie über mich, nachdem ich mich auf dem Sofa ausgestreckt habe. Dann schiebt er sich hinter mich und legt einen Arm um meinen Oberkörper.

»Ich passe auf dich auf, Kleines«, höre ich ihn murmeln, während sich mein Verstand endgültig verabschiedet und ihm meinen Körper überlässt.

❦

Die nächsten beiden Tage verbringen wir gemeinsam mit Arbeit, selten unterbrochen durch das Essen, das immer zur selben Zeit aus dem Hotelrestaurant geliefert wird. Von blonden Servicedamen.

Es ist offensichtlich, dass wir beide wie besessen arbeiten, wenn wir nicht gerade zanken. Wie zum Beispiel bei seiner Bitte, ihn nicht so über den Rand meiner Lesebrille hinweg anzusehen, weil er sonst für nichts garantieren kann. Oder darüber, ob sein Protagonist nun ein verdorbener, narzisstischer Egoist ist (wie ich finde), oder ob ich einfach nicht in der Lage bin, seine charakterliche Tiefe richtig zu erkennen.

Ich unternehme keine Annäherungsversuche, auch wenn es mir schwerfällt und mein Geist bei seinem Anblick ein Kopfkino startet, dass ich nur mit einem wirklich schmutzigen Film vergleichen kann. Nach der Nacht im Club wachte ich früh morgens allein auf dem Sofa auf und war verwirrt, weil ich seine Körpernähe vermisste. Und ein ganz klein bisschen enttäuscht, weil er die Gelegenheit nicht ausgenutzt und mich wie versprochen nicht angerührt hat. Insgeheim hatte ich mir gewünscht, dass er mich einfach nimmt und mir damit die Verantwortung für das erste Mal aus der Hand nimmt. Doch das hat er nicht.

Dafür werde ich langsam sicherer bei der Arbeit und reiche zu seinem Buchanfang kritische Anmerkungen nach, die er wortlos entgegennimmt. Was auch immer er damit anstellt, er spricht mit keinem Wort über meine Notizen und ich frage mich langsam, ob er sie überhaupt liest und ob sie ihn interessieren.

Nachdenklich an einem Bleistift kauend betrachte ich seinen Rücken, während er schreibt. Ich weiß, dass seine Stirn in Falten liegt, wie so häufig, wenn er nachdenkt. Ich weiß, dass er sehr konzentriert ist und in einer Art Blase sitzt, aus der ihn niemand herausreißen kann. Nur wenn man ihn direkt anspricht, reagiert er gereizt, also unterlasse ich das, sofern es nicht zwingend notwendig ist. Er besteht darauf, dass ich hier bei ihm sitze und arbeite, obwohl ich genauso gut in meinem Zimmer lektorieren könnte.

Ich trage eines der Kleider, die wir gemeinsam gekauft haben. Auf seinen Wunsch habe ich Jeans und Sweatshirts in der Reisetasche vergraben, denn er meint, dass ich ihm in dem Aufzug keine gute Inspiration bin.

Ich bin ganz offensichtlich eine Muse! Was für eine Karriere. Bei der Idee muss ich mir ein Lachen verkneifen, um ihn nicht aufzuschrecken. Ich kann seine Nackenmuskeln arbeiten sehen, wenn er tippt, und leider inspiriert dieser Anblick *mich* – und zwar zu höchst unanständigen Gedanken.

»Wer ist eigentlich Kilian?« Der veränderte Ton seiner Stimme lässt mich zusammenfahren und ich hebe irritiert den Kopf. »Was?«

»Du hast mich schon verstanden.« Oh, oh. Nicht gut. Gar nicht gut. Fieberhaft überlege ich, woher er wissen kann, dass ich gestern Abend mit ihm telefoniert habe? Ich war in meinem Bad, damit Adrian mich nicht hört, und ich war mir sowieso sicher, dass er im Bett war. Ich wollte hören, wie es ihm geht, was mit seiner Mutter ist und ob er den Neuanfang in seiner Heimatstadt gut überstanden hat. Wo ich derzeit bin und was ich hier zu tun habe, habe ich ihm wohlweislich verschwiegen. Er würde sich sonst nur unnötige Sorgen machen.

»Wie kommst du darauf?«

»Beantworte meine Frage, Gwendolyn.« Ich zucke zusammen, weil er mich schon lange nicht mehr so genannt hat. Gwen, oder Kleines. Die Ansprache mit meinem vollen Namen erinnert mich düster an meine Mutter, die das nur tat, wenn sie wütend auf mich war. Was leider häufig der Fall war.

»Kilian ist mein ehemaliger Mitbewohner. Er ist ein Freund.«

»Was bedeutet er dir?«

Ich ziehe die Nase kraus. »Willst du dich nicht wenigstens umdrehen, wenn du mit mir sprichst? Es ist nicht gerade schön, mit deinem Rücken zu kommunizieren.« Obwohl der durchaus ansehnlich ist ...

Betont langsam folgt er meinem Wunsch und dreht sich mit seinem Stuhl zu mir um.

»Also?«

»Er ist ein Freund, wie gesagt. Was soll er mir sonst...?«

»Ich hasse es, wenn du mich anlügst, Gwendolyn.« Seine Stimme klingt dunkel und bedrohlich, und ich erschauere. Trotzdem reagiere ich patzig, weil es mich nervt, dass er mich einfach lauter Dinge fragt, zu denen er meiner Meinung nach kein Recht hat.

»Ich habe nicht gelogen, und ich finde, dass deine Frage damit ausreichend beantwortet ist. Können wir jetzt vielleicht weitermachen?«

Als er aufsteht, kralle ich instinktiv die Hände in die Armlehnen und versuche, seinem bohrenden Blick standzuhalten.

»Warum ist er ausgezogen?«

»Er ist zu seiner Mutter gezogen, weil sie schwer erkrankt ist. Cat und ich wohnen derzeit allein.« Genau genommen wohnt Cat im Moment allein, schließlich bin ich hier in London.

»Wann ist er ausgezogen?«

»Also sag mal ... Bist du etwa eifersüchtig?« Die Frage ist ein hilfloser Versuch, die Stimmung aufzulockern, und ich erwarte keine Antwort darauf.

»Wie ein Stier.« Nachdenklich bleibt er vor mir stehen und greift nach einer Haarsträhne. Ich trage mein Haar offen, weil er mich darum gebeten hat. Keine Ahnung, wieso, aber es ist zumindest praktisch, also habe ich nichts dagegen.

»Ich möchte nicht, dass jemand zwischen uns steht, und nach meinen Erkundigungen gibt es niemanden in deinem Leben. Wenn ich Kilians Bedeutung für dich allerdings bisher übersehen haben sollte, wäre das sehr traurig.«

Ich ziehe scharf die Luft durch die Zähne ein und flehe innerlich, dass er meine Haare loslässt. Und seine Fingerkuppen nicht mehr über meine Wange streichen.

»Er ist nur ein Freund«, wispere ich atemlos, während sich mein ganzer Körper krampfartig zusammenzieht.

»Ich liebe deine Haarfarbe. Sie ist besonders, so wie du«, sagt er plötzlich und bringt unsere Diskussion damit zum Verstummen. Ich zupfe an meiner Lippe und sehe ihn an. Meine Lider flattern, weil sein Gesicht so nah ist. Er steht vor mir und ich sitze auf dem Stuhl – das allein kommt mir gerade ungerecht vor. Ungerecht, und doch ... richtig. Ich atme schwerer, meine Finger fangen an zu zittern. Dann trifft mich sein Blick, diese dunklen, blauen Augen. Näher und näher. So nah, dass seine Konturen vor mir verschwimmen und ich instinktiv die Lippen öffne.

Ich muss nicht lange auf ihn warten. Sanft verschließt er meinen Mund mit seinem, wartet, bis ich den Kuss erwidere, die Augen schließe und mit einem leisen Aufstöhnen seine Zunge genieße. Oh Himmel, jeder Stoß, jede Berührung schickt Lust in meinen Schoß, spült feuchte Wärme durch meinen Unterleib und lässt mich auf dem Stuhl kleiner und kleiner werden.

»Ich will dich«, flüstere ich atemlos in einer kurzen Pause, obwohl in meinem Kopf sämtliche rote Lampen flackern.

»Wie bitte? Ich habe dich nicht verstanden«, fragt er mit rauer

Stimme nach, dann streifen seine Lippen plötzlich meine erhitzte Haut am Hals und lösen eine Gänsehaut aus.

»Bitte ...« Mehr bringe ich nicht raus. Das muss reichen, du liebe Güte! Er weiß doch, was ich will!

»Kleines ... ich habe versprochen darauf zu warten, dass du den Anfang machst. Du glaubst nicht, wie sehr du mich gequält hast in den letzten Tagen. Wie sehr mich danach verlangt hat, endlich diesen perfekten, zierlichen Körper in Besitz zu nehmen. Wie oft ich davon geträumt habe, in deine Augen zu sehen, wenn du für mich kommst.«

Jetzt zittere ich am ganzen Körper.

»Ist es tatsächlich schon so weit, Gwen? Bist du schon so weit?«

Ich presse die Lippen zusammen und schließe meine Augen. Ich rieche ihn, so nah. Ich kann ihn überall auf meinem Körper spüren. Ein Prickeln, das meine ganze Haut ergreift, dieses Ziehen in meinem Schoß, so sehnsüchtig, wie ich es nie zuvor erlebt habe. Eine unfassbare Begierde ergreift von mir Besitz, obwohl mein Verstand sich wehren will. *Sei vorsichtig, Gwen. Er ist zu groß für dich.*

»Willst du mich ... benutzen?«, hauche ich noch, als er mich vom Stuhl in seine Arme zieht. Seine Erektion presst sich gegen meinen Bauch und ich schlucke hart, während ich auf seine Antwort warte.

»Nein. Ich will mit dir schlafen.«

19

Sein Kuss reißt mich von den Füßen und ich klammere mich mit beiden Armen an ihn. Oh Gott, er schmeckt so gut. Riecht so gut. Fühlt sich so warm und stark und hart an. Überall. Mein Körper drängt sich gegen seinen, als ob er mit ihm verschmelzen wollte, in ihn hinein kriechen.

»Du bist so süß und unschuldig, Kleines«, murmelt er an meinem Mund.

»Ich bin keine Jungfrau mehr, Adrian«, antworte ich und versuche, seinen Blick einzufangen, was mir zum Glück gelingt. »Ich habe durchaus mit Männern geschlafen.« *Vor dir.*

»Wie viele?« Sein Gesicht entfernt sich plötzlich, ich möchte ihn festhalten, traue mich aber nicht.

»Genug.« Mit der Hand an seiner Wange probiere ich, seinen Mund wieder zu meinem zu lotsen, doch er ist stärker und bleibt in sicherem Abstand. Dann grinst er.

»Wie viele Männer hattest du?«

Stöhnend verdrehe ich die Augen. »Willst du das jetzt wirklich wissen? Warum?«

»Weil ich es will. Also?«

»Gut ... zwei ... undzwanzig«, füge ich hastig hinzu, aber mein Zögern war zu offensichtlich für einen Gedankenleser wie ihn. Sein Grinsen wird so breit, dass ich unvermittelt an Jack Nicholson denken muss. Himmel!

»Du hattest erst zwei Männer? Das ist verrückt. Du musst einige gebrochene Herzen hinterlassen haben.« Bevor ich antworten kann, sind seine Lippen wieder da, und ich lasse mich gern von ihnen zum Verstummen bringen. Er schmeckt so köstlich nach Menthol, dass ich an ihm sauge und lutsche und wie verrückt mit dem Mund nach ihm schnappe, was er spielerisch erwidert, während er mich zu der weißen Liege dirigiert.

»Adrian ...«, flüstere ich in einer kurzen Atempause.

»Hm?«

»Warum ... gehen wir nicht in dein Schlafzimmer?«

»Weil ich dich hier will, Kleines.«

Unsere Lippen lösen sich nicht voneinander, als ich wie in Zeitlupe nach hinten sinke und ihn mit mir ziehe. Sein Gewicht auf mir raubt mir den Atem, es fühlt sich gut an. Er ist so warm, ich bin gierig danach, ihn endlich ganz zu spüren, ihn überhaupt zu sehen, so wie er mich schon gesehen hat. Ich trage nur ein Höschen und einen Spitzen-BH aus meinem Fundus, der seine besten Tage hinter sich hat, aber das kümmert mich gerade nicht. Mit zitternden Händen zerre ich an seinem Pullover, bis er Mitleid zeigt und ihn geschickt über den Kopf zieht. Der Anblick seines nackten Oberkörpers lässt mich aufkeuchen vor Überraschung. Und Begierde.

»Großer Gott«, flüstere ich heiser, meine Finger gleiten wie von selbst über seine Haut, fahren über die Muskeln, die sich überall abzeichnen. Er ist komplett haarlos, nur unterhalb seines Bauchnabels zieht sich eine Linie von dunklen Härchen wie eine Straße nach unten, verschwindet in seiner Hose. Ich schlucke, als er sich wieder auf mich legt und mich küsst, lege meine Hände auf seinen Rücken und streiche ehrfürchtig über die Muskeln, deren sanftes Zucken ich spüren kann, während er sich auf mir bewegt. Seine Härte presst sich zwischen meine Beine und löst damit ein Sprudeln, ein Tropfen aus, das mein Höschen durchnässen wird, wenn er es mir nicht gleich auszieht.

Himmel, ich kann mich nicht erinnern, jemals so verrückt nach einem Mann gewesen zu sein. Ihn zu spüren, zu riechen, zu schmecken. Was macht er mit mir? Wie hat er es geschafft, in wenigen

Tagen aus mir, Gwendolyn Hamlin, eine lüsterne, gierige Frau zu machen?

»Du bist so besonders, Kleines«, raunt er in mein Ohr, während er zwischen den Worten meinen Hals küsst, beißt, neckt. Ich erschauere unter ihm, mein ganzer Körper scheint sich zusammenzuziehen, als wollte er schrumpfen. Wie Alice im Wunderland nach dem Genuss der Pilze komme ich mir vor. Ich bin gefangen in einem Traum, denn dies kann unmöglich die Realität sein. Dies kann unmöglich ... ich sein, die hier liegt und ihre Schenkel um seine Hüften spannt, damit sie sich an seiner Erektion reiben kann. Das Blut pocht mir in den Schläfen, mein Puls rast, während ich mich unter ihm winde und versuche, ihn zu Schnelligkeit zu bewegen. Adrian ist geduldig. Viel zu geduldig!

Ohne sich selbst endlich auszuziehen gleitet er an meinem Körper hinab und streift dabei mit einer einzigen, sicheren Bewegung mein Höschen ab, bis ich mit nacktem Schoß vor ihm liege. Sein unverhohlen neugieriger Blick lässt mir wieder das Blut ins Gesicht schießen, aber in mir klopft und pocht alles vor Lust, sodass ich einfach liegen bleibe und darauf warte, dass er mich nimmt. *Mich benutzt.* Du liebe Zeit! Wie kann ich so etwas denken? Ich bin doch nicht ... ah!

»Oh Gott, bitte nicht!«, rufe ich entsetzt und versuche, mich unter seinen Händen hervorzuwinden, als er den Kopf über mir senkt und ich erkenne, was er vorhat. Nein. Oh nein. Das ... kann ich nicht.

»Muss ich dich dazu erst fesseln?«, fragt er mit rauer Stimme. Ergeben lasse ich den Oberkörper auf die Matratze zurücksinken und kneife die Augen ganz fest zu. Vielleicht, wenn ich nicht darüber nachdenke, wird es nicht so ... peinlich. Die erste Berührung seiner Zunge, die an meiner Spalte vorbei über meine erhitzte, feuchte Haut leckt, durchzuckt mich wie ein Stromschlag. Er spielt mit mir und meiner Ungeduld, leckt immer wieder an den Stellen vorbei, die sich so dringend Erlösung wünschen, bis ich nicht mehr kann und ihm meinen Schoß ungeniert ins Gesicht drücke. Ihn endlich da spüre, wo es heftig klopft und pulst.

»Geduld, Kleines. Wir haben die ganze Nacht«, flüstert er zwischen meinen Beinen, und ich wage nicht, die Augen zu öffnen und ihn anzusehen. Meine Hände haben sich in die Kissen neben mir gekrallt und kribbeln, ich fühle mich einer Ohnmacht nahe. Wieder und wieder reizt er mich, streicht ab und zu mit der ganzen Breite seiner Zunge über meinen Kitzler, der wie mein Herz pulsiert. Dann spüre ich, dass er mich öffnet, mit zwei Fingern, und in mich eindringt. Oh mein Gott! Ein wahnsinniges Zucken fährt durch meinen Unterleib, als er einen Punkt tief in mir berührt. Mein Atem wird flacher, er reibt mit festem Druck hartnäckig über diesen Punkt, der eine so ungeheure Spannung erzeugt, dass ich fürchte, gleich die Kontrolle über meine Blase zu verlieren. Ich kann nicht mehr denken, verliere mich in Wortfetzen, Bildern, winde mich unter ihm, während seine Zunge geschickte Schläge ausübt und sein Finger fest in mir reibt, presst, schiebt, bis sich meine Beine anspannen, meine Arme steif werden.

»Oh mein Gott, Adrian«, stoße ich hervor, wild den Kopf umherwerfend.

»Sieh mich an, Kleines. Sieh mich an, wenn du kommst«, murmelt er und nimmt den Mund kurz von mir, ohne mich zur Ruhe kommen zu lassen. Ich öffne meine Augen, was mir nur zur Hälfte gelingt. Wie durch einen Tränenschleier sehe ich ihn, zwischen meinen nackten Schenkeln, und als mich der Blick aus seinen dunklen, blauen Augen trifft, komme ich. Zuckend. Pulsierend. Ich spüre, dass ich den Mund aufreiße, ohne dass ein Ton aus mir dringt. Ich bin gefangen von seinen Augen und dem Anblick, wie er da unten liegt und mich fixiert, beobachtet. Diese senkrechte Falte zwischen seinen Brauen. Nie im Leben habe ich mich so nackt, so schutzlos gefühlt – und es ist genau dieses Gefühl, das mich noch gefühlte Minuten lang kommen lässt. Immer wieder durchfahren heftige Blitze meinen Unterleib und bringen mich zum Erbeben.

»Das war wunderschön«, flüstert er und zieht sich an mir hoch, als ich endlich erschöpft zurück aufs Bett sinke und die Augen schließe. In mir rauscht und tobt alles, obwohl ich gerade gekommen bin und ruhiger werden müsste, doch ich fühle mich wie nach einer anstrengenden Bergwanderung. Glücklich darüber, auf dem Gipfel angekommen zu sein, und gleichzeitig ängstlich vor dem anstehenden Abstieg.

Er bleibt neben mir liegen, streicht mit einer Hand über mein Haar, während ich meinen Kopf an seine harte Brust lege und versuche, meinen Atem zu beruhigen.

»Du warst wunderschön.«

Ich erschauere beim Klang seiner dunklen Stimme, die jetzt so weich, beinahe zärtlich klingt.

»Was ist mit dir?«, frage ich und wage einen schielenden Blick auf seinen Schritt, kann aber nichts erkennen. »Willst du nicht...?«

»Nicht heute, Kleines. Heute will ich dich nur im Arm halten und mich daran erinnern, wie köstlich du geschmeckt hast.«

Oh Hilfe, mein Gesicht läuft schon wieder heiß an, und erneut geht ein verräterisches Zucken durch meinen Unterleib, der sich sehnsüchtig zusammenzieht.

»Aber ich würde gerne ...«

»Sch. Nicht heute. Schlaf«, murmelt er gegen meinen Hals, während seine Hand unablässig mein Haar streichelt. Normalerweise mag ich es nicht besonders, wenn man meine Haare berührt, aber im Moment fühle ich mich wie eine satte, schläfrige Katze, die gern gekrault wird. Trotzdem finde ich es seltsam, dass er nicht mit mir ... warum nicht? Reize ich ihn nicht genug? Braucht er mehr, als ich ihm bieten kann? Hat er Angst davor, dass ihm normaler Sex mit mir nicht reicht, traut sich aber auch nicht, mich, die Unerfahrene, in seine SM-Sache einzubeziehen? Lauter Fragen, die durch meinen Kopf kullern wie Flummis und mir keine Ruhe lassen. Unmöglich, dass ich in diesem Zustand einschlafen könnte, obwohl ich damit sonst nie Probleme habe.

Sein Atem wird tiefer und ruhig, und mein Kopf hebt und senkt sich im Rhythmus seiner Atemzüge auf seiner Brust. Ich vergrabe die Nase in seiner Achselhöhle und atme tief ein, um seinen Geruch in mich aufzunehmen. So männlich. So herb. So ... Adrian.

Langsam werde ich mutiger und wacher, also begebe ich mich mit der Hand auf Wanderschaft und streiche über seinen Bauch, ertaste die festen Muskeln, die sich dort befinden, fahre durch die Härchen, die wie ein Pfeil auf seinen Schritt verweisen. Er rührt sich nicht, sein Arm liegt so fest auf mir, dass ich mich fühle wie gefesselt. Vorsichtig schiebe ich mich darunter hindurch und warte atemlos, ob er aufwacht. Dann krieche ich zum Fußende, hocke mich zwischen seine Beine und betrachte ihn.

Ich muss mir ein Kichern verkneifen, weil ich mir vorkomme wie ein pubertierender Teenager, der seinen Schwarm anhimmelt. Allerdings liegt hier vor mir ein lebendiger, atmender Mensch. Meine Fingerspitzen kribbeln, als ich die Hände nach ihm ausstrecke und vorsichtig seine Hose öffne, jede Sekunde einhaltend und abwartend, ob er sich rührt. Nichts an ihm bewegt sich ... bis auf das, was ich sehen will und warum ich so neugierig hierher gekrabbelt bin.

Ich halte die Luft an und ziehe vorsichtig die Hose über seine Hüften, bis ich die Halberektion unter seinen schwarzen Shorts fühlen kann. Meine Finger brennen, als ich sie vorsichtig auf die Rundung lege und sanft darüber streiche. Er zuckt tatsächlich kurz zusammen, bewegt sich unter einem witzigen Knurren, weitere Reaktionen bleiben jedoch aus.

Mein Herz klopft schneller vor Aufregung, und ich weiß, dass ich es nicht tun sollte, lassen kann ich es aber auch nicht. Vorsichtig, um ihn nicht zu wecken, lupfe ich die Shorts, bis ich ihn endlich sehe. Großer Gott! Ich glaube, ich habe mir noch nie so genau einen ... Penis angesehen. Bei Julius jedenfalls war das nicht unbedingt das Objekt meiner Begierde. Er war außerdem meistens viel zu rasch in mir, als dass ich ihn genauer hätte in Augenschein nehmen können. Jetzt allerdings prickelt die Neugier, und ich kann mich nicht beherrschen. Sanft fahre ich mit den Fingern über die Haut und spüre, wie er unter mir weiter anschwillt. Mutiger verstärke ich den Druck, staune über die weiche Haut und streichle ihn. Bis Adrian sich ruckartig im Bett aufsetzt und mit einer so raschen Bewegung nach meinem Handgelenk greift, dass ich entsetzt schreie.

»Was um alles in der Welt glaubst du, das du da tust?«, fährt er mich an. Ich bin verstört darüber, dass er so sauer wirkt. So schlimm war das nun auch nicht!

Empört reiße ich meine Hand aus seiner Umklammerung.

»Mir war danach, entschuldige bitte. Warum bist du so gereizt?«

Er fährt sich müde mit der flachen Hand über die Augen, dann seufzt er und zieht mich zu sich hoch. Mit pochendem Herzen lege ich mich auf seinen Oberkörper, bemüht, ihn da unten nicht zu berühren. Was zum Teufel hat er bloß?

»Tut mir leid, ich habe mich erschreckt. Du hast mich aus dem Schlaf gerissen und ich war für einen Moment … durcheinander.«

»Das wollte ich nicht«, murmele ich gegen seine Brust. »Aber es war zu verlockend.«

Selbstvergessen streichle ich über seine Brust und bleibe an den winzigen Brustwarzen hängen. Er knurrt wieder, das Gesicht in meinen Haaren.

»Wenn du damit weitermachst, könntest du es bereuen«, raunt er.

»Ach ja? Ich wüsste nicht, warum«, necke ich ihn und lasse meine Fingerspitze um die kleine, harte Perle kreisen.

»Kleines, ich warne dich … wenn du mich reizt, wirst du morgen weder laufen noch sitzen können.«

Ein plötzlicher Schub von Erregung spült durch meinen Unterleib.

»Willst du mich … bestrafen?«

»Nein. Ich will dich ficken, bis du keinen Ton mehr herausbringst. Abgesehen von meinem Namen.«

»Immer diese leeren Drohungen.« Oha. Habe *ich* das gesagt? Noch bevor ich darüber nachdenken kann, hat er sich schon auf mich geworfen. Ich schreie auf und zapple unter ihm, als ob ich mich wehren wollte, und er lacht.

»Zu spät, Kleines.« Er wird härter zwischen meinen Schenkeln, wächst mir förmlich entgegen. Keuchend sehe ich ihm in die Augen, die meinen Blick gefangen nehmen, und er zieht einen Mundwinkel nach oben. Belustigt. Arrogant. Unnahbar. Mein Herz schlägt mir im Hals, ich höre meinen eigenen Puls in den Ohren hämmern.

Meine Gier nach ihm wächst, ich werde feuchter, weicher.

»Ich werde dich jetzt nehmen, bis du schreist. Und das ist keine leere Drohung, Kleines.« Mit einer raschen Handbewegung zieht er seine Shorts aus, dann reibt er seine Härte an mir. Auf und ab. Oh Gott! Ich zerfließe, das Klopfen verstärkt sich, wenn er mit dem Schaft über meinen Kitzler gleitet. Wimmernd flehe ich ihn an, mich zu nehmen, aber er zieht sich zurück und verschwindet aus dem Bett. Irritiert bleibe ich liegen und blinzle in die Dunkelheit. Dann höre ich das Geräusch einer Kondompackung und entspanne mich.

Ehe ich es bewusst wahrnehmen kann, ist er schon über ... und in mir. Verflucht, das ging schnell. Viel zu schnell. Doch ich bin bereit, mein Körper ist offen und nimmt ihn auf.

Adrian stutzt kurz, sein Kinn zuckt. Seine Hände sind neben meinem Kopf auf das Kissen gestützt, als er anfängt, sich langsam in mir zu bewegen. Gütiger Himmel, er ist riesig in mir! Die Dehnung schmerzt, doch das Brennen weicht innerhalb von Sekunden einem irrsinnig guten Gefühl.

»Oh fuck, du bist so verflucht eng«, raunt er. Ich höre seinen Atem, oder ist es mein Blut, das mir durch die Ohren rauscht? Alles vermischt sich ineinander, so wie unsere Körper sich miteinander vermengen. Verschmelzen.

»Das werde ich nicht lange schaffen, Kleines.« Noch sind seine Stöße ruhig und tief. Jeder einzelne erschüttert mein Inneres, bis ich nicht mehr an mich halten kann und ihn mit den Fersen dichter an mich heran presse.

»Oh bitte«, stöhne ich, mit den Lippen seinen Mund suchend.

»Gott, ich liebe deine kleine, enge Pussy. Ich ... will ... für immer ... in dir ... sein.« Seine Hände streichen über mein Gesicht, mein Mund sucht unwillkürlich nach einem seiner Finger, um daran zu saugen. Er gibt ihn mir, und ich nehme ihn in mir auf, als könnte ich mich damit beruhigen.

»Beweg dich nicht, sonst halte ich nicht lange durch.« Ich gehorche, obwohl es mir schwer fällt. Meine Hüften wollen instinktiv nach oben, seine Stöße beschleunigen, aber er gleitet nur quälend langsam tiefer in mich hinein und stöhnt dabei vor Lust. Wie in Zeitlupe liebt er mich, bis ich leise wimmere vor Gier und meine Füße gegen seinen Hintern presse.

»Du bist wunderschön, Kleines«, flüstert er, richtet sich auf und zieht mich über seine Beine. Dann beugt er sich zu mir herab und legt die Lippen um meine Brustwarze, während er mit den Fingern die andere reibt. Lust durchzuckt mich und bringt meinen Unterleib zum Pochen, während er mich weiter so entsetzlich langsam nimmt, dass ich unmöglich kommen kann.

»Adrian«, keuche ich und greife mit beiden Händen in sein Haar, das weich und voll ist. »Oh Gott, bitte!«

»Was brauchst du von mir, Kleines? Ich möchte es hören.« Seine Stimme klingt gepresst, die Worte kommen nur stoßweise aus dem wunderschönen Mund, der jetzt ganz nah über meinem Gesicht ist. Verzweifelt schiebe ich ihn mit den Füßen enger an mich heran, bis er ganz tief in mir ist.

»Ich brauche *dich*. Schneller.«

»Es wird nicht lange dauern, wenn ich dem nachgebe«, warnt er, und ich schüttle den Kopf.

»Egal. Bitte!«

Er wird tatsächlich schneller, so schnell, dass ich nach Luft schnappen muss. Mein Becken schiebt sich instinktiv hoch, und da ist er – der Punkt, der mich in ungeahnte Höhen treibt. Dieser tiefe, innere Punkt, von dem ich nichts geahnt habe und den er jetzt so geschickt reizt, als hätte er ihn erst in mir erstehen lassen.

Sein heiseres Stöhnen steigert meine Erregung. Dann schiebt sich seine Hand zwischen uns, was mich kurz stutzen lässt. Als sein Daumen über meinen Kitzler reibt, ohne dass sich seine Stöße verringern oder nachlassen, passiert es. Es tut beinahe weh, als ich zum zweiten Mal komme. Alles ist überreizt, ich fühle mich jetzt schon wund, aber ich komme einfach. Ohne einen Laut, mit aufgerissenen Augen, während seine andere Hand meinen Nacken hält. Mit einem Zittern, das meinen ganzen Körper durchfährt, meine Zehen dazu bringt, sich einzurollen und wieder zu lösen, als es vorbei ist. Wie ein Gewitter, ein kurzer, heftiger Donner, der Erleichterung zurücklässt.

Ich sehe ihn an, sehe in seine Augen, sehe Zufriedenheit, Gier darin, und ich wünsche mir nichts mehr, als auch ihn so ansehen zu können, wie er mich gerade ansieht. Ich will sehen, wie er sich vergisst, wenn er in mir kommt, dass sein Gesicht die Härte verliert und weich wird.

Seine Stöße werden flacher und schneller. Unsere schwitzenden Körper reiben aneinander, rutschen übereinander, Haut auf Haut. Es dauert ein paar Minuten, dann sieht er mir in die Augen, beißt sichtbar die Zähne aufeinander, und am Zucken in mir spüre ich, dass er gekommen ist. Der Gedanke löst ein letztes Aufbäumen meiner Lust aus, dann ist es auch schon vorbei.

Ich bin enttäuscht, weil er sogar in diesem Moment so beherrscht, so selbstsicher, so unberührbar wirkt wie sonst. Trotzdem schmiege ich mich an ihn, nachdem er sich aus mir entfernt hat, und bleibe schwer atmend auf ihm liegen.

»Du hast keine Ahnung, was du mit mir anstellst, Gwen«, flüstert er und streichelt meinen vom Schweiß feuchten Rücken. Meine Körperhaare stellen sich auf, obwohl mir nicht kalt ist, und er zieht fürsorglich eine Decke über uns.

»Ich weiß es wirklich nicht, aber es fühlt sich gut an«, wispere ich zurück. Ich habe Angst, die sensible Atmosphäre zu zerstören, wenn ich lauter spreche. Es ist so still, dass es mir unheimlich ist. Ich höre nichts als unseren Atem, nicht einmal die Geräusche von der Straße dringen hier herauf. Als wären wir nicht mitten in einer pulsierenden Großstadt, sondern irgendwo im Weltall auf einem einsamen Planeten.

»Du bist so besonders. So zart und ehrlich, unschuldig und doch ...« Er reibt sich über das Gesicht, dann richtet er sich abrupt auf und verlässt das Bett.

»Bitte, bleib«, sage ich leise, und er beugt sich über mich, um mich zu küssen. Ein warmer, trockener Kuss, der mein Herz schneller klopfen lässt.

»Ich habe Angst.« Ich versuche, seinem Blick auszuweichen und beiße mir auf die Wange.

»Wovor?«, fragt er, mit ehrlichem Erstaunen in der Stimme.

»Vor dir. Vor uns.« Seufzend probiere ich, ihn auf das Gästebett zurückzuziehen, aber er bleibt neben mir stehen und mustert mich mit gerunzelter Stirn.

»Was passiert, wenn ich nicht mehr so unschuldig, so unwissend bin? Verlierst du dann das Interesse an mir? Werde ich dann für dich so, wie die anderen Frauen für dich sind? Austauschbar?«

»Kleines, das steht nicht zur Diskussion.« Er setzt sich auf und fährt mit der Hand zärtlich über meinen Oberarm. »Du bist anders. Glaub mir, ich wollte dich vom ersten Moment an. Und wenn ich es darauf angelegt hätte, hätte ich dich schon auf der Buchmesse bekommen.«

Ich pruste amüsiert. »Niemals!«

Er nickt, ohne eine Miene zu verziehen. »Doch, und du weißt es. Aber ich wollte warten. Auf dich. Darauf, dass du bereit für mich bist. Denn sonst wäre vielleicht passiert, was du fürchtest. Wie alle Menschen suchen wir nach Erlösung. Erlösung von der Einsamkeit, dem Gefühl, allein unter vielen Menschen zu sein. Sex ist ein kleiner erster Schritt auf diesem langen Weg, und ich bin froh, dass wir ihn gemeinsam beschritten haben. Ich kann es nicht erwarten, mit dir zusammen weiterzugehen. Ganz egal, wohin.«

Mir schaudert bei seinen Worten, die gleichzeitig eine merkwürdige Erinnerung hervorrufen. Habe ich das schon einmal gehört?

»Bin gleich zurück.« Damit verschwindet er in den Flur, kurz darauf höre ich die Badezimmertür.

Mit wummerndem Herzen bleibe ich zunächst liegen, bevor ich mich aufrichte und neugierig das Zimmer betrachte, in dem ich noch nie alleine war. Ich fühle mich unwohl dabei, kann mir aber trotzdem nicht verkneifen, aufzustehen und ein wenig herumzustöbern. Leise ziehe ich die Schreibtischschublade auf, in der ich allerdings bis auf Aspirin und eine Packung Kleenex nichts Besonderes finde. Die Schublade darunter ist verschlossen, was mich natürlich wahnsinnig macht vor Neugier, aber das Geheimnis werde ich heute nicht lüften können. Dann öffne ich die Schiebetüren des Wandschrankes und halte den Atem ein, während ich in den Flur horche, ob er schon aus dem Bad zurückkommt.

Hör auf damit, Gwen. Es ist unfein, jemandem hinterherzuspionieren. Außerdem wirst du höchstens Sachen finden, die dir klar machen, dass du ihm sowieso nicht gewachsen bist. Dass du ein Spielzeug für ihn bist und nicht mehr, dessen er sicherlich bald genauso überdrüssig wird wie den anderen.

Zeitschriften, Aktenordner, Verträge. Nichts Besonderes. Was habe ich denn erwartet?

Dann fällt mein Blick auf ein Foto. Das Foto einer jungen Frau, das seltsame Gefühle in mir auslöst. Ich kenne sie nicht, sie ist fünfzehn oder sechzehn Jahre alt und grinst frech in die Kamera. Mit blonden Haaren, die in der Sonne rötlich schimmern. Ähnlich wie meine. Erst als seine Stimme hinter mir ertönt, lasse ich erschreckt das Bild fallen. Das Glas des Bilderrahmens zerspringt mit einem klirrenden Geräusch.

»Hast du was Interessantes gefunden?«

20

»Nein, ich … entschuldige, ich wollte nicht …«

Ausatmend sehe ich ihn an, wie er mit gerunzelter Stirn auf mich zukommt, zwei Gläser mit Wasser in der Hand. Erst Sekunden später nehme ich wahr, dass er ja völlig nackt ist, was mir sofort wieder das Blut in den Kopf treibt. Großer Gott, er sieht umwerfend aus! Sogar so, in diesem entspannten Zustand, wirkt er selbstverständlich in dieser Umgebung.

Schlagartig wird mir klar, dass ich absolut nichts über ihn weiß. Gar nichts. Er ist mir so fremd wie jemand, der mir im Kaufhaus begegnet. Und doch … wieder nicht. Weil ich sein Buch kenne? Aber darf ich von dem, was er geschrieben hat, wirklich auf ihn schließen?

»Willst du das nicht aufheben?«, fragt er leise, geht an mir vorbei und stellt die Gläser ab. Ich bücke mich hastig, aber als ich die Scherben aufpicken will, zieht er mich nach oben und an seine Brust. Dann nimmt er mir das Bild mit dem zerbrochenen Rahmen ab und legt es auf den Schreibtisch, bevor er mich küsst.

»Was willst du wissen, Kleines?«

»Alles«, antworte ich, atemlos von seinem Kuss. »Ich will alles von dir wissen.« Und ich will wissen, ob das Mädchen diese Gisele ist. So jung? Was ist mit ihr passiert? Was hat sie mit dem Club und mit dem seltsamen Kerl zu tun? Ich habe so viele Fragen, dass ich sie selbst kaum sortieren kann und gar nicht weiß, wie ich sie stellen soll.

»Ich fürchte, damit hätten wir eine lange Nacht vor uns. Bist du einverstanden, wenn ich vorschlage, dass wir jetzt schlafen und morgen reden?«

Ich beiße mir nachdenklich auf die Lippe, dann nicke ich. Er hat ja recht. Ich bin furchtbar schläfrig und erschöpft und brauche dringend Schlaf. Meine Gedanken springen umher wie Flipperkugeln und sehnen sich nach Entspannung, und so lasse ich mich einfach neben ihn auf das Gästebett fallen. »Also gut. Morgen.«

»Gute Nacht, süße Gwen«, murmelt er, schlingt einen Arm um mich, bis mir fast die Luft wegbleibt, und schließt die Augen. Grinsend betrachte ich ihn in dem fahlen Licht, das durch die Fenster auf ihn fällt. Innerhalb weniger Minuten werden seine Gesichtszüge weich und verlieren jegliche Härte. Er sieht aus wie ein kleiner Junge, der sich müde getobt hat, ein feines Lächeln um seine Mundwinkel. Offenbar gewinnt er sogar gegen mich in der Disziplin schnelles-Einschlafen.

Ich bleibe ein paar Minuten neben ihm liegen, bis er so ruhig und tief atmet, dass ich mich vorsichtig aus dem Bett stehle. Mein Herz klopft schneller, weil ich ein schlechtes Gewissen habe. Aber ich will einfach mehr über ihn wissen. Und warum wir nicht in sein Schlafzimmer gehen.

Vorsichtig husche ich durch den Flur und drücke mit zitternden Fingern die Türklinke des Zimmers runter. Nichts rührt sich. Enttäuscht drücke ich etwas fester, lausche dabei hinter mich, aber Adrian scheint wirklich tief und fest zu schlafen. Der Raum ist verschlossen, was mein Misstrauen nur schürt. Welchen Grund sollte er haben, sein Schlafzimmer abzuschließen? Einbrecher sind bei dem Security-Aufwand im Haus wirklich nicht zu befürchten, außerdem – welche Schätze bewahrt man schon im Schlafzimmer auf? Nachdenklich zupfe ich an meiner Lippe und beschließe, ihm ein anderes Mal auf die Schliche zu kommen. Irgendwann wird er das Penthouse ohne mich verlassen, und dann werde ich die Gelegenheit ergreifen und mich in Ruhe umsehen. Überall. Bis ich ein paar Antworten auf meine vielen Fragen habe.

Wie von selbst führen mich meine Beine zu dem weißen Zimmer, in dem ich schlafen soll, doch kurz vor der Tür überlege ich es mir anders und drehe um. Auf Zehenspitzen kehre ich ins Arbeitszimmer zurück, dessen Tür immer noch offen steht, und schiebe mich vorsichtig zurück auf die Gästeliege. Es ist eng hier zu zweit, aber seine Nähe und Körperwärme beruhigt mich, und als er im Schlaf leise grunzt und seinen schweren Arm auf meinen Bauch legt, muss ich grinsen. Morgen. Oder übermorgen. Ich kann warten.

Wir arbeiten, ohne dabei besonders viel miteinander zu sprechen. Sogar beim Essen, das wie immer vom Hotelservice gebracht wird, ist er schweigsam und ich schiebe es auf seine Konzentration. Schließlich weiß ich, dass er während des Schreibprozesses Tag und Nacht nachdenkt. Trotzdem prickelt die Atmosphäre. Bei jedem Blick, jeder kleinen, noch so zufälligen Berührung ist es, als ob wir elektrisch geladen wären und kurze Stromschläge mich durchzucken, und ich habe das Gefühl, den ganzen Tag in meiner eigenen Feuchtigkeit zu baden, weil meine Gedanken ständig zur letzten Nacht schweifen und jede Minute zurück ins Gedächtnis rufen.

Er wirkt angestrengt und nachdenklich, und ich will ihn in diesen konzentrieren Denkphasen nicht stören. Obwohl er stundenlang sitzt und schreibt, bekomme ich erstaunlich wenig zu lesen. Löscht er vieles davon? Oder zeigt er mir nicht alles?

Am späten Nachmittag schaltet er unvermittelt den Rechner aus, streckt beide Arme in die Höhe und dreht sich grinsend zu mir um.

»Das muss für heute reichen.«

»So?« Ich ziehe skeptisch eine Braue hoch und blinzle ihn über den Brillenrand hinweg an. »Ich habe noch gar nicht gesehen, was du heute geschafft hast. Und mir ist ehrlich gesagt ein wenig ... langweilig.«

»Das, Kleines, können wir umgehend ändern.«

Er steht auf und nähert sich mir, was sofort meinen Herzschlag beschleunigt. Nicht nur, weil er so unfassbar attraktiv ist. Seine männliche, beherrschte Ausstrahlung löst regelmäßig ein Summen und Vibrieren in meinem ganzen Körper aus.

»Komm zu mir«, sagt er, und ich erhebe mich wie unter Hypnose von meinem Stuhl, ziehe das Kleid glatt und nähere mich ihm. Er nimmt eine Haarsträhne und wickelt sie sich um den Finger.

»Mir wäre nach ein wenig Entspannung.« Adrian zieht mich an den Haaren dichter zu sich heran. Sobald unsere Lippen sich berühren, pulsiert Lust durch mich hindurch. Noch nie hat ein Mann mich allein mit seinem Kuss so elektrisiert. Mein eigener Körper fühlt sich fremd an, wenn er so reagiert. Außer Kontrolle.

Entspannung ... was meint er damit? Neugier und Furcht mischen sich in mir zu einem verhängnisvollen Cocktail, der meine Begierde schürt. Oh Gott, nie im Leben habe ich jemanden so gewollt wie Adrian. Alles in mir scheint sich nach ihm zu verzehren, und die Tatsache, dass wir so eng miteinander leben und ich ihn ständig ansehen muss, verstärkt dieses Sehnen nur. Als seine Hand unter mein Kleid taucht und über den Schritt meines Höschens streicht, zerfließe ich in seinen Armen.

Keuchend küssen wir uns weiter, während er mich mit seinem Körpergewicht nach hinten schiebt. Ich folge seiner Bewegung und der vorgegebenen Richtung wie bei einem Tanz. Er führt, und ich kenne nicht einmal die Grundschritte, trotzdem fühlt es sich gut an.

Ich bin barfuß und trage keine Strümpfe, das schlichte Wickelkleid ist rasch geöffnet und fällt raschelnd zu Boden, als er es in einer einzigen sinnlichen Bewegung von meinen Schultern streift. Ich erschauere, weil ich plötzlich fast nackt bin, und verstehe gleichzeitig, warum Adrian Kleider vor Jeans und Sweatshirts bevorzugt. Ich fühle mich weiblich und sinnlich darin, obwohl ich Cat noch vor wenigen Wochen für so eine Aussage ein paar Haare ausgerissen hätte. Was ist mit mir passiert? Was hat er aus mir gemacht, in so kurzer Zeit?

»Ich will dich so sehr, Kleines«, murmelt er, während er meinen Hals mit heißen Küssen übersät. Seine Finger lösen so geschickt und schnell den BH-Verschluss, dass ich über die plötzliche Befreiung meiner Brüste fast erschrocken bin. »Ich will dich sofort haben. Hier.«

Mit einem Ruck wirft er mich auf die Liege, auf der ich atemlos und nur noch mit einem feuchten Höschen bekleidet liegen bleibe. Dann beugt er sich nach unten und spreizt mit einem sardonischen Grinsen meine zitternden Schenkel. Küsst sich seinen Weg von meinen Füßen nach oben, ohne einen Zentimeter meiner Haut auszulassen, die schon bald prickelt von seinen zärtlichen Berührungen. Er beißt sanft in die Innenseite meiner Oberschenkel, fährt mit seinen Händen über meinen Bauch und meinen Schoß, ohne mich intim zu berühren, bis ich mein Becken hebe und ihn anflehe, mich endlich …

»Was willst du?«, fragt er leise, ohne den Kopf zu heben. Ich atme schwer und greife mit beiden Händen in seine Haare, versuche, ihn zu dirigieren. Er folgt mir scheinbar, um kurz vor dem Punkt wieder auszuscheren und mit den Zähnen mein Höschen nach unten zu ziehen.

Bevor er den dünnen Stoff von der Stelle entfernt, an der ich ihn haben will, hält er inne und legt seinen geöffneten Mund auf meinen Schoß. Warm. Kitzelnd. Und … oh Gott, so erregend.

»Bitte, Adrian«, flüstere ich gepresst. Meine Schenkel spannen sich um seinen Kopf und halten ihn fest, seine Lippen liegen heiß auf meinem Slip, der schon von Feuchtigkeit durchtränkt sein muss. Kalt. Warm. Abwechselnde Schauer breiten sich auf meinem Körper aus und lassen mich immer schwerer atmen. Endlich zerrt er mit einem sicheren Griff das Höschen herunter, seine Zunge ist plötzlich da und trifft mich wie ein Blitzschlag. Aufstöhnend wölbe ich meinen Rücken und drücke ihm meinen Schoß entgegen, bis er in mir ist. Mir wird heiß, mit gekonnten Schlägen erregt und lockt er mich, um sich ganz plötzlich nach oben zu ziehen, bis er über mir liegt und mich küsst. Ich schmecke mich selbst in seinem Kuss, meine eigene Lust und Erregung, und spüre seine Erektion zwischen meinen gespreizten Beinen. Fieberhaft reibe ich mich an ihm, an dem rauen Hosenstoff, unter dem sich mein Objekt der Begierde befindet.

Adrian setzt sich auf meine Oberschenkel, legt seine Hände auf meine und drückt sie neben meinem Kopf aufs Kissen, dann sind seine Lippen wieder auf meinen. Als er, noch immer auf mir kniend, die Hose öffnet und über die Hüften schiebt, lecke ich mir über die Lippen. Gott, sogar sein Schwanz ist schön, das ist einfach ungerecht! Gerade, groß, sorgfältig beschnitten und mit einer so köstlichen Spitze versehen, dass ich instinktiv den Mund ein wenig öffne.

Was nicht unbemerkt bleibt.

»Du siehst aus, als hättest du Appetit«, raunt er, schiebt sich mit kräftigen Armen nach oben, sodass seine Härte über meine Haut gleitet und verharrt damit zwischen meinen Brüsten, von denen ich mir nie sehnlicher gewünscht habe, dass sie größer wären als in diesem Moment. Mein Gesicht brennt vor Lust und vor Scham, während ich beobachte, wie er mit seiner Spitze um meine harten Nippel kreist. Alles in mir zieht sich erregt zusammen, und als ich den Kopf leicht anhebe, versteht er und kniet sich so über meinen Oberkörper, dass seine Kuppe über meine Lippen streicht.

Ich bin nervös wie ein Grundschüler am ersten Schultag, während ich vorsichtig meinen Mund weiter öffne und ihn millimeterweise in mir aufnehme. Er schmeckt nach Meer, salzig, frisch. Meine Augen klappen wie von selbst zu, meine Hände sind unter seinem Griff gefesselt, und ich sauge an ihm, als hätte ich das schon sehr häufig getan. Hoffe ich jedenfalls.

Ein heiseres Stöhnen aus seinem Mund bestätigt mich und spornt mich weiter an. Tiefer und tiefer lasse ich ihn in mir verschwinden, nehme ihn so weit auf, wie ich kann, und fahre dabei immer wieder mit der Zunge über seine Härte. Sauge an seiner Spitze, wenn er sich zurückzieht. Dann öffne ich kurz die Augen, um ihn anzusehen. Sein Gesicht ist angespannt, konzentriert.

»Kleines, das fühlt sich unglaublich an.« Seine Stimme ist nur ein Flüstern, vermischt sich mit dem leisen Stöhnen. Wir sehen uns tief in die Augen, während ich meinen Kopf bewege und meine Lippen zusammengepresst an ihm auf- und abgleiten lasse, immer wieder.

»Du machst mich wahnsinnig«, flüstert er, bevor er die Zähne aufeinander beißt und die Augen schließt. Seine Hand legt sich auf meinen Hinterkopf, hält mich, dann stoßen seine Hüften und er nimmt meinen Mund. Fest. Tief. Seine Lust steckt mich an. Als er bemerkt, dass ich wimmere, zieht er sich aus mir heraus und setzt sich neben mich aufs Bett, um mich an den Hüften über sich zu ziehen.

Großer Gott! Ich verstehe, was er will, aber ich weiß nicht, ob ich das kann. Er spreizt meine Beine, bis ich dicht über seinem Gesicht bin und seine von meinem Speichel glänzende Erektion wieder vor mir habe. Als seine Zunge meine Mitte berührt, schreie ich kurz auf vor Anspannung, dann beuge ich mich über ihn und nehme ihn wieder zwischen meine Lippen. Mein Herz klopft heftig und ich spüre, wie sich meine Nässe mit jedem Zungenstreich auf seinem Gesicht verteilt. Ich folge seinem Rhythmus und passe meine Bewegungen seinen an, bis wir uns wie in Trance gegenseitig lecken, an uns saugen, lutschen, knabbern. Mit den Händen spreizt er meine Pobacken, und ich kann nicht anders, als mein Becken zu senken. Tiefer. Ich will ihn tiefer. Schneller. Wie im Fieber gleitet meine Zunge an ihm entlang, auf und ab, kreist über seiner Spitze, wenn er mich dort unten einnimmt. Wieder und wieder. Bis ich die Luft anhalte und meine Beine sich um seinen Kopf herum versteifen.

»Oh Gott!«, stoße ich hervor, als ich heftig zuckend über ihm komme, und eine Sekunde später spüre ich, wie seine Spitze an meiner Lippe zu vibrieren scheint. Noch während ich komme, stülpe ich meinen Mund über seinen Schaft und nehme ihn in mir auf, dann mischt sich das Pulsieren mit meinem.

»Oh, fuck, Gwen, ich komme, ah, jetzt ...« Ich zucke nur kurz zusammen, als der ungewohnte, herbe Geschmack meine Zunge trifft, dann kneife ich die Augen zu und schlucke einfach. Zum ersten Mal in meinem Leben. Gütiger Himmel, es schmeckt nach Austern und fühlt sich auch so an. Aber es ist heiß. Brennt in meiner Kehle. Ich lecke ihn sauber, dann drehe ich mich mit hochrotem Kopf zu ihm um und krieche kichernd in seine Armbeuge, die er mir grinsend entgegenstreckt.

»Kleines, das war der Hammer«, raunt er und beißt mir in den Hals. Ich streiche mit der Hand über seine Brust und unterdrücke ein seltsames Geräusch, das aus mir hervordringen will und mich an das Schnurren einer zufriedenen Katze erinnert.

Ob ich ihm sagen soll, dass ich das noch nie...?

»Das war dein erstes Mal«, erklärt er trocken und ich beiße grinsend die Zähne zusammen, um nicht lachen zu müssen.

»War es so schlecht, dass du das gleich bemerkt hast?«, frage ich dann herausfordernd und sehe ihm in die Augen. Himmel, er sieht unglaublich schön aus, wenn er so ... befriedigt ist. Entspannt. Sogar die kleine Falte zwischen den Brauen ist verschwunden, sein Gesicht ist glatt wie das eines Teenagers.

»Im Gegenteil. Ich werde jahrelang davon träumen. Leider konnte ich dich nicht ansehen, als du gekommen bist, das ist der Nachteil bei dieser Stellung. Aber ich habe dich gefühlt. Du warst so nah.« Sein Kinn glänzt, was mich etwas beschämt. Noch mehr jedoch beschämt mich der folgende Kuss, der unser beider Lust vermischt und vereint. Jesus, ich bin beinahe explodiert. Auf seinem Gesicht! Meine Beine zittern immer noch, obwohl mein Puls sich langsam beruhigt und die Spannung dieser großartigen Erschöpfung weicht.

»Es ist unglaublich schön, deine echte, unverfälschte Erregung zu erleben«, sagt er und streicht Haare aus meinem Gesicht, bevor er seine Nase hineindrückt und tief einatmet, als wolle er meinen Duft in sich einsaugen. »Du bist so ehrlich, so frei. Ohne Theater zu spielen.«

Theater spielen? Im Bett? Das wäre mir nie eingefallen, nicht einmal für Julius habe ich das getan. Oh, er hat gewusst, dass ich nie gekommen bin, wenn wir miteinander geschlafen haben. Er hat es mir vorgeworfen und behauptet, meine Frigidität sei schuld daran, dass er mich betrogen hat. Schließlich hätte ich nicht erwarten können, dass ein gesunder und lustvoller Mann sich mit einer kalten Frau zufrieden gibt, die wie eine Leiche unter ihm liegt und alles über sich ergehen lässt. Meine Augen fangen an zu brennen, als die Erinnerung an unsere letzten Gespräche in mir hochschießt, und Adrian bemerkt meinen Kummer.

»Hey! Was ist los? Sprich mit mir, Kleines.« Er sieht mich so besorgt an, dass ich unter Tränen lächeln muss. Und dann erzähle ich. Von Julius. Davon, dass ich so froh war, dass überhaupt ein Mann Interesse an mir hatte. Dass ich mit ihm zusammen war, um mitreden zu können, um mir zu beweisen, dass ich nicht so hässlich und altklug und wenig liebenswert war, wie meine Mutter mir jahrelang eingeredet hat. Dass ich glücklich war, wenn er mich küsste und *Ich liebe dich* sagte, auch wenn ich später erfuhr, dass er das nie wirklich gemeint hat. Dass es nichts bedeutete.

»In dem Moment, in dem er es sagte, bedeutete es mir alles«, sage ich und wische mir mit dem Handrücken eine entlaufene Träne von der Wange. »Und er hat es einfach kaputt gemacht.«

»Was ist passiert?« Adrian zieht eine Decke über unsere nackten Körper, die eng aneinander geschmiegt auf der Liege in seinem Arbeitszimmer ruhen. Draußen wird es dunkel, nur die bunten Bildschirmschoner der beiden iMacs werfen ein kühles Flackern auf uns.

»Ich habe ihn mit seiner Exfreundin erwischt. In unserer gemeinsamen Wohnung, auf dem Küchen …« Oh Gott, ich kann das nicht aussprechen. Sofort sind die Bilder wieder da. Und die bösen Worte, die mir die Hexe an den Kopf geworfen hat.

Willst du die Briefe lesen, Gwendolyn? Die heißen Briefe, die er mir seit Jahren schreibt? Nie hat er mich vergessen, schreibt er. Nie hat er vergessen, wie ich unter ihm gekommen bin, ihn dabei angesehen habe. Noch immer denkt er an mich, wenn er mit dir schläft. Sieht meine prallen Brüste vor sich, zwischen die er so gern seinen Schwanz geschoben hat. Er hat unser gemeinsames Stöhnen früher aufgezeichnet und sich die Aufnahmen heimlich angehört, wenn er sich einen runtergeholt hat. Weil du ihn nicht befriedigen konntest. Und jetzt stehst du hier und willst ihm Vorwürfe machen? Du bist doch selbst schuld, du hast ihn fast umgebracht mit deiner Kälte!

Adrian ist geduldig und hört zu, ohne ein Wort zu sagen. Und ich erzähle alles. Jedes Detail, das sich in mein Herz gebrannt hat wie eine schmerzende Narbe.

»Es war nicht deine Schuld«, sagt er. Ich hole Luft und lege

mein feuchtes Gesicht wieder an seine warme Brust. »Wenn man verliebt ist, betrügt man erst sich selbst und später den anderen.«
»Oscar Wilde«, flüstere ich lächelnd.
»Julius war ein Arsch und nicht in der Lage, dich zu befriedigen. Der beste Beweis liegt hier in meinem Arm.«

Seine Hand gleitet über meinen Hintern, und plötzlich drängen sich seine Finger von hinten zwischen meine Pobacken, um danach über meine Spalte zu streichen. Sanft und liebevoll. Sofort ist es zurück, das pulsierende Klopfen, die Feuchtigkeit, das Ziehen in meinem Unterleib. Und als ich spüre, wie er unter meiner Hand wächst, lasse ich mich auf ihn ziehen und genieße den langen Kuss, bevor wir uns wie zwei Liebende lieben. Ruhig und behutsam, streichelnd und zärtlich. Küssend.

Meine Tränen sind noch nicht getrocknet, als wir gemeinsam kommen und unsere Körper sich zuckend vereinen.

Nie wieder. Nie wieder wollte ich die Worte *Ich liebe dich* hören. Sie waren vergiftet, leere Hülsen. Doch im Moment wünsche ich mir nichts sehnlicher … auch wenn es eine Lüge wäre.

21

Ich bin euphorisch. Die letzten beiden Tage waren geprägt von Lesen, Redigieren (wovon ich nie genug kriegen kann, ich fange ständig wieder von vorne an, weil ich bei jedem Durchgang weitere Kleinigkeiten finde) und ... Lust. Ich habe nicht mitgezählt, aber gestern Abend fühlte ich mich so wund wie ein Cowboy. Trotzdem verspüre ich ständig dieses seltsame Ziehen im Bauch, wenn ich ihn nur ansehe und komme mir vor, als ob ich in meinem Slip ein Feuchtbiotop züchten könnte.

Auch Adrian wirkt beinahe glücklich. Ab und zu beobachte ich ihn heimlich, während er vertieft schreibt. Kaue auf einem Bleistift, stütze das Kinn in die Hand und starre ihn an, wobei sich mein Unterleib sehnsüchtig zusammenzieht.

Wir sind nicht ausgegangen, weil wir uns selbst genug sind. Das Essen kommt regelmäßig, wir arbeiten, reden, lachen, lieben uns. Es ist fast perfekt. Wenn ich nicht wüsste, dass dieser Zustand begrenzt ist. Weil er eigentlich andere Vorlieben hat, die ich nicht erfüllen kann. Weil ich weiß, dass er sich zurücknimmt, mir zuliebe. Und weil es sich anfühlt, als säße ich auf einer tickenden Zeitbombe, die jederzeit explodieren kann. Mein Magen zieht sich nervös zusammen, als er aufsteht und mitten im Raum stehen bleibt.

»Schluss für heute, ich habe Nackenschmerzen. Außerdem habe ich einen Durchhänger.«

Ich pruste vor Lachen und starre herausfordernd zwischen seine Beine. »Ist das dein Ernst? Das wäre aber schade.«

»Wünsch dir nichts, was du nachher nicht halten kannst«, knurrt er und zieht die Brauen zusammen, um gleich darauf wieder zu lachen.

»Ich könnte in der Tat ein wenig Inspiration gebrauchen. Und ich habe schon eine Idee. Die Frage ist ... bist du bereit für ein kleines Spiel? Hast du Lust?«

Die Art, wie er das Wort Spiel betont hat, löst ein erregtes Schaudern in mir aus. Oh, ich weiß genau, was er meint. So genau. Was ich nicht weiß ist, ob ich bereit dazu bin. Ich habe Angst, entsetzliche Angst. Er ist so erfahren und hat schon so viele Frauen gehabt, während ich ... werde ich ihm überhaupt genügen können? Wird er sich nicht schrecklich langweilen mit mir? Und was ist, wenn mir das alles überhaupt nicht gefällt? Gibt es dann eigentlich noch eine Chance für mich?

Meine Knie fangen an zu zittern, als er seine Hand in meinen Rücken legt und zärtlich darüber streicht.

»Welche Art von Spiel meinst du?«

»Es wäre deutlich weniger spaßig, wenn ich dir das vorher schon verraten würde. Es ist die Ungewissheit, die besonders prickelt. Der Nebel, der aus der Realität eine Erwartung macht. Du musst mir schon vertrauen und dich auf mich einlassen.«

Vertrauen. Ein großes Wort in unserer Situation, schließlich habe ich immer noch das Gefühl, ihn kaum zu kennen. Außerdem höre ich ständig Cats Warnungen im Kopf, die mich irritieren und meine Angst vor ihm schüren. Trotzdem verursachen seine Worte, dass mein Unterleib sich lustvoll zusammenzieht und mein Höschen feucht wird. Himmel, wenn er nicht so verflucht gut aussehen würde, hätte ich kein Problem damit, ihm zu widerstehen. Wenn er mich nicht immer so ansehen würde. Und wenn er nicht ... so unglaublich ... gut ... küssen könnte ...

»Ja«, entfährt mir, nachdem er sich von meinen Lippen gelöst hat. Meine Finger kribbeln vor Aufregung, und ich spüre, wie das Blut meinen Kopf verlässt und in andere Körperregionen einzieht. Er grinst selbstgefällig. »Dann zieh dich aus.«

»Was ... jetzt? Hier?« Oh Gott, so schnell? Darauf bin ich nicht vorbereitet. Er zieht die Brauen zusammen, bis wieder diese kleine, steile Falte auf seiner Stirn zu sehen ist, und nickt ohne ein weiteres Wort. Ich komme mir vor wie ein folgsames Haustier, als ich langsam das Kleid im Rücken öffne. Ich muss mich etwas verrenken dabei. Er hilft mir nicht, und kurz durchzuckt mich die Idee, ob er nun einen perfekten, sinnlichen Striptease von mir erwartet? Oh bitte nicht. Bevor er einen solchen Wunsch äußern kann, streife ich das Kleid so hektisch ab, dass es nach unten gleitet und als Knäuel um meine Füße liegen bleibt.

Adrian geht zum Schreibtisch, öffnet eine Schublade und kramt darin herum, also verharre ich erst mal und warte auf weitere Anweisungen.

»Auch den Rest«, sagt er schlicht, ich höre ein Klimpern in seinen Händen. Münzen? Viel zu schnell ziehe ich BH und Slip aus, steige mit den Füßen aus dem Kleid und bemerke, dass mein ganzer Körper zittert.

»Wenn dies ein Spiel sein soll, hätte ich gern ein paar Regeln«, wage ich zu sagen und versuche, ihn so frech wie möglich anzusehen. Er zieht amüsiert eine Augenbraue nach oben und lehnt sich mit dem Hintern gegen den Schreibtisch, mit verschränkten Füßen.

»Regeln? Die kannst du haben. Es wird nur einen Gewinner geben, so viel kann ich dir verraten. Und der darf sich seinen Preis selbst aussuchen.«

»Okay. Ich weiß schon, was ich als Preis möchte«, sage ich selbstbewusst, obwohl ich mich gar nicht so fühle. Nackt vor ihm, während er in ein dunkles Buttondown-Hemd und eine schwarze Hose gekleidet ist. Das Machtgefälle zwischen uns scheint so tief wie der Grand Canyon zu sein, und ich kann ihm ansehen, dass ihm genau das gefällt.

»Stell dich an die Wand, mit gestreckten Armen und gespreizten Fingern.«

Hm. Ich hab keine Ahnung, wie er das meint und postiere mich ziemlich unbeholfen mit dem Oberkörper an der Mauer. Er lacht hinter mir, rau und leise, zieht mich an den Hüften zurück und spreizt meine Beine, bis ich weit genug von der Wand entfernt stehe, sodass meine Arme durchgestreckt sind.

Ich werde blass, weil er in dieser obszönen Position zwischen meine Pobacken sehen kann, und das Licht im Arbeitszimmer ist nicht gerade schmeichelhaft. Dann tritt er neben mich und schiebt ... Münzen unter meine Finger. Unter jeden Finger eine.

»Was ich auch mit dir anstelle – für jede Münze, die dir herunterfällt, werde ich dich später bestrafen. Womit und wie, verrate ich nicht.«

Ich ziehe scharf die Luft durch die Zähne. Meine Hände und Beine zittern jetzt schon! Selbst, wenn er sich nur an den Schreibtisch setzt und mich ansieht, so nackt, wie ich hier stehe, werde ich niemals in der Lage sein, alle Geldstücke festzuhalten!

»Das ist gemein«, stoße ich hervor, weil er ganz sicher nicht vorhat, mich in Ruhe zu lassen.

»Wenn du keine einzige Münze verlierst, hast du gewonnen«, raunt er an meinem Ohr. Sein Kinn kratzt leicht auf meiner Haut und ich habe schon jetzt alle Mühe, die Beherrschung nicht zu verlieren, aber mein Ehrgeiz ist geweckt. Natürlich will ich gewinnen! So leicht gebe ich mich nicht geschlagen, obwohl ich mir in diesem Zweikampf völlig unbewaffnet vorkomme.

»Was ist dein Wunsch?« Seine dunkle Stimme jagt mir einen Schauer nach dem anderen über den Rücken, ebenso wie seine fast unerträgliche Nähe, die Wärme, die sein muskulöser Körper ausstrahlt. Bestimmt kann er jedes einzelne Härchen sehen, das sich ihm entgegenstellt.

Ich atme tief ein, starre zwischen meinen ausgestreckten Armen hinweg auf den Fußboden und wage meine Antwort.

»Ich möchte, dass du mir den ganzen Abend lang Rede und Antwort stehst und mir all meine Fragen ehrlich beantwortest.«

»Klingt nach einem fairen Deal, Kleines. Davon abgesehen, dass du nicht den Hauch einer Chance hast, dieses Spiel zu gewinnen.«

Er lacht heiser, und obwohl ich ihn nicht sehen kann, weiß ich genau, wie er dabei aussieht. Oh, warte bloß! Was auch immer du tun willst, ich kann mich beherrschen. Ich werde einfach an ganz andere Dinge denken und meinen Geist zwingen, den Körper zu verlassen. Ich bin mir sicher, dass ich das schaffe. Ich muss einfach! Diese großartige Chance muss ich nutzen.

Minutenlang lässt er mich so dastehen, bis meine Arme vor Anstrengung zu zittern anfangen.

»Wie lange soll ich in dieser Position bleiben, deiner Meinung nach?«, fauche ich. »Wenn du mich stundenlang so stehen lässt, ist das ein höchst unfaires Spiel.«

Seine Finger gleiten über meinen Rücken und kreisen über meine Pobacken. Ganz sanft nur, wie ein Kitzeln. Ich spanne alle Muskeln an, die mir gehorchen wollen, und kneife die Augen zu. Sehen kann ich ihn sowieso nicht, also wird es mir helfen, mich zu konzentrieren.

»Keine Sorge. Ich habe nicht vor, dich zu lange zappeln zu lassen. Aber es mag sein, dass du dir nachher wünschst, ich hätte es getan.«

Meine Finger werden feucht und einige Münzen fangen schon bedrohlich zu rutschen an. Ich presse meine Hände so fest dagegen, dass sie zwischen mir und der tapezierten Wand eingeklemmt sind.

Während er meinen ganzen Körper mit diesen hauchzarten Berührungen versieht, murmelt er köstliche Liebkosungen für mich, die Hitze durch meinen Körper jagen.

»Du bist wunderschön, Gwendolyn. Diese weiße Haut mit den wenigen Sonnenmalen. Jugendlich schön. Und du hast den göttlichsten kleinen Hintern, den ich je in die Finger bekommen habe. Bist du hier schon mal genommen worden, Kleines?«

Als sein Finger zwischen meine Pobacken fährt und sanft über die Öffnung dazwischen streicht, läuft mir ein Schauer über den Rücken. Instinktiv kneife ich alles zusammen und schüttle den Kopf, woraufhin die Münze unter meinem rechten Zeigefinger ein wenig nach unten rutscht. Oh Gott, ich muss mich echt beherrschen. Nur nicht bewegen. Am besten … gar nicht bewegen. Mein Herz klopft schneller vor Anspannung und ich gebe mir Mühe, so tief und ruhig wie möglich zu atmen. Konzentrieren.

»Nein«, flüstere ich, während er mich weiter dort massiert und damit ein seltsames Pulsieren vorn auslöst, als wären diese beiden Körperteile miteinander verbunden.

»Ich werde es nicht heute tun, doch eines Tages werde ich diese Stelle einnehmen. Und dich sozusagen entjungfern.« Er lacht erneut, seine Finger rutschen zwischen meinen Beinen nach vorn über meine Spalte, teilen die Schamlippen, um mich zu erkunden.

»Wie feucht du schon bist. Es ist faszinierend, wie ich mit deinem Geist spielen kann. Mit deiner Lust, Neugier und Angst. Ist diese Mischung nicht wahnsinnig erregend? Du hast keine Idee, was ich mit dir anstellen könnte. Weil du die Situation nicht kennst. Deine Unerfahrenheit macht dich zu einem sehr erregenden Opfer, Gwen ...«

Ich zucke zusammen, als er ohne Vorwarnung einen Finger in mich hineinschiebt und mit dem Daumen der anderen Hand über meinen Kitzler kreist. Das Zittern in meinen Beinen verstärkt sich, mehrere Münzen drohen, sich selbstständig zu machen. Ich bin mir sicher, dass er sie genau beobachtet, und halte sie wieder fest. Auf meiner Stirn bilden sich erste Schweißtropfen, ebenso in meinem Nacken, in dem ich seine Lippen spüre.

Opfer. Genauso fühle ich mich. Ich bin ein Opfer meiner eigenen Lust, seiner Anziehungskraft, meiner Angst. Der raue Hosenstoff ist plötzlich an meinen Schenkeln, an meinem Hintern, und ich kann seine Erektion darunter spüren. Zum Glück erregt ihn das hier genauso wie mich, ein kleiner Trost.

Mein Atem geht stoßweise, als er sich zwischen meine gespreizten Beine kniet. Ich presse die Lider fest zusammen. Nicht blinzeln. Nicht hinsehen. Seine Zunge trifft mich unerwartet, nur mit Mühe kann ich die Münzen unter meinen feuchten Händen halten.

»Ah, verdammt«, entfährt mir, als sich zu seiner leckenden Zunge Finger gesellen, die meine Feuchte teilen und in mich eindringen. Diesen tief verborgenen Punkt so gekonnt massieren, dass sich nicht bloß meine Brustwarzen, sondern mein ganzer Körper heftig zusammenzieht.

Ich bin besser gefesselt, als wenn er ein Seil oder Handschellen genommen hätte. Und es ist furchtbar anstrengend. Meine Arme zittern genauso wie meine Beine, während er geschickt mit Zunge und Fingern spielt.

Er treibt mich immer wieder an den Rand einer Klippe, dann hört er auf und lässt mich dort stehen, eine Hand flach auf meinen Bauch gelegt, als könnte er dort spüren, wann ich so weit bin.

Mein Atem geht flacher, und ich muss alle Kraft aufbieten, um die Münzen festzuhalten. Lange werde ich das nicht mehr schaffen!

Mit einem Mal zieht er sich zurück und lässt mich unerfüllt, mit bebenden Knien. Atemlos lausche ich den Geräuschen, die er hinter mir macht. Höre den Reißverschluss seiner Hose, die Gürtelschnalle. Verheißungsvoll. Beängstigend.

Dann spüre ich ihn zwischen meinen Beinen, wie er seine ganze Härte an mir reibt, ins Leere stößt. Die weiche Haut, hart wie Marmor. Immer und immer aufs Neue. Ich keuche, kneife die Augen zu und höre ein Wimmern, das von mir stammen muss.

»Adrian ... ich kann nicht mehr«, gebe ich von mir, und als er mit einem Ruck in mich eindringt und plötzlich so groß, so mächtig in mir ist, höre ich das Klimpern einer Münze. Eine zweite, dritte ... eine ganze klirrende Symphonie erfüllt den Raum, doch keiner von uns hört zu. Wir sind zu gefangen in unserer eigenen Lust, in der Gier unserer Körper.

Seine Hände liegen auf meinen Brüsten, streicheln und kosen und zupfen an den harten Brustwarzen, und Sekunden später sind sie zwischen meinen Beinen, wo er mich gekonnt im Takt seiner tiefen Stöße massiert. Im Kreis. Immer im Kreis.

Mein ganzer Körper ist in Schweiß gebadet, als ich heftig pulsierend komme und spüre, wie sich mein Muskel um ihn spannt. Hart.

Seine Hand ist an meinem Kinn, dreht meinen Kopf zur Seite, dann berühren seine Lippen meine und küssen mich, während er in mir zuckt. Kein Stöhnen entfährt ihm, und doch spüre ich mit jeder Faser meines Körpers, wie er kommt. Spüre jedes winzige Zucken tief in mir, bis auch mein Körper sich von seinem Fieber anstecken lässt und ein zweites Mal versteift.

»Nimmst du die Pille?« Ich sitze nackt auf seinem Schoß, der Reißverschluss seiner Hose drückt sich unangenehm gegen meine Pobacken, aber das stört mich nicht.

»Ja«, sage ich. »Es ist okay.« Mir wird heiß. Er hat kein Kondom benutzt, und eigentlich ist es nicht okay. Ich kann mir ja kaum ausmalen, wie viele Frauen er schon hatte! Ich nehme die Hormone aus Gewohnheit, weil ich damals bei Julius damit angefangen habe und froh darüber war, dass meine Menstruation dadurch so harmlos ausfiel.

»Es *ist* okay, Kleines. Ich habe immer gut aufgepasst. Gerade eben habe ich die Beherrschung verloren. Es tut mir leid.«

Oh Gott. Mir tut es auch leid, denn ich hätte das zu gern gesehen. Leider war ich zu beschäftigt mit mir selbst, was ich ein wenig bereue.

»Du siehst traurig aus«, sagt er.

Ich schmiege meinen Kopf gegen seine Brust und genieße die Wärme seiner Hände, die Festigkeit der muskulösen Arme, die mich halten, als ob sie mich trösten und beschützen wollten.

»Ich bin nicht traurig. Nur besorgt. Weil ich nicht weiß, wo das hier mit uns hinführt.«

»Das kann ich dir auch nicht sagen, Gwendolyn. Weil ich noch nie jemanden wie dich getroffen habe. Du erinnerst mich an einen Menschen, den ich sehr geliebt habe, und ich weiß nicht, ob das gut ist.«

Ich schlucke und schließe meine Augen.

»Wer war sie?«, frage ich dann ängstlich. Mein Herz zieht sich zusammen, Angst vor seiner Antwort. Will ich das wirklich hören?

»Meine Schwester. Und es ist meine Schuld, dass sie nicht mehr lebt.«

22

Mein ganzer Körper erstarrt zu einem Eisklotz, mein Puls beschleunigt sich.

»Wie bitte?«

Seine Augen wirken nebelverhangen, trüb. Dunkler als sonst.

»Ich weiß, dass du wissen möchtest, wer das Mädchen auf dem Foto ist, das du gefunden hast. Da du dich tapfer geschlagen hast bei unserem Spiel, werde ich dir diese Frage beantworten, so schwer es mir auch fällt. Ich habe das Gefühl, dass du eine Antwort verdient hast.«

Hastig setze ich mich auf und lege eine Hand auf sein Gesicht, das sich merkwürdig kühl anfühlt. Als wäre Leben aus ihm gewichen.

»Was ist passiert?«

Er atmet tief ein, schließt die Augen, und ich sehe, wie sein Kiefer vor Anspannung zuckt. Mir ist auf einmal eiskalt, obwohl ich vorhin noch glaubte, gerade aus einer Sauna gehüpft zu sein.

»Carol war meine Halbschwester. Meine Mutter heiratete erneut, als ich etwa zehn war. Wir zogen zu ihm nach Aberdeen, und kurz darauf bekam meine Mutter eine kleine Tochter. Ich habe meine kleine Schwester sehr geliebt, von Anfang an. Habe sie mit mir herumgetragen wie eine Puppe, sie verteidigt, wenn Spielkameraden sie geärgert haben. Ich habe sie gebadet, als sie ein Baby war, und ich habe ihre Windeln gewechselt. Meine Mutter litt unter einer schweren postnatalen Depression, was wir damals alle nicht wussten und daher nicht verstanden. Jedenfalls war sie nicht in der Lage, sich um ihr Kind zu kümmern und vernachlässigte sie. Also sprang ich für sie ein und übernahm ihre Rolle.

Carol war ein wunderhübsches Mädchen, unglaublich fröhlich. Ich glaube, ich habe sie wenige Male im Leben weinen sehen, sogar als Säugling hat sie häufiger gelacht als geschrien. Ich habe ihr verziehen, dass sie meine Matchboxsammlung in kleinkindlicher Wut gegen die Wand gedonnert und zerstört hat, und ich habe ihr nie die Schuld daran gegeben, dass sie der Sonnenschein der Familie war, um den sich alles drehte.«

Er verstummt, seine Hand streichelt mechanisch über meinen Rücken, während er mich mit der anderen enger zu sich heranzieht. Meine Unterlippe zittert. Ich sehe ihn an und warte geduldig, dass er weiterspricht.

»Natürlich kam die Zeit, in der ich meine ersten Freundinnen nach Hause brachte und von dem kleinen Kind genervt war. Sie hing an mir wie eine Klette, und zu meinem Leidwesen beschäftigten sich meine Freundinnen oft mehr mit ihr als mit mir, wenn sie da war. Ich habe sie gewähren lassen und sie selten aus meinem Zimmer verbannt. Nur dann, wenn ich Dinge vorhatte, die nicht für Kinderaugen gedacht waren.«

Er grinst traurig.

»Als mein Stiefvater an einem Herzinfarkt verstarb, war ich der Mann im Haus und nicht nur für sie, sondern auch für meine Mutter verantwortlich. Die tröstete sich schnell über den Verlust und lernte bald einen anderen kennen. Im Gegensatz zu Carol, die sich noch stärker an mich klammerte und kurz vor der Pubertät heftige Verlustängste entwickelte, obwohl sie den Tod ihres Vaters seltsam gefasst aufgenommen hatte. Sie war so unschuldig, von einer Reinheit, dass es mich in der Seele schmerzte, sie zu beobachten. Ich dagegen ... nun ja, sagen wir, ich war in meiner Jugend das genaue Gegenteil von ihr.«

Sein Lächeln dringt nicht bis zu den Augen vor, trotzdem versuche ich, es zu erwidern und fahre mit der Hand in seine Haare.

Ein Bild vom jugendlichen Adrian, rebellisch, selbstbewusst, sicher, die Welt zu erobern, taucht vor meinem inneren Auge auf.

Ich hänge an seinen Lippen, gierig, mehr von ihm zu erfahren. Obwohl ich nackt bin, ist das Machtgefälle zwischen uns in diesem Moment verschwunden. Ich spüre, dass er sich mir öffnet und mich einlassen will, und das lässt mein Herz noch heftiger schlagen als alles zuvor Erlebte.

»Natürlich zog ich mit Anfang zwanzig trotzdem aus. Ich war jung, wollte studieren und Schriftsteller werden. Ich tat alles dafür und schrieb in jeder freien Minute, wenn ich nicht gerade las oder mit Frauen … du weißt schon. Ich hatte das Gefühl, etwas erleben zu müssen, um darüber schreiben zu können.«

Er wirkt ein wenig verlegen bei den letzten Worten. Süß. Als ob ich nicht längst wusste, dass ein Mann mit solcher Schönheit Gelegenheiten nutzen würde, ja vielleicht sogar musste.

»Sprich dich ruhig aus«, necke ich ihn, werde aber sofort ernst, weil ich weiß, dass ihm diese Unterhaltung schwerfällt.

»Vor vier Jahren fuhr meine Mutter mit ihrem neuen Ehemann in den Urlaub. Karibik, sechs Wochen. Eine Segeltour auf einer großen Yacht. Im Gegensatz zu ihren vorherigen Ehemännern hatte sie sich diesmal ein reiches Exemplar geschnappt, das sie ausnutzen konnte. Ich weiß, das klingt hart für dich, ich bin nicht verbittert ihr gegenüber. Ich verstehe sie heute sogar und wir kommen miteinander aus. Damals aber bat sie mich, in der Zeit ein Auge auf Carol zu haben. Sie war kurz vor ihrem sechzehnten Geburtstag, ein anständiges Mädchen, gut in der Schule mit vielen sportlichen Hobbys. Es gab keinen Grund zur Sorge. Sie war ein Sonnenschein, hatte ihr Gemüt durch die Pubertät gerettet. Es gab keinen Grund für mich, in der Zeit nach Hause zurückzugehen, stattdessen fuhr ich einmal am Tag vorbei und sah nach dem Rechten. Es gab Personal im großen Haus, das sich um Blumen, Tiere und um Carols Mahlzeiten kümmerte, aber ich wollte sicherstellen, dass sie nicht einsam war. Nach meinen Besuchen fuhr ich in meine eigene Wohnung zurück und … lebte.«

Ich ahne, was er mit leben meint, und mir wird ein bisschen

schwindelig auf seinem Schoß. Was um alles in der Welt ist mit Carol passiert?

»Von einem Freund wusste ich nichts. Er war ein paar Jahre älter als sie, Student, und ein unruhiger Geist. Sie hatte ihn uns allen verheimlicht, keine Ahnung, warum. Er war wohl kein typischer Bad Boy, aber an einem Abend überredete er sie dazu, mit ihm einen Club zu besuchen. Sie schickte mir mitten in der Nacht mehrere SMS und versuchte, mich anzurufen. Die Anrufe auf meiner Mailbox waren von einer in Tränen aufgelösten Carol, aber leider hatte ich mein Handy in einer Tasche vergraben und war ... beschäftigt. Ich erfuhr erst am nächsten Nachmittag, als ich ihre Nachrichten endlich abhörte und las, was passiert war.«

Seine Augen glänzen, sein Gesicht wirkt so angespannt, als ob er sich beherrschen müsste, nicht zu weinen. *Weine ruhig*, will ich sagen, doch kein Wort kommt aus meinem Mund. Stattdessen nehme ich einfach seine Hand, ganz fest, und streiche mit dem Daumen über seine schlanken Finger.

»Sie hatte sich mit ihrem Freund gestritten, vermutlich aus Eifersucht. Jedenfalls schluchzte sie so was wie *Blöder Arsch* und *Mieser Wichser* auf meinen Anrufbeantworter.« Er lächelt unter Tränen. Ich muss so heftig schlucken, dass mein Kehlkopf schmerzt, und vergesse vor lauter Anspannung glatt, zu atmen.

»Sie bat mich, sie abzuholen. Die Kurznachrichten hatte sie zwischen 1.35 Uhr und 2.11 Uhr geschickt, der letzte Anruf war von 2.07 Uhr. Danach nichts mehr. Ich fuhr sofort nach Hause, doch dort war sie nicht. Ich rief meine Mutter auf ihrem Handy an, und sie wusste von nichts, hatte keine Meldung von Carol bekommen. Um sie nicht aufzuregen, so weit weg, wie sie war, verschwieg ich ihr, was passiert war, und machte mich auf die Suche nach Carol. Ich klapperte alle bekannten Freunde ab, fuhr zu dem Club und befragte dort Türsteher, Barkeeper ... einfach alle, die ich traf. Niemand hatte Carol gesehen oder bemerkt. Sie war schön, aber sie war unauffällig. Keins von den geschminkten, gestylten Mädchen, sondern eine natürliche und ehrliche Schönheit. Nichts, was Jungs in dem Alter interessiert.«

Oh Gott, ja. Mein Herz macht einen Hüpfer, weil mir das bekannt vorkommt. Nicht das mit der Schönheit, aber die Sache, dass Jungs in dem Alter sich nicht für natürliche Mädchen interessieren. Ich zupfe an meiner Unterlippe und sehe ihm weiter fest in die Augen, damit er weiterspricht.

»Was ist mit Carol passiert?«

»Als sie am Abend noch immer nicht auffindbar war, meldete ich das der Polizei. Man versuchte mich zu beruhigen, ein verschwundener Teenager ist offenbar nichts Besonderes. Ich beteuerte, dass Carol alles andere als ein rebellischer Teenie sei, es half nicht. Frühestens nach achtundvierzig Stunden, sagte man mir, würde die Polizei aktiv werden und eine kleine Fahndung durchführen. Bis dahin sollte ich abwarten, sie würde sicher bald nach Hause kommen.

Ich saß bis zum Montagmorgen schlaflos in unserem Haus und wartete auf sie. Telefon und Handy fest in der Hand. Sie kam einfach nicht.«

Die Spannung ist so groß, dass ich am ganzen Körper zittere. Adrian missversteht das und schiebt mich sanft von seinen Beinen um eine Wolldecke zu holen, in die er mich einwickelt. Ich kuschle mich sofort wieder an ihn und halte mich an ihm fest. Versuche, ihn festzuhalten, weil er so sehr leidet. Meine Augen werden heiß. Es ist mehr als Mitleid, das ich verspüre. Mir ist, als ob ich er wäre, als ob ich zwei Tage lang gewartet hätte, ohne zu schlafen. Sogar meine Augen fühlen sich geschwollen an, in meinem Kopf summt es vor Müdigkeit.

»Erst am späten Nachmittag konnte ich die Polizei dazu bewegen, etwas zu unternehmen. Ich weigerte mich, nach Hause zu gehen und zu schlafen. Stattdessen folgte ich den Einsatzwagen überallhin, verfolgte jedes Gespräch von möglichen Zeugen, das sie führten, bis mich ein Kommissar höchstpersönlich mit Handschellen in den Wagen nötigte und nach Hause brachte. Er ging nicht, bevor ich nicht eingeschlafen war. Und ich hasste ihn dafür.«

Großer Gott! Wenn er nicht damit rausrücken will, was Carol passiert ist, muss es schlimm gewesen sein. Ein hässlicher Knoten bildet sich in meinem Magen, während meine Fantasie sich die schlimmsten Dinge ausmalt. Was einem jungen Teenager eben so mitten in der Nacht, an einem abgelegenen Club geschehen kann.

»Es dauerte eine Woche. Eine verfluchte, ganze Woche. Dann wurde ihre Leiche gefunden.«

Erschrocken schlage ich mir die Hand vor dem Mund und atme so scharf ein, dass es deutlich hörbar ist.

»Um Himmels willen, Adrian!«

Seine Augen werden noch trüber, und ich entdecke eine winzige Träne, die in seinen langen Wimpern hängt. Obwohl ich keine Geschwister habe kann ich mir vorstellen, wie schlimm das für ihn gewesen sein muss. Zumal er sich auch noch schuldig fühlte.

»Sie wurde vergewaltigt, von mehreren Tätern, die jedoch nie ausfindig gemacht werden konnten. Obwohl sie eindeutige Spuren hinterlassen haben, wenn du verstehst ...«

Ich nicke heftig, während mir selbst heiße Tränen in die Augen schießen. Ich sehe die junge, lebenslustige Carol vor mir, wie sie kämpft und sich wehrt. Höre ihre hoffnungslosen Schreie ...

»Die Polizei nahm Proben von zahlreichen jungen Männern der Stadt, aber es war kein Täter darunter. Die Spur zu ihrem damaligen Freund verlief ins Leere, bis auf Carols beste Freundin kannte ihn niemand, und die wusste nur seinen Vornamen. Und es gab ein Foto, das Carol in ihrem Portemonnaie mit sich trug. Niemand weiß genau, was geschehen ist und wer dabei war.«

»Wie ... wie ist sie gestorben?«, flüstere ich.

»Sie ist an ihren inneren Verletzungen gestorben. Wie ein Tier, irgendwo im Wald hinter dem Club außerhalb der Stadt. Keiner hat ihr geholfen, niemand hat ihre Schreie gehört. Niemand wollte etwas mitbekommen haben. Meine kleine Schwester ... zu Tode geschändet von brutalen Bestien.«

Adrian ballt eine Hand zur Faust und knirscht so heftig mit den Zähnen, dass ich zusammenzucke. Hastig schmiege ich mich wieder dicht an ihn und halte ihn, so wie er mich sonst hält. Schlinge meine nackten Arme um seinen kühlen Nacken und versuche, seine Tränen mit meinem Gesicht zu trocknen.

»Oh Gott, es tut mir so leid. Das ist einfach schrecklich.«

»Das ist es. Und das Schlimmste daran ist, dass ich die Schuld dafür trage.«

»Das stimmt nicht!«, rufe ich entsetzt. »Adrian, bitte! Du konntest nicht ahnen, was passiert war! Sie war so vernünftig, wie hättest du wissen können, dass sie dich braucht?«

Er stöhnt wie unter Schmerzen, die Wange, die sich so dicht an meine presst, wird heißer und feuchter.

»Ich hätte für sie da sein müssen. Ich sollte auf sie aufpassen, stattdessen habe ich mein Leben mit … mit wertlosem Sex vergeudet.«

»Du warst ein junger Mann und hattest ein Recht auf ein eigenes Leben! Erst recht, nachdem du dich so lange um deine Familie gekümmert hast.«

»Andere Männer in dem Alter sind verheiratet und haben eine eigene Familie, Kinder, für die sie Verantwortung tragen. Ich war einfach egoistisch und vergnügungssüchtig, Gwen. Es gibt keinen Grund für dich, die Sache schönzureden. Ich weiß, was ich getan habe, und ich leide noch heute darunter, glaube mir.«

»Du hast nicht oft darüber gesprochen«, flüstere ich und löse mich so weit von ihm, dass ich ihn ansehen kann. Seine Tränen schmerzen mich.

»Nein, das habe ich nicht«, antwortet er traurig. »Aber es war gut, mit dir zu sprechen.«

Wir küssen uns, zärtlich und vorsichtig. Wie zwei junge Menschen, die noch neugierig sind auf die Reaktion des anderen und keine Ahnung haben von dem, was sie da gerade tun.

»Danke, dass du es mir erzählt hast.«

»Oh, Gwen.« Er zieht meinen Kopf an seine Brust und streichelt mein Haar, lässt einzelne Strähnen bedächtig durch seine Finger gleiten. »Ich wollte dich damit nicht belasten. Es tut gut zu wissen, dass ich dieses dunkle Geheimnis losgeworden bin.«

»Adrian, es war nicht deine Schuld!«, beteuere ich erneut, weil ich davon überzeugt bin. Die Frage, was aus den Tätern wurde und ob seine Mutter ihn ebenfalls für Carols Tod verantwortlich machte, nagt in mir, aber ich wage nicht, sie zu stellen. Vielleicht eines Tages …

»Hast du mich hierher geholt, weil ich ihr ähnlich bin?«, frage ich leise. Eine kalte Hand legt sich um meinen Magen und presst ihn zusammen, dass mir die Luft wegbleibt.

»Nein. Und ja. Ich weiß es nicht. Ich weiß nur, dass ich vom ersten Moment an von dir fasziniert war. Damals, auf der Buchmesse, als ich deine Worte hörte und nicht einmal dein Gesicht gesehen hatte. Ich blieb wie von einem unsichtbaren Magneten angezogen hinter dir stehen und lauschte, und als du dich dann zu mir umdrehtest ... dieses Gesicht, Kleines. Dieses wunderschöne, unverdorbene Gesicht. Wie ein unbeschriebenes Blatt Papier, so rein, so verlockend. Es kam mir vor, als hätte niemand zuvor seine Handschrift hinterlassen und weckte in mir das Verlangen, genau dies zu tun. Die Seiten zu füllen mit Leben, mit Lust. Vielleicht sogar mit Liebe.«

Ich schnappe nach Luft und erstarre unter seiner Umarmung. Liebe ... das ist ein verdammt großes Wort. Und der letzte Mensch, von dem ich es gehört habe, hat es anschließend für mich ruiniert. Für immer. Mein Herz klopft viel zu schnell, während wir uns in die Augen sehen und ich das Gefühl habe, mich in das tiefe Blau stürzen zu wollen.

Mit zitternder Unterlippe warte ich darauf, dass er es sagt. Er schweigt, fährt mit zwei Fingern über meine Wange und hebt mich dann so leicht von seinem Schoß, als wöge ich höchstens fünf Pfund.

»Ich muss jetzt allein sein, Gwen. Es hat nichts mit dir zu tun, aber ...« Er fährt sich mit der Hand über die Augen, als ob er müde wäre, und ich nicke schluckend. Natürlich. Alles in mir sträubt sich dagegen, ihn jetzt hier zurückzulassen, doch ich verlasse ihn, in die Decke gewickelt.

Meine Augen brennen, als ich in das Zimmer stürze, das im Moment meins ist. Ich setze mich aufs Bett und atme tief ein und aus, um mich zu beruhigen. Gedanken toben durch meinen Kopf wie kleine Kinder auf einem Spielplatz, laut und wirr. Liebe. Lust. Das Gesicht. Die Ähnlichkeit. Seine Schuld ...

Bis sie plötzlich vom Klingelton meines Handys unterbrochen werden, der mich erschreckt zusammenzucken lässt.

23

»Gwen? Gottseidank, du bist da.«

Irritiert ziehe ich die Stirn zusammen. »Was ist los, Cat?«

»Ich habe mir Sorgen gemacht, das ist los! Wie geht es dir? Geht es dir gut? Brauchst du irgendwas? Wann kommst du nach Hause? Kilian ist ausgezogen und ich …«

Ihre Stimme erstirbt in einem Schluchzen, das meine Nackenhaare aufstellt.

»Cat, was zum Teufel ist passiert?«

»Jonathan … er hat mit einer anderen …« Innerlich stöhnend lasse ich mich rücklings aufs Bett fallen. Die Wolldecke rutscht zur Seite, es ist aber warm genug, sodass es mich nicht stört.

»Hast du denn wirklich geglaubt, dass ihr … exklusiv seid, Cat?«

»Ja!« Sie schnieft so herzzerreißend in den Hörer, dass sich mein Magen verkrampft vor Mitleid. »Er hat es ja gesagt! Es war alles so toll, er hat oft hier geschlafen und wir haben zusammen gefrühstückt …«

»Was hat er denn dazu gesagt? Woher weißt du es überhaupt?«

»Ich habe ihn beobachtet, wie er mit einer anderen … Er war mein Meister, Gwen, ich hätte alles für ihn getan!«

Fast bin ich geneigt, ihr zu glauben, wenn ich das nicht schon früher mal gehört hätte. In Bezug auf andere *Meister*, versteht sich. Und wenn ich nicht genau wüsste, dass Cat der eifersüchtigste Mensch auf der Erde ist, würde ich mir jetzt Sorgen machen. So aber bin ich mir nicht mal sicher, dass Jonathan wirklich etwas Blödes angestellt hat.

»Kannst du herkommen? Ich brauche dich hier, ich bin so alleine und will nicht ausgehen. Ich will ihn nie mehr wiedersehen, aber ich mag auch nicht alleine sein.«

Oh Gott. Ich schließe kurz die Augen, dann hole ich tief Luft.

»Ich werde Adrian nachher fragen, ob ich ein paar Tage kommen kann, Süße. Ich frage ihn später, ganz sicher. Und dann bin ich bald bei dir, wir gucken Filme und lästern über Jonathan ...«

Beim Klang seines Namens entfährt ihr ein so heftiges Schnauben, dass ich zusammenzucke.

»Ich hab dich lieb!«, sagt sie schluchzend, und mir wird ganz warm.

»Ich dich auch. Bis ganz bald! Leg dich ins Bett und schlaf, dann geht es schnell vorbei.«

Liebeskummer. Nicht der erste, und ganz bestimmt nicht der letzte. Aber ich kenne sie und weiß, wie es ihr in diesen Momenten geht. Ich weiß, dass sie mich jetzt braucht, habe jedoch keine Ahnung, wie Adrian auf meine Frage reagieren wird. Es sind bloß ein paar Tage, in denen er in Ruhe schreiben kann, und wenn ich zurück bin, mache ich mich sofort an die Arbeit. Eigentlich kein Problem, oder?

Ich muss eingenickt sein, denn als ich seine kühle Hand auf meinem erhitzten Oberkörper spüre, schrecke ich aus einem wirren Traum von Cat und Jonathan hoch und reibe mir verwirrt die Augen. Es ist beinahe dunkel draußen und ich habe jegliches Zeitgefühl verloren.

»Hast du Hunger?«, fragt er und setzt sich lächelnd auf die Bettkante, die Hand an meiner Schulter. In der Tat, mein Magen macht so seltsame Geräusche, dass ich peinlich berührt die Decke hochziehe. Als könnte ich ihn dadurch zum Schweigen bringen. Adrian sieht perfekt aus. Frisch geduscht, sein volles, dunkles Haar ist ein wenig feucht. Rasiert hat er sich nicht, der sorgfältig gestutzte Bart ist noch da.

Er trägt ein schwarzes Hemd und eine enge Hose aus rauem Stoff.

»Willst du ausgehen?« Ich setze mich ungläubig im Bett auf, denn bis auf den kurzen, schmerzhaften Ausflug in den Club und die Exkursion zu Harvey Nichols haben wir das Penthouse nicht gemeinsam verlassen. Das Essen wird nach wie vor zur selben Uhrzeit vom Hotelservice gebracht, was mich amüsiert.

»Richtig geraten. Wir gehen essen. Und ich habe hier etwas für dich, das du tragen sollst.« Mit einem unverbindlichen Lächeln zieht er eine kleine Schachtel hervor und legt sie auf meinen Schoß. Sie ist so groß wie ein dünnes Taschenbuch, schwarz und glänzend, mit einem goldfarbenen Aufdruck auf dem Deckel. Mein Herz klopft schneller, als ich sie vorsichtig öffne und eine Lage duftendes Seidenpapier zur Seite schlage. Dann sehe ich schwarze Spitze, und eine Perlenkette.

»Was ist das?«, frage ich verblüfft und halte das Ding mit spitzen Fingern hoch. Es sieht aus wie ein eleganter String, mit einem breiten Spitzenrand oben, aber da, wo sonst ein dünnes Bändchen ist, befinden sich hier zwei glänzende Perlenketten.

»Deine Unterwäsche für heute.« Adrian grinst und betrachtet mich neugierig. »Ich habe es vorgestern bestellt, weil ich es perfekt fand.«

Stirnrunzelnd frage ich mich, ob mir das Ding überhaupt passen wird. Wenigstens hat er es neu gekauft, das beruhigt mich.

»Darüber ein Kleid, die Auswahl überlasse ich dir. Und steck die Haare hoch.« Er fährt mit den Fingern in mein Haar und wickelt eine Strähne auf.

»Warum?«

»Weil ich dein offenes Haar exklusiv möchte. Niemand außer mir soll diese Pracht sehen.«

Ich lache prustend und ziehe unwirsch meinen Kopf zurück.

»Entschuldige, soll ich mir vielleicht noch ein Kopftuch aufsetzen? Ich wusste nicht, dass du zum Islam konvertiert bist!«

»Darum geht es nicht, Kleines. Ich liebe dein Haar, und wenn ich dich schon nicht für mich allein haben kann, möchte ich wenigstens das von dir.«

Sein bittender Blick löst ein merkwürdiges Flattern in meinem Magen aus.

»Also gut. Weil du so lieb gefragt hast«, antworte ich grinsend und krabble aus dem Bett. »Dann musst du jetzt brav warten, bis ich mich fertig gemacht habe. Und das hier angezogen ist.«

Ich wedle mit dem Perlenstring, und Adrian verlässt lachend das Zimmer.

Nach einer ausgiebigen Dusche tupfe ich Make-up in mein blasses Gesicht und fummle meine Haare zu einer beeindruckenden Hochsteckfrisur auf. Gut, dass Cat mir das vor einem Jahr anlässlich der Hochzeit ihrer Cousine beigebracht hat, sonst wäre ich jetzt aufgeschmissen. Dann ziehe ich den Perlenstring an und betrachte mich neugierig im Spiegel. Sieht gut aus. Edel. Elegant. Die weiche Spitze schmiegt sich angenehm an meine Haut, und die Perlen wirken geheimnisvoll und luxuriös. Der Anblick gefällt mir, doch als ich zum Schrank gehe, um ein passendes Kleid auszuwählen, durchfährt mich ein seltsames Zucken. Was im Himmel...?

Ich mache probeweise ein paar weitere Schritte durch den Raum, dann wird mir heiß. Adrian, du mieser Schuft! Das hat er gewusst, als er mir das Ding gegeben hat! Bei jedem Schritt drücken sich die Perlen gegen meinen Schoß, und wenn ich die Oberschenkel zusammenpresse, ist es schier unerträglich. Zwischen meinen Beinen breitet sich schon Feuchtigkeit aus. Ach du liebe Güte! Soll ich damit den ganzen Abend rumlaufen? Die Folgen davon kann ich mir kaum ausmalen!

Hastig streife ich ein schlichtes, dunkelrotes Kleid ohne Ärmel über, ziehe silberne Sandalen dazu an und mache mich auf die Suche nach ihm. Er sitzt auf dem Sofa und blättert in einem Buch, ganz entspannt. Als er meine Schritte hört, sieht er auf und ein breites Lächeln überzieht sein schönes Gesicht.

»Kleines, du siehst wunderbar aus!«

»Das ist kein Rouge, Adrian«, sage ich anklagend und zeige auf meine roten Wangen. »Ich kann dieses Ding unmöglich den ganzen Abend tragen, ich werde ...«

»Ich kann mir vorstellen, was du wirst. Allein der Gedanke macht mich ganz ...« Er steht auf und kommt mit großen Schritten auf mich zu, legt beide Hände auf meine Oberarme und lässt seinen Blick intensiv über meinen ganzen Körper gleiten. Von unten nach oben. Er sieht so zufrieden aus wie ein vollgefutterter Kater, und das macht mich gerade rasend.

»Ich gehe so nicht mit dir essen. Eher verhungere ich«, sage ich und verschränke beide Arme vor der Brust.

»Gut. Dann gehe ich allein.«

Was? Irritiert blinzle ich hinter ihm her, während er in den Flur geht und eine wahnsinnig teuer aussehende Lederjacke aus dem Schrank holt, um sie anzuziehen.

»Ist das dein Ernst?«

»Mein voller Ernst, Kleines. Also, deine Wahl ... Essen mit mir oder allein verhungern?«

Adrian streckt den rechten Arm aus und legt den Kopf auf die Seite. Ich knirsche mit den Zähnen, bevor ich betont langsam auf ihn zugehe. Jeder Schritt ein lustvoller Stoß. Großer Gott! Wenn ich womöglich damit noch Treppen steigen muss, bin ich schon dreimal gekommen, noch ehe ich die obere Stufe erreicht habe! Was ist das für ein Teufelszeug?

»Wo fahren wir hin?«, frage ich im Fahrstuhl.

»Nach Shoreditch. In ein lauschiges, intimes Restaurant. Ich dachte, das wäre perfekt für heute Abend.«

Hoffentlich ist das nicht eins von diesen hippen, übertreuerten Lokalen, in denen ich nie satt werde. Selbst dann nicht, wenn ich mich von oben bis unten durch die Karte essen würde.

Adrian öffnet mir die Tür eines schwarzen Aston Martin, der samt Fahrer vor dem Haus auf uns wartet. Beim Einsteigen spüre ich wieder den Perlenstring, der Hitze durch meinen Unterleib jagt, und schaue Adrian mit zusammengezogenen Brauen an.

»Das ist nicht lustig«, klage ich. »Wenn du wüsstest, was du mir damit antust ...«

»Ich kann es spüren«, flüstert er und legt eine Hand auf mein nacktes Knie. Sofort pulst eine Lustwelle durch mich hindurch, hervorgerufen allein durch seine Berührung. Du liebe Zeit! Ich komme mir vor wie ein pawlowscher Hund, konditioniert von

Adrian Moore. Kann man solche Muster im Gehirn löschen, wenn man sie nicht mehr haben will?

»Falls du testen willst, wie gut meine Selbstbeherrschung ist ...«

»Keine Sorge, Kleines. Das hast du mir schon ausreichend demonstriert.«

Ich presse verärgert die Lippen aufeinander und frage mich, was er damit meint. Nein, frage ich mich nicht. Denn die Erinnerung an diese wenigen Momente lässt mich erschauern.

In einer düsteren, von alten backsteinroten Lagerhäusern umgebenen Straße steigen wir aus. Ich bleibe fröstelnd und mit verschränkten Armen stehen, während Adrian dem Fahrer Anweisungen erteilt. Hinter mir befindet sich offenbar das Lokal, das er ausgesucht hat. Es dringt so wenig Licht durch die Fenster, dass ich mir kaum vorstellen kann, dass es überhaupt geöffnet ist?

»Experimentelle britische Küche«, meint Adrian augenzwinkernd, nimmt meinen Arm und führt mich langsam die wenigen Stufen zur Treppe hoch. »Ich hoffe, dein Hunger ist nicht zu groß?«

»Was soll das heißen? Ich könnte ein ganzes Tier verdrücken«, antworte ich empört und folge ihm in das Restaurant. Wenige niedrige Tische stehen hier vor noch tieferen Sofas, von deren Anblick ich schon Rückenschmerzen kriege. An einer Wand flimmern alte Steve McQueen-Filme über eine Leinwand, allerdings ohne Ton. Dafür in schwarz-weiß. Außer uns sitzen lauter Pärchen an den Tischen, Händchen haltend, kichernd, sich gegenseitig fütternd.

Ich atme tief ein und werfe Adrian einen missbilligenden Blick zu, den er ignoriert, weil er gerade einer Kellnerin erklärt, wer er ist. Sie ist so dünn, dass sich meine Hoffnung auf ein anständiges Abendessen spätestens bei ihrem Anblick in Nichts auflöst. Gute Werbung für ein Restaurant sieht definitiv anders aus!

Ich gehe langsam hinter den beiden her zu einem Tisch in der Ecke. Die blöden Perlen reizen inzwischen bei jedem Schritt, sodass ich froh bin, endlich sitzen zu können. Mit gespreizten Beinen – sehr undamenhaft, aber alles andere wäre mir gerade absolut nicht möglich. Zum Glück sitzt Adrian vor mir, mit dem Rücken zum Raum, und so bleibt mein Fauxpas hoffentlich unbemerkt.

Etwas missmutig blättere ich durch die übersichtliche Speisekarte.

»Ich rate dir, das Steak zu nehmen. Es ist großartig.«

»Gut«, sage ich und klappe erleichtert die Karte wieder zu. »Offenbar kennst du dich hier aus?«

Er lacht leise. »So kann man das ausdrücken.«

Moderne Kronleuchter hängen tief von der Decke, allerdings spenden sie so wenig Licht, dass man sie ebenso gut durch Kerzen ersetzen könnte. Das Ledersofa ist so weich, dass ich auf dem Sitz einsinke und das Gefühl habe, so gerade über den Tisch sehen zu können. Zudem ist es äußerst schwierig, das spezielle Höschen zu ignorieren, weil sich bei jeder kleinen Bewegung die Perlen so stimulierend gegen meinen Schoß drücken, dass ich mir vor lauter Zuckungen wie eine Parkinsonkranke vorkomme.

Adrian bestellt Weißwein und Wasser und einen Cherry Candy Cosmo-Cocktail für mich, der wirklich großartig ist. Dann beklagt er sich über die Fahrstuhlmusik, die hier gespielt wird, und ich muss lachen.

»Welche Musik magst du?«, frage ich, weil es mich wirklich interessiert. Der Wunsch, alles über ihn zu wissen, wächst ständig in mir. Am liebsten würde ich ihn den ganzen Tag ausquetschen, einfach über alles. Aber ich weiß, dass das dämlich und vielleicht sogar unhöflich wäre, also verzichte ich darauf und warte einfach ab, ob er von selbst etwas mehr von sich preisgibt.

»Musik muss wie Literatur oder Kunst etwas in mir auslösen. Gefühle. Erinnerungen wecken, oder zumindest das Bedürfnis, den Künstler dahinter kennen zu wollen. So ein Gedudel wie das hier ist überflüssig wie ein Sandkasten am Strand.«

Mir wird ganz warm bei seinen Worten, weil er mir aus dem Herzen spricht. Aber das muss ich gar nicht erklären, er scheint es zu wissen. Einfach so. Wie ich überhaupt das Gefühl habe, dass er einfach so viel zu viel über mich weiß. Bin ich wirklich so durchschaubar, oder ist er einfach ein sehr guter Menschenkenner?

Während wir auf das Essen warten, reden wir über die Arbeit. Adrians Buch.

Fesselnde Liebe

»Du haſt bemängelt, dass es nur um Sex geht«, sagt er und sieht mich über den Rand seines Weinglases hinweg an. »Warum reicht dir das nicht?«

»Es geht um körperliche Zuneigung. Wenn du eine Geschichte erzählen willſt, brauchſt du mehr Futter als den reinen Akt, Adrian. Du brauchſt Figuren, die eine Vergangenheit haben, und …«

»Ich mag Frauen mit Zukunft, aber nicht mit Vergangenheit.«

Genervt verdrehe ich die Augen, während ich an dem süßen Cocktail nippe. »Trotzdem. Selbſt wenn die Frauen in deinem Roman keine … Vergangenheit haben, so müssen sie doch echte Menschen sein. Lebendig. Mit Fehlern, mit Ecken und Kanten, mit einer Geschichte. Wie soll ich als Leser eine Sexszene erotisch finden, wenn ich mich mit den Figuren nicht identifizieren kann? Es iſt viel prickelnder, wenn ich die Menschen kenne, die sich da miteinander vergnügen. Also sollteſt du ihnen mehr Kontur geben. Sie sollten mehr miteinander ſprechen anſtatt immer nur Sex zu haben.«

»Sex iſt eine Form der Kommunikation.« Die ſteile Falte zwischen seinen Brauen iſt wieder da.

Entweder denkt er über das nach, was ich ihm gerade gesagt habe, oder er will mich kritisieren. Mir iſt beides recht, ich liebe es, mit ihm zu diskutieren, weil er mir dabei trotz seiner nach außen gekehrten Arroganz nie das Gefühl gibt, ihm nicht ebenbürtig zu sein. Wenn ich meine Meinung sage, hört er so aufmerksam zu, als würde ich ihm die Lottozahlen von nächſter Woche verraten können. Und das gefällt mir. Sehr.

»Was meinſt du damit?«, frage ich verwirrt nach.

»Wir kommunizieren durch Sex. Ich kann dir entweder sagen, dass du mich anmachſt, dass ich mit dir schlafen will …«

»Ich dachte, du schläfſt nicht mit Frauen«, unterbreche ich ihn grinsend, um ihn zu provozieren. Was mir natürlich nicht gelingt.

»Ich schlafe nicht mit Frauen, die eine Vergangenheit haben«, erwidert er ungerührt. »Außerdem bauen Menschen durch Sex Beziehungen und Bindungen auf, Männer noch viel ſtärker als Frauen. Manche Männer sind gar nicht in der Lage, ihre Gefühle ohne Sex auszudrücken. Für sie ist das körperliche Verlangen, das Begehren des anderen so stark, dass sie es schnell mit Liebe gleichsetzen. Während Frauen Sex als Mittel zum Zweck benutzen und sich bewusst sind, dass sie damit eine ungeheure Macht ausüben.«

Jetzt ist es an mir, die Stirn zu runzeln. »Ausgerechnet du behauptest, Frauen hätten Macht durch Sex?«

Er lacht leise. »Natürlich! Frauen setzen Sex am Anfang einer Beziehung ein, um die Gefühle des Mannes zu verstärken. Wenn sie sich des Mannes dann sicher sind, die Beziehung gefestigt ist, verlieren sie das Verlangen nach der körperlichen Vereinigung. Im Gegensatz zum Mann, wohlbemerkt, der durch das ständige Desinteresse seiner Partnerin schrittweise kastriert wird.«

Ich pruste den Schluck meines Cocktails über den Tisch vor Schreck. »Entschuldige. Was soll das denn bitte heißen? Dass Frauen ihre Partner kastrieren? Warum zum Teufel sollten sie das tun?«

»Sie tun es nicht körperlich, sondern psychisch. Weil sie wissen, dass sich der Mann sonst körperlich einer anderen zuwenden und sie verlassen wird, weil er zur anderen eine engere Bindung aufbauen wird. Wer den Sex hat, hat auch den Mann.«

Ich spüre, dass ich gerade ziemlich rot werde, weil ich mich ertappt fühle. Gütiger Himmel, will er damit sagen, dass ich Julius damals *kastriert* habe? Dass ich tatsächlich schuld daran bin, dass er mich so hintergangen hat? Dass ich ihm gar keine andere Wahl gelassen habe?

»Frauen wollen dominante Alphamännchen, das ist sicher. Aber sobald sie eins erfolgreich erlegt haben, fangen sie an, ihr Alphatier zu degradieren. Sie fangen an, den Menschen verändern und formen zu wollen, weil sie dann das Gefühl haben, dass er ihnen gehört. Sie wollen Macht, und die haben sie. Weil sie den Sex kontrollieren. Jedes Mal, wenn der Mann um Sex bettelt und abgewiesen wird, kastriert sie ihn. Stück für Stück. Bis er am Ende glaubt, dass er gar nicht mehr in der Lage dazu ist. Weder mit ihr noch mit einer anderen. Und das ist das Ende für die eine, wenn eine andere ihn plötzlich wissen lässt, dass er sehr wohl noch kann.«

Ich zupfe nachdenklich an meiner Lippe und sehe der dürren Kellnerin hinterher, die wie ein Besen zwischen den Tischen durchfegt und damit eine Hektik erzeugt, die nicht zur spärlichen Besetzung des Gastraums passt.

»Woher nimmst du dieses Wissen?«, frage ich. »Eigene Erfahrung?«

Er zuckt die Achseln und nimmt eine runde Brotscheibe aus dem Korb zwischen uns, die er in den Fingern hin und her dreht.

»Erfahrung. Beobachtung. Ich weiß es eben.«

»Es muss nicht zwangsläufig so sein. Ich bin mir sicher, dass es funktionierende Beziehungen gibt, die anders laufen.«

»Nur am Anfang. Ein Jahr, wenn man Glück hat, auch zwei oder drei Jahre. Je nachdem, wie viel Sicherheit die Frau braucht. Manche werden erst nach der Eheschließung so, anderen genügt es, zusammenzuleben oder sogar, das Wörtchen Liebe vom Mann gehört zu haben.«

»Ich bin nicht so«, sage ich so selbstbewusst wie möglich und bin zum ersten Mal heute dankbar für diese Funzeln, weil er dadurch wenigstens nicht sieht, dass ich unsicher bin.

»Es sind nicht allein die Frauen schuld an dieser Sache. Die meisten Männer schaffen es nicht, über die Anfangszeit hinaus ihrer Frau das Gefühl zu geben, sie zu begehren. Wenn die Frau spürt, dass er gar nicht *sie* meint mit seiner Lust, sondern sie als Objekt benutzt, um seinen Trieb abzubauen, ist sie enttäuscht und frustriert. Und dann beginnt der Teufelskreis.«

Ich denke an Julius und mich und schließe kurz die Augen, um die Erinnerungen zuzulassen, die ich seit zwei Jahren verdrängen wollte. Hat er damit Recht? Ich erinnere mich an die ersten Monate, in denen wir ständig übereinander herfielen. Es ging immer von ihm aus, seine körperliche Lust auf mich war jedoch ansteckend. Weil ich sie als eben das empfand – Lust auf *mich*. Das war irgendwann vorbei. Warum? Was war passiert?

Adrian schweigt, während ich weiter mein Gehirn nach Antworten durchforste. Da war der Urlaub in Frankreich, als wir abends in einer winzigen Pension in ein unbequemes Holzbett fielen und ich einfach schlafen wollte, obwohl er versuchte, mich zu Sex zu überreden. Wir waren schon knapp zwei Jahre zusammen damals und ich war todmüde von einem langen Wandertag in den Ardennen.

Ich tat einfach so, als ob ich schon schliefe, und er hat sich neben mir selbst befriedigt. So heftig, dass die Matratze unter mir schaukelte. Schon bei der Erinnerung schießen mir Tränen in die Augen, weil mir unvermittelt einfällt, warum die Situation so schrecklich für mich war. Weil er nicht mich meinte. Weil er mir damit bewies, dass ich nur ein Objekt war, an dem er seinen Trieb befriedigen wollte. Weil diese Erkenntnis, obwohl sie unbewusst geschah, schmerzte. So sehr, dass der Rest des Urlaubs sexfrei verlief, jedenfalls für mich. Nicht für Julius, denn der baute seine abendlichen Aktivitäten einfach in seine Tagesplanung ein und störte sich nicht daran, dass ich ihn vielleicht dabei erwischen könnte. Oder hatte er sogar geplant, dass ich ihn ertappe? Daran gedacht, dass ich aufwache und mich sein Treiben anmacht, sodass wir doch noch...?

Missverständnisse. Unausgesprochene Verletzungen, die alles ruiniert haben. Denn danach ging es bergab, nicht nur in den Ardennen.

Die Kellnerin bringt zwei Steaks mit Salat und unterbricht damit die unliebsamen Erinnerungen, wofür ich ihr gerade dankbar bin.

Erst, als ich mich aufrecht hinsetze, um zu essen, durchzuckt mich erneut die vom String hervorgerufene Lust und ich kann mir ein leises Seufzen nicht verkneifen.

»Geht's dir gut?« Sein breites, anzügliches Grinsen straft seine wohlgemeinte Frage Lügen.

»Sehr witzig! Ich ziehe das Ding gleich aus und lege es dir auf den Teller«, drohe ich. Er beugt sich vor und sieht mir schmunzelnd in die Augen.

»Hervorragend! Was Besseres hätte mir nicht einfallen können.« Mein Gesicht wird heiß. »Das ist ja wohl nicht dein Ernst!«

»Teste mich, Kleines. Du würdest mich damit jedenfalls sehr überraschen.« Nein, es ist garantiert kein Zufall, dass ich seinen Fuß an meinem nackten Bein spüre. Oh, du elender...! Widerwillig klemme ich meine Beine so fest gegen das Sofa, dass das Sitzen endgültig ungemütlich wird, aber wenigstens kann er jetzt nicht mehr so leicht an meinen Körper herankommen. Dass er das gar nicht nötig hat, um mich wahnsinnig zu machen, merke ich schon bei seinen nächsten Sätzen.

»Zurück zu unserer Diskussion. Indem ich deinen Körper begehre, begehre ich dich als Person. Und du fühlst dich geschätzt, angenommen, vielleicht sogar geliebt, wenn ich mir genug Mühe gebe. Damit erhöhe ich dich, und das ist es, was du an mir liebst. Und warum du Sex mit mir willst.«

Ich schnappe empört nach Luft. »Weißt du, wie du dich gerade anhörst? Wie ein Gönner, der einer Frau etwas Gutes tut, indem er ihr seinen Schwanz gibt.« Das Pärchen am Nachbartisch spitzt sichtbar die Ohren, doch mir ist egal, ob sie uns belauschen. Vielleicht können sie noch was lernen. »Das ist so chauvinistisch und selbstherrlich, dass es mich anwidert!«

»Kleines, ich weiß, dass es genau mein Chauvinismus, meine Selbstherrlichkeit sind, die dich anmachen. Nicht anwidern. Obwohl du es mit Worten zu vertuschen versuchst – dein Körper hat dich längst verraten. Gerade jetzt ... du bist so heiß, dass ich es riechen kann. Deine Augen glänzen, deine Wangen sind gerötet, deine Lippen ständig leicht geöffnet, und du starrst mir während des gesamten Gesprächs auf den Mund. Ein deutliches Zeichen dafür, dass du mich küssen willst.«

»Wie gut, dass du nicht eingebildet bist. Jedenfalls musst du dir um mangelnde Fantasie keine Sorgen machen«, knurre ich und schiebe den leeren Teller zur Seite. »Du weißt genau, woran das liegt, denn das war deine Idee.« Anklagend deute ich mit dem Kopf nach unten, auf meinen Schritt. Er stützt das Kinn in eine Hand, ohne die Augen von mir zu nehmen.

»Es freut mich, dass dir das kleine Dessous gefällt. Ich finde ihn auch ganz ... entzückend.« Adrian grinst wieder, so anzüglich, dass ich unruhig auf dem schmalen Sofa herumrutsche. »Außerdem kannst du dir nicht vorstellen, was ich jetzt gerne mit dir täte, wenn ich dich so ansehe. Diese offene Lust in deinen Augen. Ich werde schon hart, wenn ich dich bloß anschaue. Wenn ich sehe, wie du dich windest, wie gequält du mich betrachtest. Diese stummen Rufe. Nimm mich, Adrian. Fick mich. Ich brauche dich. Jetzt.«

Oh Gott! Bitte nicht! Nicht hier, nicht in aller Öffentlichkeit! Das ist so …

»Hör auf damit, Adrian«, zische ich. »Das ist nicht lustig.«

»Nein, da stimme ich dir zu. Aber ich finde es höchst anregend dir gegenüberzusitzen und zu sehen, wie du vor Lust vergehst. Wie dein Atem flacher wird, weil du dir genau jetzt vorstellst, dass ich dich nehme. Dass ich dich draußen gegen die Wand drücke, eine Hand von hinten unter dein Kleid schiebe und mich an den Perlen vorbei in dich hineintreibe. Kannst du dir ausmalen, was diese Perlenkette mit dir anstellen wird? Wenn ich dich ficke, schnell und hart, und dabei die Perlen über deinen Kitzler gleiten, hin und her. Ich werde nicht lange brauchen, wenn wir das Lokal hier gleich verlassen …«

Er senkt den Blick und ich folge ihm wie von selbst. Glücklicherweise ist die Tischplatte davor, sodass ich nicht sehe, worauf er mich aufmerksam machen will, ahne es jedoch. Und ich werde immer kribbeliger. Herrgott, ich könnte ihn verfluchen dafür! Nervös reibe ich mir mit den Händen durchs Gesicht und schaukle vorsichtig auf dem Sofa vor und zurück. Wie ein Kind, das sich beruhigen will. Dass jede Bewegung dabei den lustvollen Reiz verstärkt, den die Perlen auslösen, macht mich wahnsinnig.

»Möchtest du gehen, Kleines?«, fragt er, so weit über den Tisch gebeugt, dass mir sein Atem ins Gesicht schlägt. Ich presse die Lippen fest aufeinander und nicke, ganz automatisch.

Er zückt seine Geldbörse, legt einen großen Schein auf den Tisch und steht auf, um mir die Hand zu reichen. Erleichtert ziehe ich mich an ihm hoch und folge ihm nach draußen, mit zitternden Beinen. Kühler Wind fährt unter mein Kleid, unter dem ich so gut wie nackt bin. Die Straße ist menschenleer, nicht einmal Autos fahren hier. Bevor ich etwas sagen kann, zieht er mich in einen Eingang neben dem Restaurant. Es ist ein langgezogener Eingang, wie eine Laube aus rotem Backstein, und aus dem Augenwinkel registriere ich, dass die Schilder neben den Klingeln keine Namen tragen.

»Was. ..?«

Er erstickt meine Frage mit seinen Lippen, küsst mich fordernd und hart und presst sein Becken gegen mich. Oh Gott, er ist wirklich hart. Verdammt hart. Ich denke nicht darüber nach, was wir hier gerade tun und vor allem ... wo. Sein leidenschaftlicher Kuss ist wie ein Windstoß, der in schwelende Glut bläst und ein Feuer daraus entfacht. Ein Feuer in mir. Es klopft und pulsiert in meinem Schoß, mein Unterleib zieht sich zusammen, während seine Zunge in mir arbeitet und seine Hände sich ihren Weg unter das Kleid bahnen. Dann wirbelt er mich an der Hüfte herum, sodass ich mit dem Gesicht zur Wand stehe. Sie ist rau. Er legt meine Hände dagegen, damit ich sicher stehe, dann schiebt er sich hinter mich. Ich höre, dass er die Hose öffnet, und ein Schauer überläuft meinen ganzen Körper. Es dauert nicht lange, dann spüre ich auch schon, wie er sich mir von hinten nähert. Wie er seine Härte an den Perlen reibt und leise aufstöhnt, seine Hände von vorn auf meine Brüste legt und sich an mir festhält, während er seinen Schaft an mir reibt.

Lustblitze durchzucken mich, als die Perlen durch ihn noch fester gegen mich drücken. Ich spreize die Beine weiter, und dann ist er in mir. Hart. Schnell.

Ich kann mich kaum halten, kralle die Nägel in die Ziegel vor mir, bis es wehtut. Höre unseren Atem, unser Stöhnen, das zwischen den Wänden widerhallt, das Geräusch unserer Haut, die aufeinandertrifft.

»Fuck, du machst mich so geil, Gwen«, stöhnt er zwischen zwei Stößen, beißt mir in den Nacken und zieht mich fester gegen sich, bis ich leise wimmere.

»Oh bitte, Adrian!«, entfährt mir, obwohl ich schon Schweißtropfen auf meinem Rücken spüre. Er nimmt mich wie ein Tier, mit einer Wildheit und Roheit, die ich so noch nie zuvor erlebt habe. Und tatsächlich macht mich genau das an. Wir sind triebhaft, ich denke nicht mehr nach. Vergesse alles, was war und verschwende keinen Gedanken an morgen. Kann nur noch fühlen. Nicht mehr atmen.

Die Perlen schieben sich beinahe schmerzhaft über meine Spalte, in die er wieder und wieder tief eindringt. Dann drückt er mit einer Hand meinen Oberkörper nach unten, verändert so den Winkel, und stimuliert dadurch genau diesen Punkt, diese Stelle tief in mir, von der ich nichts geahnt habe. Als er eine Hand von vorn gegen meinen Schoß legt und die Perlen kreisförmig auf mir massiert, während er weiter in mich stößt, komme ich. Stöhnend und zuckend, mit geschlossenen Augen, zitternden Händen und Beinen. Mein Körper spannt sich an, dann entlädt sich die Lust in einer explosionsartigen Erleichterung, die mich durchströmt und Hitze verbreitet.

»Du machst mich so heiß, wenn du für mich kommst«, keucht er hinter mir, spannt meinen Kitzler zwischen zwei Finger und reibt mich im selben Takt, in dem er mich nimmt. Ich keuche, kann nicht atmen, nicht mehr stehen. Ich spüre ihn in mir zucken, tief und heftig. So heftig, dass ich jede Kontraktion bemerke. Es wird heiß in mir, und ich komme ein zweites Mal, gemeinsam mit ihm. Unser Stöhnen vermischt sich zu einem, wir pulsieren im Gleichtakt, und Sekunden später verlässt die Kraft meine Beine. Ich sinke einfach zusammen, gehalten von seinen kräftigen Armen, mit denen er mich sanft zu sich raufzieht.

Er küsst mich, streicht eine Strähne aus meinem Gesicht und sieht mich lächelnd an, während er mich an sich drückt.

»Das habe ich so gebraucht«, flüstert er. »Ich habe nichts im Leben mehr gebraucht als dich, Gwen.«

Im Auto lehne ich mich erschöpft an seine Schulter und muss mich zusammenreißen, um nicht einzuschlafen. Adrian sitzt ruhig und mit zufriedenem Grinsen neben mir, eine Hand auf meine Hüfte gelegt. Sein Daumen kreist massierend auf meinem Bauch, was wohlige Wärme in mir auslöst.

Kurz bevor die gläsernen Türme vor uns aufsteigen, wage ich meinen Vorstoß. »Ich muss für ein paar Tage nach Hause. Cat braucht mich.«

Sein Daumen stoppt abrupt. Er schiebt mich von sich und richtet sich auf. »Wie bitte?«

»Meine Freundin. Cat! Du hast sie auf der Buchmesse gesehen, wir wohnen zusammen. Ihr Freund hat sie verlassen und sie hat Liebeskummer, daher hat sie mich gebeten, für ein paar Tage nach Newcastle zu kommen. Das ist doch in Ordnung?«

Sein Lächeln verschwindet, und die Falte zwischen seinen Brauen wird so tief, dass mir angst und bange wird.

»Ist es in Ordnung?«, frage ich, etwas lauter, weil er mir nicht antwortet. Der Anblick seiner eisigen Miene lässt mir das Blut in den Adern gefrieren.

24

»Steig aus«, herrscht er mich an. Meine Frage ist noch immer unbeantwortet. Mir ist plötzlich so kalt, als wäre während unserer kurzen Fahrt der Winter wieder über London hereingebrochen.

»Was ist denn los, Adrian? Es sind nur ein paar Tage, ich bin spätestens am Montag zurück. Du könntest in der Zeit arbeiten und ich kann …«

»Geh ins Haus.« Sein Tonfall ist so frostig, dass ich mich unwillkürlich erinnert fühle. An früher. An meine Mutter, wenn sie nicht zufrieden mit mir war und mir zeigen wollte, wie enttäuscht sie von mir ist. *Eine einzige Enttäuschung. Mein einziges Kind ist eine einzige Enttäuschung, und ich habe nicht einmal die Chance, es gutzumachen, weil mir deinetwegen auch noch der Mann weggelaufen ist.*

Ich beiße die Zähne aufeinander und folge ihm. Ich muss rennen, weil er so schnell geht und so große Schritte macht, dass ich nicht nachkomme. Keuchend hetze ich in die Marmorlobby und zum Fahrstuhl, wo ich ihn wütend ansehe.

»Was soll das? Ich habe eine normale, kleine Frage gestellt, warum machst du daraus jetzt so ein Drama?«

»Wir sprechen oben«, antwortet er knapp, während wir auf den Lift warten, schiebt die Hände in die Hosentaschen und wippt ungeduldig mit den Fersen auf und ab. Verzweifelt drehe ich mich um und stelle fest, dass die beiden Sicherheitstypen uns neugierig beobachten. Kurz denke ich darüber nach, ihnen die Zunge rauszustrecken, verwerfe den kindischen Gedanken aber rasch.

Im Fahrstuhl fixiert er an mir vorbei die Stahlwand, ich sehe, wie sein Kiefer mahlt und unterdrücke nur mit Mühe den Impuls, an meiner Lippe zu zupfen. Vor wenigen Minuten, so scheint es, waren wir noch vereint. Lustvoll, gierig, impulsiv. Und jetzt? Wirkt er so kalt wie sibirischer Ostwind. Auch mir wird plötzlich eisig und ich starre auf meine Fußspitzen, während der Lift uns innerhalb weniger Sekunden nach oben katapultiert. Mir ist übel, als sich die Türen leise öffnen und ich hinter ihm das Penthouse betrete, in dem wie von Zauberhand die Lichter aufflackern.

»Adrian, bitte! Was ist los?«, frage ich und höre die Verzweiflung in meiner eigenen Stimme. Mein Hals ist wie zugeschnürt, als er sich umdreht und vor mir stehen bleibt. Mich mit kalten, auf einmal fast grauen Augen mustert. Ich schlucke.

»Du bleibst hier. Wir haben eine Vereinbarung.«

»Es sind nur ein paar Tage! Ich hänge sie hinten an, und dann ist alles ...«

»Nichts ist«, herrscht er mich an, sodass ich zusammenzucke. Meine Augen brennen.

»Du bleibst, oder lässt die Vereinbarung platzen.«

»Was?« Ich zwinkere, um die aufsteigenden Tränen zurückzudrängen, und drücke automatisch den Rücken durch, damit ich mich nicht so klein fühle ihm gegenüber. »Was soll denn das? Ich bin nicht deine Sklavin, zwei oder drei freie Tage zwischendurch werden doch kein Unglück anrichten?«

»Warum willst du wirklich zurück?«, fragt er bedrohlich leise.

»Wie ich gesagt habe – meine Freundin hat Liebeskummer und ich muss ihr beistehen. Das macht man so unter Freunden, aber davon hast du offenbar keine Ahnung!« Die Gemeinheit in meinen Worten höre ich selbst, und Adrian zuckt sogar kaum merklich zusammen. Ich kann aber nicht anders, weil die Wut einen heißen Knoten in meinem Magen erzeugt hat, der mich von innen zu verbrennen droht.

»Ich weiß nicht, wo dein Problem ist?«, höre ich mich fragen. In meinen Ohren rauscht das Blut, mein eigener Puls wummert in mir und dämpft alle Geräusche.

»Mein Problem ist, dass ich nicht weiß, ob ich dir glauben kann, Gwendolyn. Ist es deine Freundin, oder willst du vor mir fliehen? Ist es ein anderer Mann, der in Newcastle auf dich wartet und den du belogen hast? Der nicht weiß, dass du nicht nur zum Arbeiten hier bist?«

»Wie kommst du auf so einen Unsinn?« Meine Augen haben sich in Schlitze verwandelt, und durch die darin brennenden Tränen sehe ich ihn nur noch verschwommen.

»Warum glaubst du mir nicht? Habe ich dir Anlass gegeben, mir nicht zu vertrauen?«

»Du hast dich mir nie geöffnet, Gwendolyn. Nur wenn wir ... nur beim ...«

Er fährt sich durchs Gesicht und lässt beide Hände darauf liegen, dann schüttelt er sacht den Kopf. Ich kann nicht glauben, dass ausgerechnet Adrian Moore, der Schmierfink, *es* nicht aussprechen kann! Das ist verdammt unfassbar!

»Nur beim was?«, sage ich kalt. »Beim Vögeln? Beim Ficken? Sag es doch einfach! Was willst du von mir wissen, was ich dir nicht erzählt habe? Frag mich, und ich werde dir antworten. Wenn es sein muss, die ganze Nacht lang. Aber danach wirst auch du mir Rede und Antwort stehen müssen, denn ich will zum Beispiel wissen, wer Gisele war und was mit ihr passiert ist. Vor allem – was du mit ihr zu tun hattest.«

»Solche Worte passen nicht zu dir. Und sie passen nicht zu dem, was wir hatten.« Er nimmt die Hände langsam vom Gesicht und lässt die Schultern sinken. Mein Herz zuckt in meiner Brust, und mich überkommt ein Gefühl, das ich nur mit Mitleid bezeichnen kann. Großer Gott, was ist nur mit ihm los? Was ist ihm zugestoßen, dass er so misstrauisch ist?

Vorsichtig strecke ich eine Hand nach ihm aus und fasse seinen Oberarm an. Er rührt sich nicht, aber ich höre, wie er mit den Zähnen knirscht. Eine Hitzewelle durchflutet mich und treibt Schweißtropfen auf meine Stirn.

»Es tut mir leid, ich wollte nicht gemein sein. Aber ich will verstehen, was mit dir los ist! Du kannst mir vertrauen, Adrian. Ich

… weiß nicht, was genau mit uns passiert ist in den letzten Tagen, aber ich schwöre dir, dass ich zurückkommen werde. Und dass in Newcastle niemand außer Cat auf mich wartet.«

»Was ist mit Kilian?«

Ich verdrehe die Augen. Langsam nervt es, wirklich. »Kilian wohnt nicht mehr bei uns, er ist zu seiner Mutter gezogen. Willst du mich einsperren und mir all meine Freunde verbieten, damit du mich ganz und gar für dich hast? Das wird nicht funktionieren!«

Adrian reibt sich das Kinn, dann dreht er sich um und geht durch den Flur ins Wohnzimmer zur Bar. Ich folge ihm langsam, die Hände zu Fäusten geballt. Meine Absätze klappern auf dem Marmor, sodass ich kurz stehenbleibe und die Sandalen von den Füßen streife. Barfuß gehe ich weiter und setze mich auf eins der beiden Sofas, während Adrian zwei Whiskygläser füllt und eins stumm vor mich hinstellt, bevor er sich mir gegenüber auf die zweite Couch setzt. Wir trinken beide, und ich bin froh über seine Wahl. Den beruhigenden Alkohol habe ich wirklich nötig. »Was ist los, Adrian? Du wirkst so sicher, so selbstbewusst. Du hast es nicht nötig, eifersüchtig zu sein. Auf niemanden!«

»Tut mir leid, Kleines. Ich … weiß nicht, was mit mir los ist. Ich bin durcheinander.«

»Falls du Angst um dein Buch hast …«

»Vergiss das blöde Buch«, knurrt er und leert sein Glas in einem kräftigen Zug.

Jetzt bin *ich* endgültig durcheinander. Das Buch vergessen? Vorhin tat er noch so, als ob meine kurzzeitige Abwesenheit seine Karriere ruinieren würde!

»Worum geht es dann?«, frage ich und nippe an meinem Whisky, das Glas mit beiden Händen umklammernd. Ich ziehe die Knie an und kuschle mich aufs Sofa.

»Ich will dich nicht verlieren, Kleines.« Er sieht mir fest in die Augen. So fest, dass ich ein Ziehen im Magen verspüre und meine Finger sich verkrampfen. »Ich brauche dich hier. Ohne dich kann ich nicht schreiben.«

»Ich will dich nicht verlassen. Nur für ein paar Tage, dann bin ich wieder bei dir. Versprochen!«

Er seufzt tief. »Du verstehst mich nicht. Ich weiß, dass dir das Buch nicht gefällt, an dem wir arbeiten. Es ist auch nicht das Buch, für das du hier bist.«

»Wie bitte?« Irritiert stelle ich das leere Glas auf den Tisch zwischen uns und ziehe die Brauen zusammen. »Was willst du damit sagen?«

Adrian steht auf und verlässt den Raum, ohne ein weiteres Wort. Mein Herz klopft plötzlich schneller. Warum um alles in der Welt muss er so sein? So undurchschaubar? Und was zum Teufel spielt er hier mit mir?

Ich komme mir vor wie eine Maus, die der Katze direkt zwischen die Pfoten gelaufen ist und nun feststellt, dass sie dieses Spiel womöglich nicht überleben wird.

25

»Vielleicht möchtest du das lesen«, sagt er in seinem Arbeitszimmer, in das ich ihm gefolgt bin. »Ich habe es angefangen, gleich, nachdem ich dich kennengelernt habe. Aber ich fürchte, ich weiß einfach noch zu wenig von dir, um dir damit gerecht zu werden.«

Verwirrt betrachte ich die eng bedruckten Blätter, die er mir gegeben hat. »Was ist das?«

»Ein Buch. Nicht *das* Buch, sondern ein Buch, das ich wirklich schreiben will. Es handelt von Liebe.«

Es steht kein Name auf dem Skript, der Titel lautet *Gefährliche Sehnsucht*. Schon die ersten Sätze lassen meinen Atem stocken.

Ich mag Frauen mit Zukunft, nicht mit Vergangenheit. Der Erste zu sein ist eine Ehre, für jeden von uns. Das erste Mal hinterlässt tiefe Spuren, die niemand zerstören kann. Spuren auf der Seele, ein Branding, für immer.

Sie ist eine ganz besondere Frau, ja, beinahe noch ein Mädchen. Ihre Ehrlichkeit ist entwaffnend wie die eines Kindes, in ihren Augen liegt keine Spur von Boshaftigkeit oder Falschheit.

Dieses Buch handelt davon, wie ich versuchte, mich selbst zu retten, indem ich sie verdarb.

»Adrian ... was zum Teufel ist das?«, frage ich und kneife die Augen zusammen.

»Ein Roman. Der Roman, an dem ich gerade eigentlich schreibe.«

»Und was habe ich in der letzten Woche dann redigiert und kommentiert?«

Er zuckt die Achseln und setzt sich neben mich auf die Liege. »Ein Buch. Nur ein weiteres Buch von Adrian Moore, dem Bestsellerautor.«

Meine Lungen fühlen sich an, als hätte sie jemand statt mit Luft mit Wasser gefüllt. »Soll dieses Buch von mir handeln? Meinst du *mich* damit?«

»Nein. Und ja. Ich weiß noch nicht. Es ist ein Werk über die Liebe. Die wahre Liebe, frei von Lügen, von Unehrlichkeit, von quälendem Warten. Menschen werden nicht von der Liebe enttäuscht, sondern von anderen Menschen. Von Betrug, Lügen, falschen Hoffnungen. Davon handelt diese Geschichte.«

Ich schlucke hart. Eine ungeheure Wut brennt in mir. »Du willst von wahrer Liebe schreiben und hast mich die ganze Zeit nur … benutzt? Was war das mit uns, Adrian? Ich dachte, wir …« Oh Gott. Ich kann das nicht sagen. Ich weiß ja nicht mal, was es eigentlich war. Was habe ich denn gedacht? Liebe? Sicher nicht. Lust? Natürlich. Leidenschaft? Gier? Ja, alles. Aber Liebe? Kann Liebe aus so etwas überhaupt entstehen, oder verschwindet sie, wenn die Flammen der ersten Neugier vom Alltag und vom Wissen erstickt werden?

»Kleines … du hast mich von Anfang an verzaubert. Beeindruckt. Du brauchst niemanden, der dich mit Gewalt nimmt, um dir zu beweisen, dass er stärker ist als du. Du bist stark, und du verdienst Stärke. Ich wollte dich nie *benutzen*, sonst hätte ich es getan, glaube mir. Aber ich habe gewartet, bis du so weit warst, und das habe ich nicht eine Sekunde lang bereut. Es hat mich sehr viel Kraft und Beherrschung gekostet, weiter zu warten, als du dich nebenan deiner Lust hingegeben hast. Als ich gesehen habe, wie du …«

»Als du *gesehen* hast?« Mein Puls beschleunigt sich. »Wie hast du mich gesehen, Adrian? Bist du mir gefolgt und hast mich heimlich beobachtet? Findest du das fair, jemanden zu bespannen, der nichts davon weiß?«

Scheiße. Verdammte, verfluchte Scheiße. Er hat es gewusst, hat mich gesehen, als ich ... das Blut rauscht mir durch den Kopf, ich kralle meine Finger in mein Kleid und unterdrücke die erneut aufsteigenden Tränen. Warum tut er mir das an? Warum kann er nicht einfach so ehrlich sein, wie er es von mir erwartet? Ich war ehrlich, und er?

Adrian steht auf und geht zu dem großen Spiegel an der Wand, wo er auf einen Knopf drückt, den ich bislang für einen Lichtschalter gehalten habe. Plötzlich sehe ich nicht mehr mein eigenes Bild im Glas, sondern ... den Raum nebenan. *Mein* Zimmer. Eine kalte Hand quetscht meine Innereien zusammen, während ich nach Luft schnappe.

»Das ist hoffentlich nicht wahr«, stöhne ich und schlage die Hände vors Gesicht. Ein venezianischer Spiegel? Er hat mich die ganze Zeit beobachtet, wie ein ... Tier? Die Scham spült eine so ungeheure Hitze durch mich, dass ich glaube, zu verbrennen.

»Es tut mir leid, Kleines. Es war so reizvoll, meine Ahnung bestätigt zu sehen. Und es war so wahnsinnig aufregend, dich zu beobachten. Wenn du geschlafen hast, wenn du dich ...«

Wütend hebe ich beide Arme und gehe auf ihn zu. Dann lasse ich meine kleinen Fäuste auf seinen harten Brustkorb einprasseln. Mit geschlossenen Augen schlage ich zu, wieder und wieder, bis meine Knöchel und Handgelenke schmerzen. Er lässt es sich gefallen, bleibt einfach ruhig stehen und zuckt nicht mal zusammen, wenn ich ihn treffe. Mein Schluchzen klingt so laut in diesem weißen Raum, dass es mir fremd vorkommt.

»Was hast du dir dabei gedacht? Du bist widerlich«, schreie ich. Ich bin durcheinander, wütend, verwirrt, verletzt. Gedemütigt.

Er sieht mich an, und in meinem Bauch scheint ein Tornado zu toben. Unter seinem Blick werden meine Knie weich wie Butter, ich lasse die Arme und den Kopf sinken und ersticke fast an dem Kloß in meinem Hals.

»Ich brauche dich, Gwen. Bitte geh nicht. Ich werde alles wieder gutmachen, das verspreche ich.«

Ich fühle mich betrogen. Schlimmer als damals von Julius. Wie ein Versuchskaninchen komme ich mir vor, das er heimlich beobachtet hat, um sich daran zu ergötzen. Stoff für seinen Roman. Für einen Roman, von dem ich nicht einmal etwas wusste, während er mir Häppchen eines anderen Buches hingeworfen hat, das gar nichts mit mir zu tun hatte. Nur mit den anderen Frauen, die er … benutzt hat. So wie er jetzt mich benutzen wollte.

»Ich kenne dich nicht, Adrian«, sage ich schließlich fast tonlos, nachdem sich mein Körper halbwegs beruhigt hat. Ich fühle mich, als ob ich viel zu viel getrunken hätte. Schwindelig, übel, erhitzt. Ich will nur noch weg. Weg von hier, von ihm, zurück zu Cat und Greg und allem, was mir vertraut ist.

»Du kennst mich besser als jeder andere, Gwen. Du hast mich erkannt, so wie ich dich erkannt habe. Ich will für dich da sein, für dich verantwortlich sein und dich beschützen. Ich weiß, dass ich es kann, und ich weiß, dass du es auch willst. Bitte. Wir gehören zusammen, Gwendolyn. Wir brauchen einander.«

Er nimmt meine Hände in seine und legt sie an seine Brust, während er auf mich herabsieht. Seine Augen glänzen, aber ich bin mir sicher, dass es keine Tränen sind. Er würde nicht über mich weinen, höchstens über sich selbst. Darüber, dass ich ihm den Roman versaue, den er eigentlich schreiben wollte. Darüber, dass er mich nicht verderben kann, wie er es geplant hat, weil ich noch sehr viel stärker bin, als er glaubt.

Mein Herz fühlt sich an, als würde es jemand in meiner Brust zerreißen wollen. Ein ungeheurer Schmerz, tief in meinem Inneren.

Er ist ein Lügner. Er hat seine Schwester auf dem Gewissen, und was es mit dem Mädchen namens Gisele auf sich hat, hat er mir immer noch nicht verraten. Ich kann nur ahnen, was seine Rolle bei ihrem Tod war, und der Gedanke schaudert mich. Ich muss hier weg, so schnell wie möglich! Sonst laufe ich Gefahr …

»Du willst keine Liebe, und erst recht nicht mich. Was du willst, ist ein Haustier, das dir gehorcht und das du erziehen kannst, so wie du es haben willst. Warum übernimmst du nicht erst mal für dich selbst Verantwortung, Adrian? Du bist über Dreißig und verhältst dich wie ein Teenager. Du lässt dich von vorn bis hinten von Servicekräften bedienen und bist darauf angewiesen, dass sie dir täglich zur selben Zeit das Essen servieren, weil du sonst womöglich verhungern würdest. Ich nenne das verantwortungslos. Glaubst du wirklich, dass du in der Lage bist, die Verantwortung für ein anderes Leben zu übernehmen? Etwa so, wie du die Verantwortung für deine Schwester übernommen hast? Oder für diese Gisele? Nicht der Priester erlöst den Schuldigen von seinen Sünden, sondern die Beichte. Wenn du geglaubt hast, du könntest deine Schuld bei mir loswerden, muss ich dich enttäuschen.«

Sein Blick wird dunkel, ich kann sehen, wie seine Kiefermuskeln mahlen. Er wirkt wie ein Stier beim Anblick eines roten Tuches, bereit, loszusprinten und den Besitzer zu zermalmen. Angst breitet sich in mir aus und ätzt sich in meine Eingeweide.

»Warum bist du so hart, Gwen?«

Ich lache verzweifelt auf, als er sich von mir abstößt und mich mit flackernden Augen mustert.

»Ich? Du bist doch derjenige, der Spaß daran hat, Leuten wehzutun. Der nicht erkennt, ob er einem anderen schadet, weil am Ende nur du selbst zählst. Herrgott, Adrian, du misshandelst Frauen und redest dir ein, ihnen damit einen Gefallen zu tun, weil sie es angeblich so wollen! Indem du ihnen Wunden zufügst und ihnen wehtust! Ausgerechnet du wirfst mir vor, hart zu sein?«

»Die körperlichen Wunden sind oberflächlich und heilen innerhalb weniger Tage. Spurlos. Deine Worte dagegen gehen tief und hinterlassen Narben. Auf der Seele. Es fragt sich, wer von uns beiden der Sadist ist.«

Verblüfft starre ich auf seinen Rücken und die hinter ihm zufallende Tür.

Es ist vorbei. Ich muss hier weg und werde noch heute mit dem Zug nach Newcastle zurückfahren. Zurück zu Cat, zur Uni, zu meinen Büchern. Weg von hier, der Perversion, dem Sex, dieser quälenden Sehnsucht und Angst. Weg von ihm.

Meine Augen brennen wieder, als ich ins Nebenzimmer stürme

und anfange, meine Reisetasche zu packen. Das weiße Kleid, das ich an dem Abend im Club getragen habe, rutscht vom Bügel. Der seidige Stoff verbrennt meine Hand wie eine Nessel, und ich kann die Tränen nicht länger zurückhalten. Ein warmer Tropfen fällt auf das Kleid, hinterlässt einen dunklen Fleck, der sich wie ein bösartiges Geschwür immer weiter ausbreitet. Mit angehaltenem Atem stopfe ich das Kleid unter den Rest meiner Klamotten, weil ich es mitnehmen will.

Weil es … nach uns riecht. Weil es mich daran erinnern wird, dass Ehrlichkeit eine grausame Waffe ist. Besonders, wenn man nicht mit ihr umzugehen weiß.

Keine Angst, das ist nicht das Ende! Die Geschichte von Adrian und Gwen geht im Oktober 2013 weiter, in *Fesselnde Liebe* Band 2. Und bis dahin könnt Ihr den Autor auf Facebook nerven!

https://www.facebook.com/AdrianMooreAutor

Mr Adrian Moore freut sich sicherlich über Eure Kommentare!

Danke

Ich finde es wichtig, *Danke* zu sagen. Und bin der Meinung, dass wir das viel häufiger tun sollten, auch für Dinge, die manchmal so selbstverständlich erscheinen. Denn *Danke* ist ein schönes kleines Wort, das sofort Sonne herbeizaubert!

Also sage auch ich Danke, und zwar zuerst Dir, liebe/r Leser/in. Dafür, dass Du mein Buch gekauft (und gelesen) hast. Ich hoffe sehr, es hat Dir gefallen und Dein Vertrauen in mich hat sich gelohnt!

Dann möchte ich meinen lieben, fleißigen Testleserinnen danken, die mir mit ihren Denkanstößen immer eine wertvolle Hilfe sind: meine Freundinnen Kosha und Sonja, und die »virtuellen« Freunde Chris, Vivian, Nicole, Melanie, Susanne und Jeannette. Danke, dass Ihr Euch Zeit für mich genommen habt!

Heißer Dank geht auch an die liebe Franziska, die beste Lektorin der Welt! Deine Schubser waren genau richtig und das, was mir gefehlt hat!

Und dann danke ich allen, die mich während meiner Schreibphasen ertragen müssen, denn ich weiß, dass das nicht unbedingt einfach ist. Das Schreiben eines Buches verlangt mir immer Einiges ab und ist begleitet von himmelhochjauchzender Freude und hilflosen Tränen. Die Menschen in meiner Umgebung müssen monatelang damit leben, dass ich selten zuhöre und meistens nur körperlich anwesend bin. Da ich das Schreiben nicht mehr lassen kann, leider immer und immer wieder. Danke für Eure Geduld!

Der zweite Band der Fesselnden Liebe erscheint im **Oktober 2013**. Ich würde mich freuen, wenn Ihr die Geschichte von Gwen und Adrian weiter verfolgt. Und bis dahin freue ich mich wie immer über Eure Rezension, Eure Anmerkungen und Anregungen gerne auch per E-Mail oder Euren Besuch auf meiner Webseite / Facebookseite.

Alles Liebe!

Katelyn Faith

www.katelynfaith.de
www.facebook.com/autorinkatelynfaith

Weitere Bücher von Katelyn Faith:

Gefährliche Verlockung

Reich, unverschämt und unverschämt gut aussehend – dieser Mann ist Gift. Emmas Herz bleibt beinahe stehen, als sie auf einer Auktion das lange verschollene Halsband ihrer Urgroßmutter sieht. Sie muss es haben! Doch frecherweise wird sie von jemandem überboten, dem Geld völlig egal zu sein scheint. Und wer hat ihr das Andenken vor der Nase weggeschnappt? Ausgerechnet Jason Hall, ihr ehemaliger Highschool-Schwarm. Leider sieht Jason noch immer so gut aus wie damals, und zu Emmas Entsetzen macht er ihr ein unmoralisches Angebot, wie sie das Schmuckstück zurückerobern kann. Emma weiß: Wenn sie bei Verstand bleiben will, sollte sie sich besser von Jason fernhalten. Aber kann sie etwas gegen seine Anziehungskraft ausrichten?

Sexy, quirlig, unwiderstehlich: der berauschende E-Book-Erfolg von Katelyn Faith.

Monatelang in den Kindle Top 100, erschien der Roman am 1.7.2013 auch als Taschenbuchausgabe im Rowohlt-Verlag.

Printed in Germany
by Amazon Distribution
GmbH, Leipzig